心理大师

罪爱

钟宇 著

中国友谊出版公司

目 CONTENTS 录

序：我们都有病　　　　　　　　　　01
引子　　　　　　　　　　　　　　　03

第一章　越狱逃犯　　　　　　　001

越狱犯人是一个因非法拘禁和强奸而被判处十年有期徒刑的中年男子。他在急性肠炎发作住院治疗期间，用一根锯条将自己被铐在病床上的右手锯了下来……

第二章　短裙女孩　　　　　　　021

女孩坐下后，脚尖对着那扇敞开的窗户，这一肢体语言所表现出的寓意是：我想要通过那扇窗户离开这个房间。而这一刻，她潜意识里所企盼的逃亡出口，被我紧紧关闭了。

第三章　癔症患者　　　　　　　041

"你的意思是她的声音有点像男女之间发生什么时的呻吟声吗？"邵波追问道。周梅咬了咬嘴唇："应该是吧，最起码我们听着像是。""你能够学一下给我听吗？"邵波继续说道。

第四章　精神科医生　　　　　　061

人们踹开了大门，扑鼻的血腥味让人咂舌。电源被剪断了，黑暗的诊所里，红色的血喷溅得到处都是。医生被人刺死在血泊里，致命伤是左眼部硕大的血洞。

第五章　寡妇和少女　　　　　　　　081

被压抑的生理需求，使田五军对受害者自然地产生了想当然的强烈思念。这很容易形成一种自我催眠，认为对方也和自己一样，迷恋着那段短暂的时光。

第六章　天生犯罪人　　　　　　　　097

古大力再次探头到石台上，去闻那没有了石磨一面的磨齿。半响，他抬起头来："沈非、邵波……如果我没有估摸错的话，这磨台……这磨台磨过骨肉。"

第七章　末路凶徒　　　　　　　　　121

邵波刚说完，李昊便抢着数落道："一个是山区猎户，一个是含着金钥匙长大的妙龄少女，也就你能把他们串联起来。我看你还是开点药吃吃，否则你迟早会变成个精神病。"

第八章　受虐狂　　　　　　　　　　143

人类骨子里沸腾着的来自我们祖先的兽性，是始终存在的，对其他生物的伤害，似乎是我们天生就具备的本领。对伤害的享受，似乎也是某类人所嗜好的快感来源。

第九章　窥探者　　　　　　　　　　161

胖保安坐到了副驾驶的座位上，他很警惕地左右看了看。接着，他要求沈非把车窗合拢，掏出手机按开了一个视频并递了过来："沈医生，你先看看这个，看完后我再给你说吧。"

第十章　催眠大师　　　　　　　　　181

邱凌闭上眼睛深吸了一口气："那些被我折断的女人，那个叫黛西的愚蠢的家伙，甚至所有所有人，在我的世界里，都是我毫不犹豫、也不会皱眉，进而实施我的凶狠举动的受害者。"

第十一章　施虐者　　　　　　　　　　　　　　　201

岑晓的动作开始变得诡异，只见她在尝试微微侧身，又如同被电流击中般快速坐正。将右手抬起当作蒲扇扇了几下，最终，她完成了这个想要说明自己有点热的举动后，手往下，缓缓地伸向自己蓝色衬衣的纽扣。

第十二章　姐妹　　　　　　　　　　　　　　　　223

姐姐开始进入青春期，妹妹对她的病态依恋需求让她一度在其间感受到一种满足。接着，姐妹俩在没有人引导与教育的情况下，自己释放出了人性中对于受虐与施虐最为野性的需求。

第十三章　重生人魔　　　　　　　　　　　　　　243

我想起了乐瑾瑜随身携带的那把解剖刀，与她在第一次知悉邱凌就是梯田人魔时说出的那句话——她说……她说："好想剖开邱凌的脑子，看看里面是什么样子。"

番外篇　　　　　　　　　　　　　　　　　　　　269

我们是一群聆听者，聆听着这个世界上许许多多不为人知的故事。有时候，我们的病人需要的其实并不是我们的开导，也没有哪位心理咨询师能够真正凭一己之力治愈病人。况且，包括我们自己，也不能保证自己不会有心理上的疾病。

　　金属　　　　　　　　　　　　270
　　肉食　　　　　　　　　　　　276
　　流氓兔　　　　　　　　　　　281
　　苦行　　　　　　　　　　　　284

序：我们都有病

有些传统科目的老医师始终质疑：心理疾病真的是病吗？或者，压根就只是矫情而已。

抑郁症，这一最为普遍又最为可怕的心理障碍恶魔，在夜色中伸出了它那尖细有力的手指，捏向城市中失眠的人们。无数个抑郁症患者理解力、记忆力、注意力明显下降，脑子里好像被强行塞进了一块大石头。在整个世界都酣睡的时间段里，抑郁症患者表情木讷地躺在床上，双眼却又睁着……

很困，想要入睡，但是却又无法入睡；如同裂开般的头疼撕扯着神经，想要呼吼与挣扎，但，无法动弹。可怕的"抑郁性木僵"，将抑郁症患者身体捆缚。

精神科医生和神经内科医生可以使用药物，让抑郁症患者的病痛得以缓解。但用于治疗的药物一旦长期服用，会让患者产生严重的依赖性，停药后容易复发，甚至会导致病症加重。于是，心理咨询，也终于成为各大医院开设的新科室。但是，因为传统医学与心理学在很多方面的意见相悖，导致真正好的心理咨询师，并没有在体制内任职。这也是整个行业发展还不够完善的表现。

我是沈非，我在海阳市开设了一家叫作观察者心理咨询事务所的机构。我与我的伙伴们都很热爱与崇敬我们所从事的这个职业。但，我们也都不能肯定我们自己没有心理疾病。

——沈非

引子

她走进探视间的时候，秃头男人已经坐在那片大玻璃背后了。

她莫名酸楚，尽管她自己也不知道为什么会因为对方的处境而情绪低落。

于是，她坐下了，抬手扇了扇风，表示自己有点热。接着，好像无意一般解开了粉紫色衬衣最上面的三颗扣子。这样，对面的他就能看到自己衣领下边若隐若现的胸部。

今天，她也和往日走进探视间时一样，并没有穿胸衣，娇嫩的鲜花正在怒放的年月。

秃头男人笑了，笑容依然是那么狰狞与恶心，让她觉得不适，她弯曲的双腿下意识缩回到椅子下方。那修长饱满如同莲藕般的长腿着一双肉色丝袜，再配上超短黑裙，让她在来时的路上，收获了不少男人的关注。可惜的是，这些关注，在她看来，都是那么可笑与愚蠢。如果说每一个二十出头的女人都是一朵盛开的花，那么，花的芬芳总期待着特定的人驻足。如果说22岁的她又是花丛中最为娇艳的一抹绽放，那么，她的美丽，却又展现得扭曲与不可理喻。

秃头男人歪着头，将双手抬起，放到了面前的木桌上，这样，他的手掌距离女人的身体似乎近了很多。尽管，之间还有一块不可能被冲破的玻璃。

她深吸了一口气，身体打了一个寒战，汗毛似乎也因此而竖起。她知道，对方的脑海中正在浮现出某些画面与片段。而那些画面与片段的题外音，是自己曾经抽泣着的呻吟。她开始发抖，巨大的惶恐如同一位虚无存在着的魔王，将自己一把抱住，并用力捏紧，让她喘不过气来。

感觉，是一种无比奇妙的东西。它能在人们并没有触碰到的时候摩挲，能在人们并没有品尝到的时候咀嚼。这一刻，坐在玻璃对面的男人正在感受着对自己的蹂躏，这点是不容置疑的。可是，她却像一个被钉在这张椅子上的玩偶，胳膊与脚踝处，那被勒紧的绳子实际上早就不复存在，却又似乎从未被解开，让她无法动弹。

男人的手开始动了，隔着玻璃。他放在桌上的手掌的位置，与女人微微敞开的衬衣衣领位置在同一个水平线上。接着，手指上青筋凸起，明显是在用力揉捏。

她不由自主地急促喘息，但又不敢让胸部的起伏变得太大。因为这狭小房间上方的监控探头正对着自己，某位看守应该正饶有兴致地看着自己这样一位拥有着丰满身材与姣好面容的女人，在这探视间里的一举一动。

那场夜雨似乎再次来了，淋湿了一切。是的，淋湿了一切……
她微微喘息着，身体湿了。

秃头男人似乎很满意，他将右手收回，伸进了他自己的裤子口袋。她知道，对方的裤兜肯定是破的，甚至里面压根就没有裤兜，不过是男人触碰自己的一个通道而已。

  她再次深吸了一口气,将椅子往后移了移。

  这样,男人透过玻璃看到的自己,会变得更加全面与立体一些。

  接着,她弯曲的双腿开始移动,膝盖慢慢朝向玻璃对面那满脸油光、秃头猥琐的中年男人……

第一章
越狱逃犯

越狱犯人是一个因非法拘禁和强奸而被判处十年有期徒刑的中年男子。他在急性肠炎发作住院治疗期间,用一根锯条将自己被铐在病床上的右手锯了下来……

1 /

邵波最近比较忙,他接了一个保险公司的案子,调查一起有点奇怪的火灾。那场火并不大,唯一的损失只是一台刚从美国进口的仪器,问题是这台仪器在保险公司投保了价值400万元的财产损失险。

因为这个单子,他认识了本城知名女企业家韩雪女士,并向对方吹嘘了一通他有个叫作沈非的好友,在心理学领域有着独到见解。于是,韩雪女士要他给我打了个电话,约我晚上找个地方坐坐,想和我聊些比较私人的事情。

我在电话里答应了,自己毕竟只是个俗人,所以,我也会和一干小市民大同,希望攀附上某些权贵,并开拓出一批相对来说收入比较高的优质客户。心理咨询师是我这么个俗人在这社会上得以谋生的职业而已。

邵波见我答应得干脆,似乎很得意,开始得寸进尺:"要不……要不沈非,你下午诊所里如果没有约的话,现在就过来吧?我们和韩姐先喝个下午茶,一会再去吃饭。"

我答:"下午有约,出个外诊,现在在过去的路上。"

邵波也没勉强,约了时间地点便收了线。

是的,我今天下午确实不在诊所,不过也不是出诊。而是……

这时,车上电台里播报出一条新闻:海阳市监狱发生一起越狱案件,越狱犯人是一个因非法拘禁和强奸而被判处十年有期徒刑的中年男人。他在急性肠炎发作住院治疗期间,用一根锯条将自己被铐在病床上的右手锯了下来……

我皱了皱眉,按下了车载音响的按键,切换到低沉悠扬的萨克斯音乐。我知道,这一刻自己需要的是保持最为平和的心态,不能像三个月之前那样反复为某一个事件而使心绪大幅波动。

况且,今天车窗外天气很好,穹顶上铺垫着蓝天白云。或许,这确实是一个见故人的好日子,而这个故人就是……

我减缓了车速,前方的标志显示着:距离海阳市精神病院还有2公里。

我自顾自地笑了。是的,邱凌,我来了,来赴你通过医院向我发出的邀请函。

停好车,我便看见乐瑾瑜正站在海阳市精神病院的大门口冲我微笑。她从苏门大学调入海阳市精神病院已经两个多月了,但这两个月里,我和她一直没有见过面。彼此都很忙吧?新的工作单位,又是作为高学历人才被引进,且被任命为院长助理,确实没有什么机会去市区。至于我,基本上处于半休息的状态,心绪的安宁,需要时间来细细打磨。

薰衣草精油的味儿，与乐瑾瑜一起迎了上来。穿着白大褂的她头发扎在脑后，显得脖子很长，粉嫩的脖子让人不由自主地想要多看几眼。薰衣草的作用是净化与安抚心灵，我想，这应该也是她现在每天工作要做的事情——让医院里面的精神病病患重拾安静。

"还适应吗？"我寒暄道。

乐瑾瑜笑得依然那么好看："还行。"

接着，我们一起转身，往医院里面走去。我们并没有太多交谈，似乎有着某种尴尬充斥在空气中。几分钟后，我跟随她穿过旧院区，往去年刚落成的新楼走去。

"邱凌的病房在新院区？"我率先打破沉静，开口问道。

乐瑾瑜应着："是啊，他和另外三个被终身限制自由的病人，都被关在新院区的负一楼里。"

"哦！"我随口应着，继续往前。可一个大胆的假设却又一下子跳了出来："新院区的地是国土局给批的吗？"

乐瑾瑜一愣，扭头瞟了我一眼："这个我倒不太知道，不过肯定是政府划拨使用土地，国土局有备案的。承建方的图纸，也应该向市政工程中心提交过。"说到这里，她似乎也想到了什么，脸色一变："沈非，邱凌之前是在什么单位工作的？是国土局吗？"

我点头："是。"

乐瑾瑜愣了下，紧接着微微一笑："我现在对于邱凌各种让人出乎意料的举动，看来都不应该再感觉奇怪了。"

"为什么？"我问道。

"以后你就知道了。"乐瑾瑜加快了脚步。

新院区的负一楼和其他病区不同，门口有很大一张铁门，铁门外还有一个保安值班室。两个中年男人坐在里面盯着墙壁上密密麻麻的监控屏幕，整个医院的视频监控都在这里汇总。但二十几个黑白屏幕，只有两个人守着，又似乎不太合理。嗯！不过，这里只是医院，并不是监狱。他们能做到24小时实时监控，已经算非常高标准的安保级别了。

乐瑾瑜并没有急着带我走进邱凌被囚禁的病房，反倒是进了这个监控室。那两个保安扭头，冲乐瑾瑜微笑："乐医生，今儿个是来看邱凌，还是瞅尚午啊？"

另外一个胖保安打趣道："乐医生今天就不能是看看独眼屠夫或者疯婆子吗？"

乐瑾瑜冲他们笑笑："给你们这么一说，整个医院里，我就只关心这四个有着重度伤害倾向的病人了。"

"难道不是吗？"胖保安笑道。

这时，我的目光从墙壁上20多块屏幕中一眼就锁定了邱凌——那是一个整洁到没有任何多余物品的狭小空间，戴着一副黑框眼镜的邱凌，正歪着头望向我……是的，他似乎在尝试越过监控探头，经过线路，进而窥探到这边盯着他的我。

几个月不见，邱凌似乎较之前清瘦了不少。之前那不长不短的分头被剃掉了，短短的发楂让他没有了之前的斯文气质，或者应该说，他终于显露出了原形——骨子里对世间一切的冷漠，终于得以放肆地展现。

我与他的目光在这根本不可能交汇的监控画面中交汇着，有一点让我为之欣喜,那就是我并没有思维上的波动不安。

我为自己的镇定而感到欣喜,并明白,自己终于做到了释怀。

"进去吧!"乐瑾瑜在我身旁小声说道。拿着钥匙串的那个胖保安注意到我的目光锁定着邱凌,干笑着说:"我们都叫他眼镜,眼镜每天就是这样一动不动地发呆,时不时对着墙壁,时不时对着铁门。今天他不知道又是哪根筋搭错了,对着这个监控探头。"

说完这话,他朝通往病区的铁门走去,手里拿着一大串钥匙。我缓步跟上,并问身旁的乐瑾瑜:"你是不是经常来见邱凌。"

乐瑾瑜"嗯"了一声,没有继续说什么。反倒是正在开铁门的胖保安听到了我的话,回过头来咧嘴笑着说道:"乐医生忙得很,每一个病人她都希望了解明白,特别是这负一楼关着的四位。"

他边说边往里走,嘴里好像介绍自己收藏的珍宝一般絮叨着:"喏!这重度一号叫张金伟,这货外号还挺牛掰,叫'独眼屠夫'。你们这些年轻的可能不知道,当年海阳市可是被他给整轰动了。周末的上午来着,百货大楼里好多人,这家伙穿得整整齐齐,在百货大楼对面的市政府门口,抠那石狮子嘴里面的圆石头,也不知道是怎么被他抠出来的。这家伙打篮球的,手掌大,单手抓着那圆石头,扭头就走进了百货大楼。"

"是哪一年的事?"我插话问道。

"1983年,那会儿你们可能还没出生呢。"保安边说边指了指身旁的监房,"这张金伟在百货大楼一楼,逮着一个最好看的姑娘便上去了,直接举起石头就砸那姑娘后脑勺。听说那姑娘的眼珠子当场就蹦外面了,这家伙也不吭声,一下骑到了姑娘身上,用那圆石头一下一下地砸，把那姑娘的脑壳……唉，不说了，恶心。"

我扭头朝他所指的紧锁着门的小房间里望去，只见小小的玻璃窗后，是巨大的铁栏，铁栏的另一边才是病人的病房。一个满头白色发楂的男人背对着我们坐着，他肩膀很宽……

这个叫独眼屠夫的家伙在我视线中渐渐消失，因为我们已经走到了另一个紧闭的房间门口。保安继续着："武小兰出事的时候听说才20岁，之前没有人看出她有啥不对，只是觉得这姑娘神经有点大条而已。谁也想不到，她会伸手去害那些无辜的小孩，还把那些小孩的身体撕开了……"

说到这时，乐瑾瑜轻咳了一声。我不明就里，朝她望去。紧接着便看见她身后那扇小玻璃窗里，一个面容姣好的女人，正站在巨大铁栏杆前望向我们。奇怪的是，她的目光清澈，清澈得好像一个儿童。

她看到了我望向她，于是，这个叫武小兰的病患笑了，那笑容无邪也天真，却又让我不由自主打了个冷战。

乐瑾瑜的声音响起了："沈非，其实第三个病人你应该很感兴趣，他叫尚午。"

"哦？为什么我会有兴趣关注呢？"我问道。

"因为他是'灵魂吧案件'里那位自杀的女凶手的亲哥哥。"乐瑾瑜沉声说道。

我的心紧跟着往下一沉……

"灵魂吧案"……那段文戈离去之前看过的奇怪视频……

我咬了咬牙，让自己不会因为知悉这些而在情绪上有太多的波动。这几个月里，我不断培养着的，就是自己对于人生所给予的历练应该有的胸怀。其实，每一个低谷与打击，并没有真正左右我们的生活与世界。让我们崩溃的，不过是自己对于这一切的看法与该用怎样的方式去面对而已。只有真正做到冷静客观地看待所有变故，才能骄傲地说自己是生命中的强者，进而战胜挫折。

我面无表情，朝着第三个玻璃窗望去。但窗后的铁栏深处空无一人。

"尚午应该在厕所吧？他每天蹲在小格子里的时间多于在外面的时间。"保安一边说着，一边朝第四扇门走去，并晃动着手里的钥匙……

我深吸了一口气，鼻腔里瞬间被薰衣草的味道充斥，乐瑾瑜身上的精油香味让人镇定。

"邱凌应该等得不耐烦了。"乐瑾瑜微笑着说道。

木门被保安打开了……一间30多平方米的病房出现在我面前，铁栏杆又将房间分割成两个世界，世界的另一边，昂着头站着的，正是邱凌。

他在笑，在望着我微笑。那笑容我能读懂，有蔑视，有得意。而更多的，似乎是遇到亲近的人而呈现出的欣喜。

让我有了一丝惶恐的是——我，似乎也和他一样，在看到对方时，感觉到了某种不应该有的亲切。

2

"乐医生，谢谢你帮我把沈非领了过来。"邱凌冲乐瑾瑜微笑着说道。他穿着一套竖条纹的精神病院病服,这样让他本就高瘦的身体显得越发修长:"如果你不介意的话,我想和沈非单独聊聊,我想你不会不同意吧?"

"嗯!"乐瑾瑜似乎没兴趣和邱凌搭话,她冲我小声嘀咕道,"沈非,看你自己。如果你不希望和他单独交谈的话,我和保安可以留下来。不过,我觉得你既然来了,就肯定期待着这次对话时,身边没有人干预吧。"

"行了!乐医生,你可以出去了。放心吧,就算我能够挣脱铁门,也不会伤害沈非的。毕竟我和沈非也算旧识,和旧识聊会儿天,对于我的病应该是有益的。"邱凌笑着,没有了分头的他给人感觉很凶悍,之前印象中那一点点的斯文荡然无存。

我冲乐瑾瑜点了点头,她往后退去,嘴里小声说了句:"小心点,有什么情况我们在监控室里看得到的。"

身后响起了木门合拢的声音。可就在这时,邱凌却说话了,他对着木门外喊道:"乐医生,放心吧!我答应你的一定会做到。"

我一愣,但紧接着意识到邱凌故意的喊话声,实际上是在木门合拢后才发出的。如果我没记错的话,精神病院的病房隔音效果都是非常好的,这样癫狂的灵魂才不至于骚扰到整个世界。邱凌肯定是知道这点的,那么,他之所以这样喊上一句,实际上是想打乱我的思绪,让我开始瞎想,甚至开始怀疑乐瑾瑜。

邱凌这拙劣的伎俩让我觉得稚嫩到可笑。

房间的这边有一把靠背椅子,是为医生准备的。我没有选择坐上去,反倒和他一样站到了铁栏杆前。我俩的身高差不多,于是,不存在谁对谁的仰视抑或俯视。

"其实,你也可以理解成为现在的我——沈非,和你一样,是站在一个被隔离着的笼子里面的,因为我与你之间有着这个铁栏杆。"我打趣道。

邱凌笑了:"实际上确实是这样,我现在所处的位置,是足够安全的。我不用面对满世界的假面,不用面对人潮对生命的冲击。而你呢?沈非,你还在这个龌龊的世界里像一条肮脏的爬虫一般生存着。当然,你可能自我感觉良好,觉得自己是个蝴蝶。实际上,你什么都不是,你连自己最爱的女人都无法保住。"

"嗯!邱凌,你不觉得自己来来去去都是耍玩着这一套,还有意思吗?"我将双手放到背后,两脚分开跨立。这站姿是一种对于现场企图完全掌控的身体语言,邱凌应该是很明白的。于是,我继续着,"邱凌,如果你让乐医生将我邀请过来,就是听你再说一次关于文戈的那些事,那么,我觉得我们的谈话不如现在就结束吧!你我有一个伤口是共通的,撕开的同时,彼此都会有隐痛。难不成这就是你叫我过来的缘由,一起感受下文戈离去给我们带来的苦涩?"

说到这里,我漠然地看了他一眼,作势对当下的谈话变得没兴趣,并开始转身。果然,邱凌身体朝前倾了倾,话音急促地说道:"如果这关于文戈的话题,是关于她的死因呢?那么,沈医生,你会有兴趣吗?"

我的心一沉,甚至不能确定这句话传入我耳膜的同时,身体是否有一些颤动。但我没有转身,背对着他继续缓缓说道:"文戈是自杀的,这点是不争的事实。"

"是的，她确实是自杀的。可是，她为什么会自杀，这点你想过没有？你我所认识的文戈具备一个如何强大的精神世界，彼此都心里有数吧，她不可能真的就被一个抑郁症所毁灭。"邱凌在我身后大声说着，但他的话语被我打断了。我转过了身："邱凌，你最好有更好的理由让我留下来，否则，我会将今天的约会理解成——你被关在这里感觉无聊后，做出的一个想再次耍我的尝试。"

邱凌耸了耸肩："既然你这么说，那我们的谈话也就到此结束吧！"说完这话，他也转过了身，好像自言自语一般低语了一句，"看来尚午的想法是对的。"

我不想再搭理他，往那扇木门走去。我开门，跨出，接着关门。锁舌合拢的瞬间，我听到房间里的邱凌在继续着他的自言自语："停摆的吊钟，会用另一种方式诠释它未完的故事。"

这话让我感觉莫名其妙。

我转身，迈步，准备朝外走去。但紧接着，我猛地转身，朝着那扇木门望去。只见那木门的中间位置，有一条细长的缝隙。邱凌最后那句话是在木门被带拢后说出口的，而木门上这条用来让医护人员偷偷观察病患的缝隙，成为他的说话声传进我耳朵的通道。

我深吸了一口气，再次转身朝外面走去。乐瑾瑜在关上木门后是能听到邱凌那句喊话的，那么，她就有可能确实与邱凌有着某种交易。当然，如果这喊话只是邱凌离间我与乐瑾瑜的可笑伎俩，那么，在几分钟后，我走出病区与她碰面时，她就会主动提出并进行解释的。

我迈步，朝前，思维清晰。我也并没有因为这次与邱凌的交谈而在情绪上产生巨大波动与思维的混乱。而我在意识到这一点的同时,似乎还有点儿童般的沾沾自喜。可也就是在这一沾沾自喜的瞬间,寒意,莫名地从我心底往上涌。

我看到了三号病房的病人——尚午。他倚在铁栏杆前,望向小窗外走过的我。他的脸很长很窄,短短的发楂让他这一脸型看上去像一把开刃的匕首。而他的眼睛也很细长,其目光好像能够看到你的骨子里。鹰钩鼻、薄薄的嘴唇、稀稀拉拉的胡须……

我开始意识到,这被囚禁在三号病房的叫作尚午的重度危险病患,他的故事,可能真的不会那么简单。乐瑾瑜之前的话在我耳边回荡开来,加上邱凌那阴阳怪气的腔调……似乎,这一切的一切,又一起构建起一个巨大的力场。力场中间的,难道就是这个叫作尚午的病患?

我依然不露声色,从他面前走过。

奇怪的是,虐杀婴孩的武小兰居然也站在铁栏杆前望着我,砸死少女的张金伟也站了起来,冲我小声嘀咕着什么。他们……他们就像正被放映着的幻灯片,在我的世界里缓慢飘过。

几分钟后,我走出了负一层的病区,那扇大铁门被合拢后,乐瑾瑜说了一句让我感到些许欣慰的话。她冲我笑了笑,扬着脸说道:"听到邱凌那句话没?弄得好像他与我之间有什么黑暗契约似的。这套伎俩,他在这几个月里来回使用,好像每一个精神病院的医生与护士,都是他想要离间与瓦解的同盟者一般。"

我点点头,面前这位穿着白大褂的女人美丽依旧,那薰衣草精油的味道特别好闻:"邱凌想的东西比我们每个人都要多很多。或者……"我顿了顿,"或者他真的与医院里面某个人有着某种契约,而他反复地展示这种契约存在的可能性,反倒是他对他那位契约对象的一种保护。"

乐瑾瑜扭头,再次望向墙壁上的监控画面。这时,我们也再次看到了邱凌,他还是歪着头,望着他头顶上方的摄像头。他的黑框眼镜滑到了鼻梁下方,脱离了玻璃镜片的眸子放出的光,似乎想要成为电波,穿过线路,最终与我们的视线交汇。

"沈非,我来海阳市两个多月了,你是不是也要考虑请我吃顿饭了?"乐瑾瑜将手里的一个文件袋随意地晃了晃,示意我与她朝外面走。我笑着跟上:"今晚可能不行,邵波给我约了个客户。"

"哦!"乐瑾瑜似乎有点失望,"那就改天吧!"

她的神情让我有点不忍,我咳了一下:"不过……"

"不过什么?"乐瑾瑜连忙扭头。

"不过像我沈医生这种大人物出场,身边有个助理医生也是再正常不过了。"我笑着说道。

乐瑾瑜也笑了:"沈医生,您的助理医生职称和职务都这么高了,那您自己岂不是……?"

乐瑾瑜的笑容好像三月里盛开的花……

3

我在车上等了乐瑾瑜差不多半个小时,才瞅见她快步从医院里跑了出来,身上却还穿着那套白大褂。我打趣道:"要你去冒充个助理，也不用直接穿个白大褂吧？我们心理咨询师不用穿制服的。"

乐瑾瑜跳上副驾驶座位："谁说我就这个样子跟你去吃饭啊？我们医院的宿舍在马路对面，你送我过去，我还要上楼换套衣服。"

于是，我又在海阳市精神病院员工宿舍楼的楼下等了半个小时，才接到了一袭素雅长裙的她。一看表，将近5点，从精神病院所处的市郊开到市区，要差不多一个小时。而我与邵波以及那位韩女士的饭局，正是6点。

路上，脱下白大褂的她，似乎再次变回了叽叽喳喳的学妹，给我说着她这两个月在新工作单位的琐碎事。乐瑾瑜是带着职称过来的，业务能力自然不用说，之前在学院做学问的时候，就是精神疾病领域正儿八经有着个人观点的人物。别看现在只是当了个院长助理，工作几年后，顺理成章升个副院长不会太难。

初秋的下午6时，天边已经有了一抹微红，漫天落霞正好，如同不舍得离去的情愫，眷顾着藕丝般的缠绵。香榭丽舍西餐厅位于海阳市人民公园后门，我们把车停在路边，走路穿过幽静的林荫小道，小道尽头那欧式的建筑便是我们今晚吃饭的地方。

邵波最先看到我，他站起来冲我挥手，在看见乐瑾瑜时，很明显地愣了一下。

我和乐瑾瑜迈步走进角落里的卡座。抢先起身冲我们微笑的女人，自然就是邵波要介绍给我认识的那位知名女企业家韩雪，她比电视与报纸上看起来斯文很多，皮肤很白，大花的连衣裙包裹着丰满的身体："沈医生你好！我是韩雪。"

"嗯！韩女士你好！我是沈非。"我身体向前微微倾出，握上她的手，脸上挂着无数次在镜子里练出的职业微笑。接着，我指了指身后的乐瑾瑜："这是我搭档，海阳市精神病院的乐教授。"

乐瑾瑜连忙纠正道："现在不是教授了，离开了学校，只是医生而已。"

"嗯！想不到你们都这么年轻。"韩雪点着头坐下，"我之前还以为沈医生的年纪应该不小，担心你和我们家……"说到这儿，她突然打住了，眉目间掠过一丝什么。

邵波连忙站起："对了，我好像还有点事要先走。"他一边说着一边拍了拍乐瑾瑜的肩膀："瑾瑜，你要不要和我一起出去转转。"

可韩雪却连忙说道："邵波，你想多了，我没有想要你们回避的意思。只是……"她再次犹豫，并扭头看了我一眼，"只是……"

邵波坐下了："韩总，我明白你的意思。沈非是心理咨询师，他的职业操守第一条就是对客户情况的绝对保密。乐瑾瑜是医生，精神科医生的世界里，病患的故事与我们正常人的世界是完全分割开来的。至于我……"邵波笑了笑，"我是靠保守秘密吃饭的。"

"嗯！"韩雪点了点头，"沈医生，我想让你看看我的女儿，她叫岑晓。"

"介意我做下记录吗？"我将公文包打开，尝试性地问道。

"尽量不要留下文字记载吧！"韩雪说道，"喜欢盯着我们家做文章的小报记者太多，不是说不相信沈医生你们，而是……"

最终，她选择了用略带抱歉的微笑代替了她的理由："希望你们理解。"

"嗯！没问题。"

以下为那晚我们所收集到的岑晓的资料，不过这些资料并没有形成文字或者电脑文档。况且，那天邵波还提出了一点——不是所有人都知道那个普通大学生的母亲，就是海阳市的知名女企业家韩雪女士。于是，我们几个负责跟进这个案子的人，保证尽可能地低调，实际上就已经起到了对我们的当事人的保护作用。

岑晓，23岁。海阳大学大二学生。身高172厘米，体重55公斤。照片中的她清纯靓丽，微微仰着脸，嘴角有往上抬，但展现出来的却又不像笑意，眸子中晶莹清澈，看得出是一个未经世事的女孩，但个中的幽怨，如同那一眸清泉中溢出的深色水草。

"她经历过什么吗？"乐瑾瑜很直白地问道。尽管她在心理学上也有着一些见地，但毕竟没有做过临床心理咨询，所使用的询问口径依然是精神科大夫的直接话语，不懂得循序渐进深入浅出地介入病患的病情。当然，她的直白反而让我和邵波少了一些需要委婉的话句。

韩雪有一个轻微皱眉的动作，很明显，在她的世界里，很少有人这么单刀直入地对她发问。不过，她很快就恢复了常态，点了点头："是的，她经历过一些东西。"

她边说边搅动着手里的咖啡勺："我有两个女儿，岑晓还有一个姐姐，叫岑曦。两年前，我把她们送到了国外……"韩雪浅抿了一口咖啡，表情依然保持着那如同固化着的优雅神态，"岑晓是去年回来的，而岑曦……"

她再次抿了一口咖啡，上半身往前倾了一下并马上恢复正常。我知道，这是她放在桌子下面的双脚在一起往后缩，缩脚动作会作用到上半身出现这么个并不显眼的晃动。我知道，她的这一身体语言展现的画外音是——她在抗拒，抗拒即将对我们说出的故事。

果然，她苦笑了："岑曦没有回来，永远地留在那边，甚至她是生是死我们都并不知晓。"

"她俩在国外经历了什么？"乐瑾瑜追问道。

韩雪的眉头再次皱了一下，但她的苦笑继续着："她俩徒步进入森林公园，在里面迷路了。一周后，搜救人员只带回了半昏迷状态的晓晓。而岑曦……岑曦被那片森林吞噬。"

"岑晓也不知道她姐姐的下落吗？"我边说着边递了一张纸巾过去。尽管韩雪并没有要落泪的模样，但这张纸巾应该可以拉近我与她的距离。

韩雪接过纸巾，冲我点了点头："晓晓当时自己都已经神志不清了，怎么可能知道她姐去了哪里呢？并且，晓晓如果知道她姐岑曦的下落，怎么可能不说呢？警方说了，晓晓的情况是因为极度的悲伤与绝望而出现了记忆缺失。"她说到最后几句时，语速明显加快了，似乎想要让我们明白被找回来的"晓晓"与大女儿岑曦的失踪并没有什么关系。

"韩女士，我是直性子，所以说话比较冒昧。"乐瑾瑜打断了韩雪的话，并朝我看了一眼。我明白她想要问什么，韩雪的语句中，已经可以感觉出她对于找回来的女儿岑晓以及失踪的女儿岑曦有着不同的轻重定位。

韩雪眉头又一次紧皱,继而舒展:"乐医生,有什么你直接开口问就是了。"

"嗯!"乐瑾瑜点点头,她身上那股子薰衣草的味道,让一身素色长裙的她像一朵真正的花儿一般,"韩女士,岑曦和岑晓不是亲姐妹吧?"

韩雪愣了下,接着点头:"嗯,她俩是同父异母的姐妹。"

"丢了的那个叫作岑曦的女儿应该不是你亲生的吧?"乐瑾瑜似乎有点咄咄逼人。

"乐医生,这些是我们的家事,与我女儿岑晓目前的心理疾病没有太多关系。"韩雪明显在努力压抑着自己的怒火。

乐瑾瑜却笑了,她是位学过心理学知识的精神科医生,对韩雪当下的情绪变化自然是有分寸的:"韩女士,实际上我想要采集到这些信息的缘由,只不过是想了解在你的女儿岑晓的世界里,有几个什么样的至关重要的人,她们又都是什么样的关系。要知道,她身边最亲近的人,正是构建出她独立意识世界的主要元素。这些人所辐射与作用到她的好的或者坏的能量,才会真正深层次地影响到她的精神世界。"

她俩的交谈在继续着,我却自始至终微笑着望着韩雪,留意着这位女人眉目间的细微变化。可是在乐瑾瑜说完这些后,韩雪的视线主动地移向了我,却又没有吱声。

我明白她想要问询什么,冲她微微点了点头,示意她可以将方便回答的一一道出。

韩雪叹了口气,伸手在包里翻着,并嘀咕了一句:"你们不介意我抽烟吧？"

"不介意。只是这个西餐厅好像不准抽烟！"邵波讪笑道。

"嗯！邵波，你还没注意到今天晚上这里的生意格外冷清吗？"韩雪掏出烟，动作依然优雅地点上，"我先生离世前就留下了一些家底，这些年我也一直没闲着。我知道，钱不是万能的。但很多时候，它又确实能做到很多很多，比如让这家本来就只做预定生意的餐厅今晚婉拒了其他所有的客人。"

她深吸了一口，继而将烟雾吐出。之前的雍容与华贵少去了些许，替代的是放松与几分慵懒："乐医生，其实你很像我年轻的时候。信不信，过些年，等你也有了鱼尾，也变得松弛后，你同样会非常反感别人用你刚才那种语气对你说话的。"

"我只是想让我们的聊天快速走进主题。"乐瑾瑜耸了耸肩。

"嗯！我明白，这也是我没有生气的原因。"韩雪点头，将手里的烟头掐灭在面前咖啡杯下的碟子里，"岑曦是我先生与他前妻生的，不过他前妻难产走了。当时我先生事业刚起步，也没钱请人看岑曦。所以，我才在认识他不久就嫁入了岑家。之后便有了晓晓，晓晓比岑曦小3岁而已。"

韩雪说到这里顿了顿："乐医生，你还年轻，有些感受可能你一辈子都不会有。一个女人，对于自己亲生的骨肉，与自己深爱的丈夫与别人生的孩子，永远不可能做到真正意义上的公平对待。但我先生走得早，这些年我可以扪心自问，尽到了作为一个继母所该尽到的一切责任。岑曦失踪的时候只有25岁，但她这25年里，从来没有觉得自己是个缺乏母爱的孩子。"

韩雪再次吸了口烟："嗯！说完了。这些就是你们想知道的关于岑曦与岑晓的关系。"

"韩女士，那现在的问题应该就出在岑晓自己身上。"我继续着我的彬彬有礼，"因为经历了那场变故，姐姐又突然间在自己世界里消失。于是，岑晓开始变得沉默，变得抑郁，思想困在一个人们未知的世界里，不再对人敞开心扉，没有了笑容与快乐。"

"是！"韩雪抬起了头，眼眶里终于有了些许湿润，"沈医生，她还只有23岁，她还有很长的路要走。"

"我明白了。如果方便的话，明天下午我就想和你女儿交流一次。有一点请你放心，年轻女孩在经历了一些不开心后，出现自我封闭与抑郁是很正常的。况且她的心结很明显，我想，不久的将来，我就能让她重新恢复你想要的模样。"我很自信地说道。

只是，那一刻的我根本没有意识到……一个被阴霾笼罩着的可怕故事，正在慢慢侵蚀我的世界。人性的可怕，在那晚后，又一次向我展现出了它的狰狞与残酷。

第二章
短裙女孩

女孩坐下后，脚尖对着那扇敞开的窗户，这一肢体语言的寓意是：我想要通过那扇窗户离开这个房间。而这一刻，她潜意识里所企盼的逃亡出口，被我紧紧关闭了。

4

送完乐瑾瑜后，回到家已经 9:30 了，我拧开房门，按亮了客厅的大灯。房间里依然冷清，没有了女主人的世界始终让人不习惯。我将皮包放到沙发上，抬头看了看墙壁上挂着的文戈的相片，她微笑着，穿着白色的婚纱……我有点痴迷。

邱凌案之后，我开始直面缺少了文戈的这个世界。我将她的所有东西重新整理，该处理掉的处理掉，该保留的保留下来。她的相片被我重新悬挂到房间里，这样，我就能勉强保留一丝丝她不曾远去的感觉。而之所以让自己保留这种感觉，是因为我不希望自己在没有了她的世界里，被红尘中的娇嫩与芬芳吸引，背弃了当初对她始终如一的诺言。

爱情，其实是会进化的。褪去了最初的欣喜若狂，经历着相守的锅碗瓢盆，最终走入的是与对方世界的彻底融合。于是，爱好像不在了，对方成了你世界中不可分割的一部分。正如我不可能舍弃我的身体器官，我也不可能割弃你——那穿着红色格子衬衣扬脸微笑的女孩。

第二天到诊所是 9:11，停好车，看见邵波和八戒的车都在马路对面，他俩很少这么早到办公室。紧接着，又瞧见古大力的车竟然也停在那儿，想到这胖子便觉得欢乐。于是，我提着包转身往"正剑商务调查事务所"里走去。

前台的姑娘冲我咧嘴笑："邵总在里面。"

我点头，推开"邵总"那硕大办公室的门。邵波的皮椅这一刻并没有摆在办公台后面，反倒正对着门。只见他大咧咧地叉腿坐着，正一本正经地在说教着什么。见我进来他瞟了我一眼，也没理我，继续着他的说教。

坐沙发上受教的是耷拉着脑袋的八戒和正在吃鱿鱼丝的古大力。奇怪的是八戒光着膀子，一身肥膘喜气洋洋地显露着。邵波的声音响起："几十岁的人了，真把自己当个大人物了不成？文个这东西在背上跑出去丢人，我瞅你就是古惑仔电影看多了。"

八戒没吭气，古大力反倒不太服气："邵波哥你这也有点小题大做，八戒不就在背上文了个身，有必要这么上纲上线吗？我瞅着挺好看的啊，像个乌龟似的。"

我一听就乐了，跨前几步："八戒，怎么了？文了个啥给我瞅瞅。"

"沈医生，你也要来帮他训导我吗？"八戒抬头，脸上挂着没羞没臊的笑，并站起来转身，背上是一个花里胡哨的关公。

"啧啧！疼吗？"我伸手去摸了摸。

八戒瞟了邵波一眼："怕疼能成大事？文身师傅说了，干咱这行背个关公叫作带煞，保咱做啥都顺。"

"煞个毛！"邵波在那里继续吹胡子瞪眼，"以后去桑拿你别和我走一起。"

我故意搓了几下，八戒皱眉："别！沈医生，昨晚刚文上，还没长拢。"

"哦！"我笑着，"听说刚文上去的颜料能吸出来，不知道是真的还是假的？"说完这话，我冲邵波使了个眼色。

邵波本就不是啥好鸟，别看这一会吹鼻子瞪眼冒充大象。他眼珠一翻，咧嘴就乐了："应该是吸不出来的。"

"怎么可能吸不出来呢？始终只是颜料，就算是血，有个口子在，还不是一样能吸出来。"我故意和他较劲。

邵波做奋起状："沈医生，别的问题上你读书比我多，我不会和你争论。但这个问题上，我倒要和你耗耗。"他一边说着，一边偷偷去瞟坐在沙发上的八戒和古大力。

只见古大力真开始思考了，并翻着白眼："理论上是可以吸出来的。文身又叫刺青，原理是刺破皮肤在表皮下的真皮层敷用颜料，创口愈合后形成永久的花纹。"他说着，眼神开始发直，扭头冲八戒说道，"所以，我支持沈医生的意见，在伤口没愈合前，颜料应该是可以吸出来的。"

八戒和邵波长期以来穿同一条裤子，遇到这种情况一般都不会示弱叛变，具备对他好兄弟邵波近乎无脑的忠诚。只见他瞪大了那双小眼："不可能，如果颜料这么容易几下就能去掉，那满大街文身的人身上，岂不是都只背着几个针眼了。"

一场并没有太多意义的争论开始了……

半个小时后,古大力嘴唇周围满是花花绿绿的颜料,坐沙发上咧嘴乐:"我说了能吸掉你还不信。"

八戒手里拿着个小镜子,站在邵波办公室里那面大镜子前仔细端详着后背,后背上的关公就剩下了零星的颜料点点。他一边看着一边骂道:"妈的,还真能吸掉,古大力你能耐,给我吸得这么干净。"

古大力很高兴,对着旁边的痰盂又吐了一口:"嘿!不相信科学,活该你受罪。"

我环抱着手坐在邵波旁边,和邵波一起微笑着看着他俩。

这时,邵波扭头过来了:"对了,沈非,昨晚韩总那单案子你是怎么看的?"

"问题不大。"我边说边望着似乎正在琢磨今个到底是哪儿不对的八戒,"就一个抑郁症患者的案子,况且年轻,自身条件又比较优秀,很容易翻过这一页的。"

"是吧?"邵波点着头,"但我总觉得有什么地方不对似的。"

我没理睬他,站起来拿着公文包往外走去:"有啥不对,也要下午见了对方才知道。"

邵波在我身后大声问道:"昨天韩总说她女儿多大来着?"

我站住:"23岁。"

"哦!那我并没有记错,昨晚我一直在琢磨,23岁,大二。咱高中毕业都是多大来着? 18岁。大学毕业也就是22岁左右。这岑晓姑娘难不成脑子有点问题,留级了两年?再说了,现在是初秋9月,新学年开始。也就是去年的这个时候,韩总的千金以22岁的高龄进入大学。那她这中间的两三年都干吗去了呢?"

邵波的话让我也不由自主地皱眉了,但很快我就冲他耸了耸肩:"邵波,病患选择对我们心理咨询师隐瞒一些东西是很正常的。再说,她那两年去干什么了,是人家的私事。我要面对的只是她因为姐姐离去而开始的抑郁而已。"

说完,我大踏步走出了邵波的办公室,身后的八戒和古大力似乎还在继续小声地讨论颜料的问题。

5

说实话,岑晓长得很好看。她走进诊所的时候,我正在前台和佩怡说事。远远地就看见一个身材高挑的姑娘从对面公交车上下来,打开一把遮阳伞,迈步走向我们诊所。

她穿着白色的短裙与白色的凉鞋,衬托出双腿特别修长,浅蓝色的POLO衫上有很简单的图案,清爽干净的形象扑面而至,会让人不由自主多看几眼。接着,她走到了我们诊所门外,推开了玻璃门。

她头发很顺,皮肤白皙,扬着素颜的面孔:"请问沈非医生在不在?我和他有约的。"

"你好,我就是。不过你应该之前并没有和我约诊吧?"我站直,那一刻并没有意识到她就是我今天下午要面对的病患。

"嗯!我叫岑晓。"她将伞收拢,放进单肩包里,接着捋了捋鬓角的头发,"我母亲叫韩雪。"

说实话,那一刻我根本不相信——海阳城知名女企业家韩雪的女儿,会自己坐公交车出门,并打扮得如同一个普通邻家姑娘一样,出现在我面前。

我冲她伸出手,讪笑道:"我还以为……"

岑晓没抬手,她看了我一眼,姣好的脸庞上并没有太多的表情:"我没让我妈陪我一起,毕竟我自己单独出来少了不少是非。"

我点了点头,对方是本城名门千金,保持矜持、低调,才是她能像普通人一样生活的前提。

最终,岑晓只是象征性地握了一下我的手,又快速缩回:"沈医生,我想,我们可以开始了吧?"

"嗯!我的诊疗室在那边。"我领着她朝我房间走去。

"其实,我并没有我妈想象的那么麻烦与严重。"岑晓在我对面坐下,双腿弯曲,脚尖指向房间一旁微微敞开的窗户。

"嗯!"我没有反驳,因为我并没有觉得现在就是我与她交流的开始。

我从书柜上的精油架上拿出一瓶苦橙花精油,滴入旁边的香薰炉里。这种产自法国南部的白色花儿,拥有其作为精油世界女神的神奇力量。它兼顾薰衣草的镇定与玫瑰花的煽情,可它在让人镇静的同时,又不会带给人失落抑或忧伤。

况且,它还具备一种对于女性来说特别的魔力——它是精油世界里最为体贴女人心思的魔女,细致温柔的芳香能安抚女性的心神。

也可以说，它是一种催化剂，让每一个女人，都能如同苦橙花一样，缓缓绽开。

最关键的一点是——苦橙花还具备催眠的功效。

香薰炉的炉火忽闪着，芬芳开始在房间里萦绕。岑晓看着我完成这一系列举动，双腿却朝着那扇微微敞开的窗户再次伸了伸。这一细微动作被我捕捉到，我不动声色地转身，拿起桌子上的录音笔和笔记本，接着走到窗边，将那扇窗户合拢，并将深色窗帘带上。岑晓在刚进来坐下后，脚尖对着那扇敞开的窗户，这一肢体语言的寓意是——我想要通过那扇窗户离开这个房间——而这一刻，她潜意识里所企盼的逃亡出口，被我紧紧关闭了。

于是，房间里不再有自然的阳光，头顶微黄色的落地灯与暖色的墙壁辉映着。几分钟后，岑晓即便再不习惯，也会开始略微适应，接着，她会认为这里虽然陌生，但也是个能让她感受宁静与安全的不错选择。

"介意我录音吗？"我在她对面坐下。

"随便。"她将身体往后缩了缩，双腿由之前的伸出变成了缩到沙发下。我知道，她在寻找足够的舒适与安全感。于是，我开始微笑了，我的微笑是职业化的，能辐射出亲和与亲切，让人感觉放松。但奇怪的是，岑晓看见我坐下，反倒变得紧张起来，与之前她走入时的平和略有不同。

在我抬起一条腿准备搭在另一条腿上，做出一个跷二郎腿的姿势时，眼前的她开始有了明显的紧张。她的整个身子往沙发深处缩了缩，肩膀耸起，脖子伸向前。

当然，这些细枝末节，是只有我这种临床多年的心理医生才能够捕捉到的。虽不明显，但映射出的内心世界，又是极其精准的。

我能够以此推断出的结论是，岑晓害怕与不熟悉的人在封闭空间里单独相处。她微微翕动的鼻子说明这一刻她呼吸急促，但她的胸部并没有快速起伏，又说明她在努力让自己的紧张不至于显露在人前。

我翻开笔记本，在上面写下：幽闭空间会让患者感到不适。写完这几个字后抬头，与她的眼神交会，她那闪烁着什么的双眼马上拒绝了与我的目光接触。

抗拒与陌生人接触——我在笔记本上继续写道。

"岑小姐，喝温水还是凉水？"我伸手向旁边的饮水机。

我的话语似乎让她脑海中正思考着的某些事情被打断了。她愣了一下："凉水。"说完这句后，她做出了一个很奇怪的动作——她将腕上的手表摘了下来，着短袖的双臂没有了任何遮盖物，接着，她抬手，解开了那件POLO衫衣领处的几颗纽扣。

"你热吗？"我忙问道。

"嗯，有一点。"岑晓回避着我的目光，双手迅速放到了裸露的膝盖上，长腿弯着扭向一边，于是，她的上半身面向我的角度，变成了侧面。这样，我直视向她的视线中，那敞开的衣领深处，浅黄色有着刺绣花纹的胸衣若隐若现。

我反倒变得有点不自在了，收起了目光，并拿起茶几上的遥控器："我把空调调低点。"

"调到17度吧！"岑晓建议道。

我按动,接着将遥控器放下,面前的女孩盯着空调上显示的"17"数字,舒了口气。我再次用手里的铅笔在笔记本上写下:室温17度会让她感觉舒适与安全。

　　"沈医生,其实,我并没有我妈妈想的那么麻烦与严重。"岑晓再次说出了这句她走进诊疗室时就说过的话,"我每天晚上10点半准时上床,6点起来。而抑郁症患者最头痛的失眠,这,对我来说,根本就不是个问题。"

　　"睡眠质量怎么样呢?"我望向她,但我尽可能让自己的目光中满是暖意,不至于将她终于望向我的眼神逼退。

　　但最终,她还是回避了与我的目光交会,并且,她放在膝盖上的手还微微抖动了一下:"睡眠质量很好,甚至睡下时是个什么姿势,早上还是那个姿势。"她说这些话时,语气和普通女孩完全一样——自然,也很松弛。但坐在她面前的我明白,她并没能真正做到轻松面对与我的这次接触。

　　"你有午睡的习惯吗?"

　　"没有。"她一边说着,一边展示出一个微笑。这时,与她颜面不到一米距离的我再次捕捉到一个非常隐秘的细节——她并不是完全素颜的。在她的眼袋位置应该涂抹了类似遮瑕粉底液之类的东西,只是这层东西质量非常好,不是这么近距离的观察,绝不可能发现的。

　　我开始犹豫,因为这一发现让我意识到对方有某些刻意对我掩盖的东西。而我之所以犹豫,是因为我无法确定自己是否应该将这一发现很直接地向对方发问。

"你觉得自己是一个虚伪的人吗?"我有了一个可能会刺激到对方的决定。

岑晓一愣:"沈医生,我只有23岁,那些满世界虚伪与阴霾的理论,对于我来说,接触的机会不多。所以,我并没有理由呈现假面。"

"是吗?"这一刻的她,语气依然平和,如果让我闭上眼睛,只选择聆听的话,我一定会认为对方有着镇定安静的灵魂。我继续道:"实际上你所展现在我面前的模样,也给了我这种误会,素面朴实,不着粉黛。但是,我想问你的一点是,既然你觉得自己是真实的,那么你可否用卸妆液卸掉眼睛下面的遮瑕霜,让我看看真实的你呢?"

岑晓身体再次明显地缩了一下,继而又马上舒展,恢复了原来的模样。她猛地站起,转身,接着又折返,抓起她放在桌上的手表和沙发上的单肩包。最后,她狠狠地瞪了我一眼,朝着诊室外大步走去。

我正要开口说些什么,却看到被她拉开的那扇门外,韩雪不知什么时候到了,正站在那里歪着头。她并没有与迎面的岑晓说什么,那模样就像自始至终就站在那儿,等着这扇门被打开一般。

接着,她走进了我的诊室,依然是微笑着的,但眉宇间却似乎有某种忧心愁绪。当然,我并不了解她的整个世界,也不能妄自认为她心绪凌乱。

韩雪的动作始终优雅,对我做了一个微微颔首的动作:"沈医生,刚才,我已经在你诊所里交了20个小时的心理咨询费用。不过,这些天岑晓要去外地待一段时间,所以,后续的心理辅导,可能要等到她回来再说。"

"嗯!"我点头,"她不是前些天刚开学吗?"

"学校那边我已经给她请假了。"韩雪边说边扭头看了已经走出门的岑晓一眼,似乎这话也是对岑晓的通告。

"那……那我们的下次咨询大概安排在什么时候呢?我好提前把时间调整好。"我问道。

"再说吧!可能只是一个星期,也可能要一个月,甚至……甚至是……"韩雪说到这里顿了顿,"再说吧!到时候我打电话给你。"

说完这话,她转身往外走去。这时,我发现站在门口的岑晓身后还有一个矮个子女人,正在对岑晓小声说着什么。而岑晓的脸色……

她的脸色变得无比苍白,嘴唇似乎在抖动……

最终,她紧跟着脚步匆匆的韩雪往诊所外走去。

6

我缓缓走出诊室,觉得这么一次诊疗过程,像极了悬疑小说里的碎片剧情,开头汹涌,最后衔接上一个有无限可能的收尾。佩怡的声音在我身后响起:"啧啧!沈医生,刚才那个看上去很贵气的女人,给你按照每小时一千元的出诊费预交了诊疗费,两万块呢。"

我"嗯"了一声,却并没有一丝丝欣喜,反倒感觉隐隐有某种不安。好像这笔不小的收益,要置换的是代价不小的付出。

"对了,李大队来找你了,他说打你手机关机,估摸着你在诊疗中,所以直接来了诊所,在会议室里等着你。"佩怡道。

我冲她微笑,扭身打开了会议室的门。却发现不止李昊,邵波也坐在里面。他俩打开了会议室墙上挂着的电视,正一本正经地盯着电视屏幕。

见我走入,李昊对我做了一个收声的手势。我望向屏幕,是在播前一天那起越狱事件。逃犯名叫田五军,他的正面照片被放大出现在画面中央——秃头,满脸油光,甚至连眉毛也掉得稀稀拉拉。眼鼻普通平凡,下嘴唇却很厚实。他的这一微笑着接受相机定格的面部特写,完全可以定义为一个极其普通的中年男人,甚至还透着一丝憨厚。但是,真要将他剖析开来,可能也并不那么简单。

秃顶,油脂分泌旺盛,说明他新陈代谢极其迅速,大量的油脂才导致了脂溢性脱发。那么,他的整个世界,是在不停运动与翻腾的。我不知道他之前是从事繁重的体力劳动,还是高强度的脑力劳动。如果他没有通过运动将这些旺盛精力释放的话,那么,他内心世界也应该是沸腾的。

另一方面,某些心理医生认为,下嘴唇的厚度,可以理解为判断个体性欲的一个准则。尽管我对这一理论并不完全认可,但一个精力旺盛的男性,具有超强的性欲,似乎也合乎情理。

"他当时是什么案子入狱的?"我开口问道。

电视报道接近尾声,李昊扭头过来:"非法拘禁,强奸。昨天这家伙刚越狱,我就想去瞅瞅他的案卷。可奇怪的是,他的案卷极其简单，甚至受害人姓名这些都没有在系统里录入。当然，如果真要查下去，我可以去档案室翻文字记录。"

"你的意思这案子不是你们市局破的？"我坐下问道。

"有点儿奇怪而已。案子的具体情况是这样的——前年夏天，住在虎丘山森林公园里面的猎户田五军，掳走了一位落单的女大学生。他将女大学生带回自己在半山腰独居的家里囚禁。几天后，警察踹开了他家的大门，将女大学生解救。"李昊板着脸说道。

"并没有什么奇怪的地方吧？"我质疑道。

李昊解释着："我想说的并不是案件本身的奇怪，而是案件所走的程序比较奇怪。虎丘山森林公园大部分在我们海阳地区辖内，负责案件侦破工作的，也都是海阳市虎丘山分局的同事。可逮了这名犯罪嫌疑人后，第二天就将他移交到隔壁地区的坤州市看守所关了起来，卷宗也给了坤州的公安机关。"

"虎丘山森林公园地方不小，会不会因为第一案发现场是在坤州境内呢？"邵波手里拿着一支烟来回耍玩着，在我的诊所里他不敢点上。

李昊摇头："我和我同事也这么认为的。况且，田五军将那名女大学生掳走的位置在森林公园深处，具体是海阳市境内还是旁边的坤州市境内，很难有个真正意义上的定数。"

"会不会是因为这案子棘手，所以某些不靠谱的领导就将案子推给坤州公安呢？"我又问道。

"不会的，已经抓到凶手了。再说，这种性质恶劣的案件的侦破，当地公安部门是要嘉奖的，没有谁会傻到把到手的功劳转交给别人。"邵波对我解释道。

"不过也都无所谓吧!犯罪分子最终落网,受到了法律的严惩,并被送到关押重刑犯的海阳市监狱。只是监狱的同志也太不小心了,怎么就能让人给跑了呢?"李昊边说边按下了手里的遥控器,将电视关上,"对了,沈非,我这趟过来,就是想听你说说邱凌的事。我听说你昨天去了精神病院?"

"嗯!见了他。"我点着头。

"这杂碎怎么样了?"李昊板着脸问道。

"比之前神经质了不少。"我回答道,这时,一个念头在我脑海中跳出。我望向李昊,"对了,你知道尚午吗?也是被放在重度危险病房的,是个什么人?"

"你说的是被终身限制自由,和邱凌一样被送进精神病院的那个疯子尚午吗?"

"嗯!"我点头。

"好像是涉及危害公共安全吧?据说当时有过一些争议,那家伙应该是属于介于疯子与天才之间的人吧?反正也挺传奇的。过几天我再去看看他的档案,那案子不是我们这边做的,我看了后再说给你听呗。"

这时,邵波插话了:"我说李大队,去我那边再继续我们的话题吧!沈非这边高大上,不准抽烟,我那边没这么多讲究。"

"话题?"我一愣,"什么话题?"

李昊白了邵波一眼,玩笑道:"谁知道呢!这家伙神经兮兮把我给叫过来,如果不是想顺便问问邱凌的事,我压根没空搭理他。"

说完这句，他也没管我，径直大踏步朝诊所外走去。邵波冲我笑："跟上呗？反正是个和你也能扯上关系的话题，过去听听呗！"

邵波和李昊点上烟，两人动作一致地深深吸了一口。

"说吧？什么事？"我坐在抽风机正下方问道。

邵波却没理睬我，扭头瞅着李昊。可能之前他们也就某个话题开了个头吧？于是李昊瞪大了那双铜铃眼："看什么看？我答应你就是，前提是不能逾越我作为一名警察的职业操守。"

邵波这才点头并望向我："沈非！其实，韩雪最初找到我，并不是想要我帮她介绍心理医生。我虽然不是什么真正意义上的私家侦探，但总也时不时接些小活儿，帮人查些乱七八糟的事。而认识了韩雪后，她委托我帮忙调查的人，居然是她的亲生女儿——岑晓。"

"她委托你调查岑晓？"我有点蒙。

"是的。"邵波耸了耸肩，"不过这委托在我看来也算正常，哪一个做妈妈的会不关心自己女儿身边的男孩呢？尤其是像韩雪家这种没有男丁的大富人家。"

"她让你查岑晓的男朋友？"李昊露出一个很不高兴的表情，"看来，你们事务所的业务范畴还越来越大了。"在李昊看来，一切私底下的调查都是犯罪。

"嗯！"邵波点了点头，"但调查出来的结果却有点奇怪。"说到这里邵波打住了，眼神中蕴含着某种自以为的深意望向了我。

李昊便不乐意了："我发现现在和你聊天越来越费劲，有什么东西就倒豆子一样全部倒出来呗！说半截留半截，拍韩国肥皂剧呢?"

"她并没有男朋友。"我打断了李昊的训斥,一字一顿地说道。

邵波愣了一下:"沈非,你是个有本事的人我知道,但这岑晓没有男朋友的事你是怎么知道的?哦……"邵波自顾自地点头,"刚才你和岑晓接触时听她自己说的?"

我摇头:"她什么都没说,甚至我和她的交谈根本就没有进入任何主题,便提前宣布了结束。"

"那你是怎么知道的呢?"邵波再次问道。

"我猜的。"我冲他微笑道。

"和你们说话都累!"李昊扭头冲我瞪眼了,"沈非你也被邵波传染了。"

"我和岑晓确实没说几句话,但岑晓所呈现出来的模样,很不真实。家境宽裕的岑晓,并没有因为优越感而扭曲的世界观。保持着平和心态的她,在学校里自然也是个没有架子的女孩。她会笑着和所有人接触,但绝对不会对人敞开心扉。因为她的自我世界,是完全封闭着的,不希望任何人靠近。并且,潜意识里的她还捍卫着一片目前我还一无所知、属于她自己的极其隐蔽的角落,那个角落,应该没有任何人能够触碰到。"

我顿了顿:"她害怕受到伤害,并且……并且她也曾经受过伤害。"

"你说的伤害,是指她在国外失去了姐姐的那次冒险吗?"邵波说道,"至亲的人离开了她的世界,对她影响肯定非常大,这点我们都知道啊!"

邵波这么无意间说出的话语，反倒让我一愣，某些怀疑如同瞬间被点燃的火焰。我猛地站起。面前的李昊和邵波见我这反常表现，都意识到我捕捉到了什么。而我自己的脑子快速运转着：至亲的人离开了她的世界，她承受过的应该是巨大的悲伤才对。但现在我所看到的岑晓，呈现的却是对整个世界所有人的不信任。这两者之间，不应该具备因果关系的。那么，让岑晓形成当前这种如同刺猬般人格的，又会是一段怎样的人生经历呢？

安静了差不多一分钟后，我再次坐下。邵波和李昊冲我翻白眼，李昊嘀咕道："沈非，你又开始想些什么了？"

我微笑："没什么。邵波，你能继续说说你调查到的岑晓的事吗？"

邵波耸肩："奇怪的事就是，韩雪在前几天刚委托我调查岑晓，到今天中午便打电话告诉我，委托取消了。语调有点奇怪，好像我有什么地方冒犯了她似的。沈非，昨天你看到的，她对你我都给予厚望，希望我们能帮到她女儿。可一眨眼工夫，又换了个人似的。甚至刚才在你的诊所里看到她，她跟变了个人似的，对我只是点了下头，多余的话都没有一句。所以我就觉得这中间有什么蹊跷。"

我继续微笑着，对邵波的了解，让我能洞悉他这一刻真实的想法，于是，我盯着邵波的眼睛说道："邵波，你不是一个沉不住气的人。实际上你和李昊一样，自己的案子从来不会随便对其他人吱声。那么，我很想知道，你今天是哪根筋搭错了，要将我和李昊都叫出来，并把案子这么随便地说出来。"

李昊的脸色也变了。他一本正经地对邵波说道："不是有特别重要的发现,你不会打电话给我,拉我出来也不会只是要说这么个破事的。你到底发现了什么?"

邵波将手里的烟在烟灰缸里按灭,叹了口气:"实际上到目前为止,我并没有发现什么,但凭借刑侦人员独有的预感,我怀疑岑晓与她姐姐的失踪或者死亡,有着某些干系……"

邵波看了我一眼:"甚至……甚至可能她姐姐的失踪就是因为她。"

这番话让我的心微微一震,邵波的机灵是我和李昊都公认的。他一定是发现了什么,才说出这样的结论。但我并没有动声色,望向李昊。李昊在笑:"邵神探,接你这报案让我感觉压力挺大啊。那田五军案还只是旁边城市而已。你现在的这么一个怀疑,直接要我海外缉凶吗?"

邵波没有理睬李昊的讥笑:"你们知道韩雪所说的那个国外是哪个国家吗?"

"又开始卖关子了。"李昊嘀咕道。

"也冷岛国,北欧一个在地图上压根就不存在的法属微型国家,岛上住的都是尚未接受现代文明的土著。也就是说,岑晓与岑曦的那段过去,直接就是黑历史,没有任何东西可查。"

正说到这里,李昊的手机响了。他看了看来电号码,然后转身站到了窗边。只见他微微点头,"嗯"了几声便挂了线:"我要回局里了。昨天越狱的那个重犯田五军,据说潜入我们海阳市了。我们市局要协助抓捕。"

李昊说完这话便望向邵波:"得了!神探兄,其实我早就明白你的意思，但我确实帮不到你什么。这样吧，我回局里看看关于她姐姐岑曦的失踪档案吧，有什么情况我再打电话给你。"

说完这话，李昊朝门外走去。邵波也没管他，扭头对我问道："有空没？"

"干吗？"

"我约了和岑晓同一个宿舍的姑娘聊天，要不要一起去？"

"韩雪不是已经不需要你们继续调查了吗？"我疑惑道。

"好奇不行吗？"

"哦！"我点头，"几点？"

"就现在。"邵波边说边将他的手机递了过来，只见屏幕上面有八戒发过来的一条短信：人已约好，速来。

我有几秒钟的犹豫，但脑海中，岑晓那姣好的面容与修长的身材如同鬼魅般晃过，那微微敞开的衣领与衣领深处浅色的胸衣……一切，似乎都散发着某种诡异奇怪的吸引力："走吧！过去看看。"

第三章
癔症患者

"你的意思是她的声音有点像男女之间发生什么时的呻吟声吗?"邵波追问道。周梅咬了咬嘴唇:"应该是吧,最起码我们听着像是。""你能够学一下给我听吗?"邵波继续说道。

7

以前我一直认为，能使用聊天工具成功约到女性的，应该是邵波这种人才对——形象合格，能言善道。可世界上很多事，往往都出乎我们的意料，或者说是毁三观般的颠覆。我们有幸与海阳大学新闻系这位叫作周梅的姑娘见上面，牵线搭桥的居然又是八戒，而他使用的利器，居然又是聊天工具。

周同学端坐在海阳大学门口那家咖啡厅里板着脸，这位来自四川、肤白貌美的大二学生，显然对自己约来的网友八戒不太满意。而八戒满脸是笑，贼眉鼠眼地不时瞟对方一眼，怎么看都透着一股子猥琐劲儿。见到我和邵波进来，八戒连忙站起来冲我们挥手，并对面前的姑娘说道："喏！没骗你吧？我们海阳 F4 并不是浪得虚名的，还有一个在市局刑警队加班，今天没空过来而已。"

邵波小声嘀咕了一句："也忒土了点吧？都什么年代了还 F4！"

我笑了，跟在他身后走上前。

八戒给我们互相做了下介绍。也许是颜值的缘故吧，面前这姑娘神色较之前好了不少。

可能是因为受不了八戒的那一套,所以这次邵波没有以他惯有的油腔滑调作为聊天的开场,而是很直接地对对方说道:"周梅对吧?我们让八戒约你过来,其实是想跟你打听下你们一个舍友的事情。"

"八戒是谁?"周梅问道,很显然她并不知道她网友的大名。

"嗯!八戒就是舞动斜阳。"邵波一本正经地回答道。这时,坐在邵波身边的,只需要轻而易举甩甩,就能舞动身上大肥膘的胖子八戒微笑着冲周梅点了点头:"嗯!是我。"

我哭笑不得,忍着没吱声。

"大叔,我觉得你们还真好玩。一个胖子挂一张都教授的相片约我出来喝东西,这点就不怪你们了,谁叫我自己笨,相信头像呢?接着,你们又神秘兮兮,说要找我打听我舍友的事。嗯!美剧看多了吧?冒充FBI?"

"我觉得我必须打断一下你了。周小姐,实际上我们确实是某些不方便透露身份的部门的人,希望你配合。"八戒脸色一变,正色说道。

"少来这套。"周梅冲八戒翻白眼,"不过我猜得到你们想要打听谁,岑晓对吧?老规矩,500块随便问,我知道的都可以告诉你们。"

"还有其他人也找你打听过岑晓?"邵波问道。

"想追她的人多了去了。我不知道你们中间到底是谁对岑晓有想法,不过我可以很明确地告诉你们,都没啥戏。"周梅愤愤地说道,言语间可以感觉到泛着某种女生之间的酸酸情愫。

"清纯百合,你真的太让我失望了。"八戒摇着他那颗肥大的头颅叹了口气,"300成不成?"

最终,岑晓的这位舍友在收下了邵波递过去的400块钱后,浅笑着抿了一口咖啡:"好吧!有什么想问的现在可以开始了。看上岑晓的男人太多太多,凭你们想要俘获他,基本上很难。"

"沈非,你先问吧!"邵波双手环抱在胸前扭头望向我。

我点点头,面前这叫作周梅的姑娘的表现,让我明白,岑晓在学校里的人缘应该不怎么样,最起码她和这位舍友是肯定不太好的:"周同学,你注意过岑晓睡觉的姿势吗?"

我的发问让周梅一愣:"大叔,你为什么要问这些?"

"钱已经收了,你照着回答就成了。"八戒在一旁瓯声瓯气地说道。

周梅耸了耸肩:"岑晓每天很早就睡,一挨枕头就着的那种。我们三个小姐妹疯啊闹啊什么的,她都不参与。当然,她白天也是那么个模样,看到谁就微笑,问一句答一句。说她高傲吧?也说不上。不知道是真的蒙呢,还是脑子有点问题。"

"那我是不是可以理解成你们其实都不怎么喜欢她。"我继续问道。

"说不上什么喜欢不喜欢。对了,你提起这睡觉,我还想起个事。"周梅皱起了眉。

"啥事?"八戒很配合地问道。

"有两三次吧,我们熄灯后听那些午夜节目,说些小话。其实我们的声音也不大,但岑晓却似乎有某些反应。"

"什么反应?"邵波似乎来劲了。

周梅白了他一眼:"她在发抖,还有,就是梦呓一般的哼哼。当时我们几个就纳闷了,要知道我们住的是老宿舍楼,本来就有师姐们一届一届流传下来的各种鬼故事。于是她们几个就让睡下铺的我上前去看看。我当时也没多想,踏上拖鞋就过去了。接着便借着手机的手电光看到侧躺着的岑晓,表情很诡异,好像承受着很大的痛苦似的。"

"你当时注意到她的眼睛没有?是睁开还是闭上的?"

我插话问道。"眼睛?"周梅想了想,"是闭上的,不过好像眼帘一直在抖,就好像肌肉抽搐那样抖。"

"你没有尝试去摇醒她吗?"

"有!当时我以为她是做噩梦什么的,便喊她名字,还用力摇她的身体。可没用,她那痛苦的表情继续,眼帘依然抽动,嘴里哼着挺难听的声音。"周梅回答道。

"嗯!她的身体是硬邦邦的,肌肉收得很紧。你当时可以感觉到她想要挣扎,并在为挣扎而努力。但那一刻的她,却又无法完成这一动作,我这样描绘是不是比较符合当时岑晓的状态?"我盯着周梅快速说道。

周梅眼神中闪出一抹惊恐,仿佛那晚的经历再次来到:"没错,那一刻岑晓给我的感觉就像被什么东西捆住了,无法挣脱。其他几个同学也都连忙起来了,动静大了点,她才不哼了,但还是没醒。到第二天跟她一说,她居然啥都不知道。哦!我猜到你们是什么人了。"周梅冷不丁地望向我,并压低了声音:"你们是那种调查灵异事件的秘密调查员吧?"

我不知道怎么回答她了,与此同时,我开始怀疑岑晓可能有着某种比较常见的精神疾病。八戒却似乎来劲了,向前探头,表情凝重:"姑娘,看来要瞒你也有点难了。没错,我们确实是灵异事件调查员。所以,希望你对我们的这次交谈保密。"

周梅倒抽了一口冷气,再次巡视了我们仨一圈。面前的周梅似乎在深呼吸,她在尝试让自己冷静,最后恢复了之前的冷漠面容,正色说道:"可那400块钱已经收了,不给退的。"

邵波终于出声了:"周梅,刚才你还提到岑晓在那天晚上出现诡异症状的同时,嘴里哼哼地发声。你在描述她的哼哼声时,用到了'很难听'这个形容词。所以,我现在很想知道她当时的哼哼声是不是有异于常人的呻吟。"

"确实是很难听。"周梅回答道,"虽然我和我们宿舍的几个姐妹都不是小女孩了,但当时听到她的那哼哼声,也都觉得挺羞的。"

"你的意思是她当时发出的声音有点像男女之间发生什么时的呻吟声吗?"邵波追问道。

"应该是吧。"周梅咬了咬嘴唇,

"最起码我们听着像是。"

"你能够学一下给我听听吗?"邵波继续着。

周梅脸红了,八戒见缝插针地补上了一句:"我们是为了调查那些脏东西。"

周梅左右看了看,旁边并没有其他客人在。于是,她微微张嘴,很认真地发出了"嗯！啊！啊！"的音符，表情还挺投入的。

"谢谢！"八戒吞了一口口水，"周梅同学，很感谢你的配合。"

配合的周梅讪笑着看看表，继而站了起来："时间也差不多了，我们还要上晚自习。有什么其他要了解的之后再喊我吧！"

"得！再联系。"网名"舞动斜阳"的胖子冲着网名"清纯百合"的女大学生讪笑着说道。

8

癔症（Hysteria），又称歇斯底里症，是由明显精神因素、暗示或自我暗示所导致的精神障碍，主要表现为感觉或运动障碍、意识状态改变，症状无器质性基础的一种神经症。

当然，我们也可以说得简单一点，癔症就是患者的脑海中出现了完全以自我为中心来认知一切的奇特世界观。而这个世界观所产生的思想，也开始逐步接手对躯壳的某些管理。

同时，这一病症，在当下也非常普遍。首先，它拥有特定的癔症人群。这个群体的人，在面对某些经历后，会很轻易地变成癔症的病患。

情感丰富、具备表演色彩、以个人为中心、暗示性高等在我们平时评价为"矫情"的品性，实际上就可以理解为癔症个性。而岑晓目前所表现出来的种种，尤其是出现类似鬼压床的症状，基本上可以初步认定，是癔症的表现——她的世界里出现了让她无法控制自己感官与运动的心理障碍。她想要挣脱，却又无能为力。

"沈非,你怎么看?"邵波用流行语问我。

"应该有严重的心理疾病。"我搪塞着,并不是不想将目前怀疑的结果告知邵波,而是说了他俩也可能并不明白,反而要将"癔症"这两个字给他们解释好久。

"这不是废话吗?"八戒拿着账单站了起来,"很明显这岑晓是有心理疾病,不是癔症,就是抑郁。"

说完这话,他拿着账单朝吧台走去。邵波冲目瞪口呆的我微笑:"八戒最近和古大力关系好,学到不少新的词汇。"

夜,是否安静其实我并不知晓。自己能够安静,世界才得以安静。反之,满世界都是喧哗……

我冲凉后换上睡衣坐在阳台上,海阳市的初秋夜晚有一丝丝凉意,微风拂面,如同那条熟悉的手臂在肌肤上轻轻滑过。

放在一旁的手机响了,是收到电子邮件的提示。李昊发过来的,文件名是"给你手打的尚午资料"。

我笑了,估摸得到这位在市局加班的粗大汉子之所以选择手打的原因——我只是个医生,并没有权限去了解任何人的隐私,而他,也不被允许随意泄露公民的隐私。那么这个文件里,应该只是一些公开披露过的属于尚午的信息,以及尚午案官方的卷宗而已。

那张又长又窄的脸再次出现在我的面前,相片应该是他进精神病院前拍的,相片中的他留了个并不是很长的分头,头发稀少,眉毛也很淡。他的眼睛细长,眸子里放出的是某种让人微凉的目光。鹰钩鼻与薄嘴唇一起,展现着一个看上去就透着虚伪的微笑。

尚午，1975年5月16日生。海阳市人，他在前年12月因为私藏大量爆炸物品被捕，连带着被抓的，还有他的一班信徒。信徒们膜拜尚午，认为尚午是唯一可以带领他们远离末日伤害的人。而这位被那几十个人膜拜的男人，他所要做的事情，是用一次地铁站爆炸案来警告世人——对大自然的改造必须要受到惩罚，人类密集的集聚地注定会成为一个密集的墓场。

被捕后的他依然坚持着自己异样的思想。他在看守所里嘶吼叫嚷，煽动同监房的犯人，甚至尝试说服刑警与狱警相信他拯救世界的论调。最终，他的疯狂让警方开始怀疑他可能具有精神疾病，测试的结果也证明了他确实是个严重的幻想症患者。最终，他被送入了海阳市精神病院，终身限制人身自由，接受强制治疗。

这些资料排序混乱，很明显是李昊复制粘贴出来的。一个神经兮兮的末日论者跃然纸上，似乎平凡，也似乎不平凡。对于乐瑾瑜提到的尚午是两年前"灵魂吧"案件中那位疯狂的女凶手的亲哥哥一事，这样看来，确实也合理——精神疾病具备先天遗传，这是当前已可以基本确定的了。

至于那起匪夷所思的"灵魂吧"案：若干走入灵魂酒吧的单身男人，选择了用胶带将自己头部缠绕窒息而死。剥茧抽丝到最后，凶手——酒吧老板娘索菲也选择以这样的手法结束了自己的生命。她的尸体旁边，是一本厚厚的日记与一杯没有喝完的粉红色液体。日记上记载了她对婚外恋者的极端仇视与每次利用催眠来作案的心路历程，而那杯粉红色液体里，含有可摧垮理性的制幻剂。

当时现场的电视机是开着的,连接着电视的机器里重复放映的碟片被李昊他们取出,是一段酒吧的监控视频。

1分23秒……这段时长1分23秒的视频被拿到我的办公室,我与文戈一起看了后……

我并不是阴谋论者,这世界上有着很多很多的巧合,它可能真的只是巧合。那段视频这两年我看了不下千次,它是普通的,并无其他含意,这点肯定是不争的事实。所以,我能够理解乐瑾瑜将尚午与女凶手的关系告知我的用意。

手机再次响起,是一个新的电子邮件,发件人还是李昊。里面没有文件只有一段简单的文字:

> 沈非,你看看这个——尚午,1997年7月师范毕业;1997年9月至2005年7月在海阳市三中担任音乐老师,并创建了他的第一个社团"折翼音乐兴趣小组"。

这段记载后面应该又是李昊打上的文字了:

> 我刚才查了下,邱凌和文戈在三中读初中高中那几年,他们的音乐老师,就一直是尚午。

手机从我手里滑落,直接掉到了地上。我的心跳在加速。我扭头望向身后客厅一角里摆放的钢琴,文戈当年时不时会弹奏一曲。我记得她曾经告诉我,最初让她迷恋上音符的,只是中学时期学校里的一架风琴而已。而引领她爱上弹奏的人，就是她当年的音乐老师。

不过，她从来没有让我知道那位老师是男是女，我也一度想当然地认为那音乐老师是位长发齐腰的女教师……

我望着远处黑暗天幕中闪烁的光芒沉思着。半晌，我捡起手机，翻到了乐瑾瑜的号码，并拨了过去。

过了很久她才接通，语气慵懒："喂！"

"瑾瑜，我现在想去你们医院见邱凌。"

话筒那边出现了几秒的安静，我吞了口唾沫，准备回答她对于我在这个时刻想要造访精神病院提出的质疑，可想不到的是，我所听到的她的回话那么从容："你到了吗？还是现在打算过来？"

她并没有问我原因，也没有任何推诿。于是，我反倒有点不好意思："我还没出发……况且……况且我就是想问邱凌几个问题而已。"

"嗯！我现在就起床去院里，你到了给我电话吧。"乐瑾瑜应道。

我换了衣服，抓着车钥匙往楼下走去。乐瑾瑜的爽快让我欣慰，但这个女人身上，又始终隐藏着某种神秘是我无法猜透的。例如现在才9点，她的语气却像在熟睡中被我电话吵醒似的。我所认识与了解的她，并不像那种习惯早睡的人。最起码，也不会是在9点以前睡的人。

汽车在夜色中的滨海大道驶过，暗影被我甩在身后，我无法阻挡的，是前方依旧的黑色天幕。40分钟后，我驶入了海阳市精神病院，远远看见站在医院门口已经换上白色大褂的乐瑾瑜。她头发披在肩膀上,冲我笑着,如同若干年前我身后跟着的那个小师妹。可经年累月后,她的青春似乎也正在缓缓落下帷幕。有人说,女人过了26岁,就开始逐步失去她的美丽。那么,我眼前的乐瑾瑜,正处在缓缓退却芳华的年月里。

我停好车,莫名地,一种异样的酸楚涌上心头。我突然间觉得,自己对这个叫作乐瑾瑜的女孩,是否太过残酷。她在夜色中站着,等待着我的到来,正如她之前好几次那般傻傻等待一样。她对我的情愫,尽管未曾表白,但又是谁都能洞悉到的。我甚至可以猜到,今晚的她身上应该又会有依兰依兰花的花香,用来俘获我这无法配得上她的男人。

我深吸一口气,九月的海阳市有着微凉。我无法释怀过往的情愫,自然也无法拥抱唾手可得的幸福。

乐瑾瑜迎了上来,那让人心醉的依兰依兰花香扑鼻:"我已经给保安那边打过招呼了,我们现在就下去吧。"

我点头,看了下手表——10:11。

"没有影响你们吧?"我沉声问道。

"没有,我来医院不久,但算个红人,给值班医生他们打个招呼就可以了。"

10分钟后,我们再次站到监控室的门外。胖保安还在,不过话却没有昨天那么多了,他的桌子上放着一本对折的小说,封面花里胡哨,写着一些吸引眼球的鼓吹性的标题。我微微笑笑,看着保安那紧皱着的眉头,洞悉着又一位忧国忧民的匹夫的世界。接着,我尝试着在墙上的监控画面上寻找邱凌,看到的却是一整排关掉的屏幕。

胖保安注意到了我目光的焦点所在。他白了我一眼,摇晃着手里的钥匙:"这四个重度精神病患者都挺听话,9点左右基本都睡了。院里给他们的资源最多,都是单个养着,我们几个瞅着能为院里省点就省点,所以等他们睡了后一般就会关闭监控,反正他们也不可能撞破墙壁飞出去。"说到这里,他按了下旁边的开关:"既然现在乐医生你们俩要进去,我们把监控再打开就是了。放心吧,你们在里面有啥情况我们第一时间就会看到并冲进去的。"

我没说话,邱凌在这里只是个病人,并不是个罪犯。监控设备在医院的作用,是害怕病人有突发的病症发作,而不完全是为了预防他们作乱。

胖保安走出了房间,按亮了走廊的灯,负一层的过道亮了,宛如白昼。我却莫名地汗毛竖立,有种奇怪的感觉,觉得自己如同好奇的潘多拉,正在启开面前饰有花纹的神秘魔盒。而邪恶,即将涌现……

铁门被打开了,我和乐瑾瑜在胖保安身后迈动步子。第一个木门旁的窗户深处,灯泡似乎坏了,忽闪忽闪的光影下,张金伟宽厚的肩膀若隐若现。

第二个窗户深处,我们看见那女人站起来,并朝着走廊上的我们望过来。她的发丝半遮面,一双布满仇恨的眼睛让人心底发凉。

接着,我看到了尚午——刀削般的脸,站在铁门后透过窗户望向我。我必须承认,他的锐利目光,竟然能够让从事临床心理咨询工作几年的我,有一种想要回避的冲动。但我并没有扭头,反倒站定了,隔着那扇窗户望向他。

尚午笑了,我第一次发现,长着一张淡漠面对世界的脸的男人,他的微笑竟然也可以灿烂。接着他摇了摇头,似乎在叹气,或者……

他们竟然并未睡去……

我不想琢磨太多,继续朝着邱凌的病房走去。我开始有了某种迷信,觉得邱凌知道的东西,可能比我多很多,关于文戈的,也关于尚午的。

9

胖保安打开门后对我们问道:"真的不需要我守在这里吗?不需要的话,我就出去外面看着监控就是了。不过乐医生不能和我一起出去,大半夜的让一个外人单独待在病人房间里,终归不太好。"

乐瑾瑜冲他点头,尾随着我走进了房间,将门带上,并背靠着门双手抱胸。

邱凌似乎在等待着我们的到来。他盘腿坐在床上,短发让他显得年轻而精干,或者应该说,这短发让他像一头随时会发起进攻的猎豹一般。他笑了,歪着头:"沈医生,我本来以为你昨天晚上就会赶过来找我,看来我高估了自己对你的世界的重要性,你对我的重视并没有达到我的预期。"

"昨晚我为什么要来找你呢?"我也和他一样歪着头,站到了那把隔着铁门和他正对着的靠背椅前。

邱凌耸了耸肩："因为你朋友很多，但是却没有真正了解你的人。于是，真实的你很孤独，迫切需要找人聊天。而我，又是你觉得唯一能够多聊上几句的人。"说到这里，他顿了顿，因为这一刻的我，正缓缓坐到了那把靠背椅上。

灯光并不暗，于是我看见了他的鼻孔微微扩张了一下。

是的，他有一个并不希望让人洞悉的舒气动作，这一细微动作，是我到目前为止，唯一能够捕捉到并确定是他下意识做出的举动。而他的其他肢体语言，我都可以理解为是他麻痹我的种种。那么也就是说，我的坐下，会让他产生某种欣慰。他在等待我坐下，或许因为我的坐下，便意味着我与他的交谈，有了一个能够持续下去的好的开始。

我不动声色，邱凌继续着："像沈医生这么聪明的人，不可能放弃与我的交流的。因为我们的每一次交流，沈医生都可以有所收获。"他望向了乐瑾瑜，"你觉得呢？瑾瑜。"

身后的乐瑾瑜没吱声，我也并没有回头。之前乐瑾瑜也提到过，邱凌会利用一切机会，来让面对他的人互相之间产生各种猜疑。那么，他这一刻对乐瑾瑜亲热的称呼，应该也是他所用的手段中的一种。这一手段尽管无比拙劣，但每次施展后，都能够扰乱人的正常思考与判断，久而久之，也就让眼前人有了一种对身边伙伴习惯性的猜忌。

同样地，我们心理医生所使用的催眠，其实也是这么一种心理暗示行为，施术者通过语言、声音、动作、眼神的心理暗示，在受术者的潜意识中输入信息，改变其思维模式和行为模式。邱凌现在所做的，就是最为普通的浅度催眠，他想要在眼前人的潜意识中输入一个信息——我邱凌，并不是独自面对这个世界。

"尚午是你的老师？"我收起心思，盯着他的眼睛说道。

"是的。"邱凌眼中闪过一丝精光，他在为我提出的这个问题激动兴奋，但这闪烁转瞬而逝。

"他怎么样？"我继续死死盯着他的眼睛，只有这样，我才可以让自己高度集中于与他的对话，也同样能让他集中注意力融入与我的交谈，除非他回避我的眼光。

但，他是邱凌，一个具备着强大内心的邱凌。所以，他也绝不会回避我的眼光。

是的，他并没有回避，并且他的嘴角开始上扬，他在企图呈现一个比我更为放松的姿态："沈非，你真正想要了解的是尚午，还是想要了解文戈曾经和我一起，在音乐课堂上经历的种种呢？"邱凌的目光依然桀骜，让我又一次感觉自己是在与一只骄傲的猛禽对视。

"嗯！这些都是我想要了解的。"

邱凌嘴角上扬："我可不可以将你的这些问题的答案，当作一个能够为自己交换某些物品的资本呢？这样，你我以后的互相要求，就可以理解为纯粹的相互利用，而不需要某种彼此都会觉得不屑的交情。"

我也微微笑了笑，对方想要把与我的谈话气氛变得缓和，关系也变得简单。这，同样是我想要的。"没问题，不过以你的聪明，应该知道我们能够带给你的东西，实际上只会是普通的日常用品，而且材质会是塑料的。"

"沈非，你想多了。"邱凌挺了挺背，让自己的坐姿显得更为稳当，"实际上我想要的不过是一个掏耳勺而已，这要求并不过分吧？当然，塑料的掏耳勺如果有的话最好，就算你找不到塑料的，满大街随便买一个铝的给我也行。再说，你们总不会害怕我用一个铝制的掏耳勺逃出去吧？"

我没有回答他，扭头看了乐瑾瑜一眼。乐瑾瑜耸了耸肩："邱凌，你在我们院里的定义是一个疯子，万一你这个疯子用掏耳勺伤害别人怎么办呢？或者，一个小小的掏耳勺，无法让你伤害别人，你用来自残，我们麻烦也挺大的。"

邱凌笑了："乐医生，你始终对我有成见。我俩好歹也算是校友一场，那些年月里的交情虽然够扯，但也诸多重叠。我是个什么样的人，你应该有一些了解的。"说到这里，邱凌突然间从床上蹦了起来，额头朝着旁边的墙壁上猛地撞了过去。

"嘭"的一声，撞击后的他扭过头来。

而我和乐瑾瑜却都没有动，甚至只是用轻描淡写的目光看着他。在乐瑾瑜心绪里是怎样的想法，我不知道，不过我想，她应该和我想的一样吧——不过是邱凌又一次想要耍玩的把戏而已。

鲜血，慢慢渗出。邱凌在微笑："如果我需要自残，那么，就算没有任何工具，我都是可以做到的。这一点两位不会有任何怀疑吧？"

身后的铁门响了，保安的脚步声快速传来。我知道，这是邱凌的反常举动让他们看到，并有所行动了。这也就意味着，今晚与邱凌的碰面，即将告一段落。

乐瑾瑜在我身后开口问道："给你五分钟够不够？"

我没扭头，"嗯"了一声。

乐瑾瑜走出房间带拢了门，门外是她与保安的交谈声，依稀能听到保安说着："必须赶紧给这眼镜疯子止血。"

"我想知道尚午与文戈之间更多的信息。"我快速说道。

"你答应了我的条件？"邱凌的目光依然炯炯，甚至有点咄咄逼人。

我厌倦了每次都被他这样逼到墙角。但所剩无几的时间，又让我只能对他妥协。于是，我选择了点头。

邱凌阴着脸，语速快了："沈非，文戈从小就喜欢音乐，甚至她曾经梦想自己成为一个音乐家而不是之后的心理医生。尚午在少年时期的文戈心里是完美的，那时的他英俊、斯文，手指细长，在琴键上弹奏时的模样，如同天空中缓缓飞翔的白衣天使。于是，文戈加入了尚午开设的音乐小组'折翼'，至于我……"邱凌顿了顿，"我也想加入这个兴趣小组，但文戈不答应。"

"你的意思是……"我犹豫，但最终还是咬着牙将某些质疑说了出来，"你的意思是文戈与尚午可能有着某些超越了师生的关系？"

邱凌耸了耸肩："他们没有机会超越的，因为整个中学时期，我都没有领略到爱是需要奉献与舍弃的。于是，他们的每一次授课与单独相处，我都会默默地守在教室外面，傻傻地站着。沈非，那些年，我就是文戈在这个世界上一个沉默的影子，这点你应该早就查到了。所以，他俩不可能走得太远的。况且，尚午那时候还有位漂亮的女友。也是因为那位女友的事，尚午最终在我们高三那年离开了学校，从此在我们的世界里面消失。"

"文戈弹琴是尚午教会的？"

"是的。或者，尚午还教过文戈其他东西，但我并不清楚，因为我只是守护者，而绝不是偷听与偷窥者。"邱凌答道。

"哼！你不是偷窥者。"我冷笑了，"邱凌，作为对手，你之所以让我没有把你看成一条可怜虫的原因，是因为你始终的客观，并不会无端地狂妄自大。而今天，你那渺小的一面终于展现了，实际上，你也不过是一条自以为是的丑陋毛虫而已。"

邱凌也笑了："沈非，我是不是一条丑陋毛虫无关紧要，再说，你觉得我会在意自己在你心目中的模样吗？我承认，我偷窥过你与文戈的一切，但那同样是一种守护，一种害怕文戈受到伤害的守护而已。"

木门外传来"啪啪啪"的敲打声，我知道，这是乐瑾瑜在告诉我，保安需要进来给邱凌做止血措施了。

我站了起来，盯着邱凌的眼神依然尽力保持着锐利与坚定："自始至终，你就不是一个无私的守护者。"

说完这话，我转身朝着木门走去。身后的邱凌大笑着："我不在乎！我真的不在乎！我一点儿都不在乎！我完全不在乎……哈哈，哈哈哈……"

胖保安径直推开我，与他同事朝那扇铁门走去，嘴里还嘀咕着："都疯成这样了，还有人说他正常。"

我并没在意，迈出了第四个监房的木门。与此同时，我又被隔壁那扇小窗后的两道锐利目光所吸引。

是尚午，他那刀削般的脸白净、刻薄。

他的嘴唇在微微抖动，但我并不能听到他在说什么。

"沈非，他在说'爱情不可能长久，只有仇恨才是永恒'。"乐瑾瑜在我耳边小声说道。

我"嗯"了一声，朝着走廊尽头快步走去。跨过铁门后，我瞟了一眼空荡荡的保安室，再扭头看了一眼敞开着的负□楼的铁门。

"这只是医院。"乐瑾瑜似乎猜到了我的担忧。

我点了点头，朝着楼梯口走去。乐瑾瑜紧跟在我身后。

直到确定身边没有人能够听到我的话语声后，我才扭过头来："瑾瑜，你怎么能够知道尚午刚才说的是什么？"

乐瑾瑜一愣，紧接着笑了："我会读唇语。这，也是之前在你与黛西接触时我尝试着想要介入的原因。"

"哦！"我点了点头，学精神科专业的，又对心理学有着极大兴趣的女人，精通唇语，似乎并不会让人觉得意外。

"沈非，能送我回宿舍吗？我有个礼物想送给你。"乐瑾瑜说道。

我不假思索地摇头，但扭头看见她在一楼灯光下细长的耳根与粉嫩的脖子。

于是，我脱口而出的话语却是："我也想送个小礼物给你，但是一直没有想好送什么。"

第四章
精神科医生

人们踹开了大门,扑鼻的血腥味让人咂舌。电源被剪断了,黑暗的诊所里,红色的血喷溅得到处都是。医生被人刺死在血泊里,致命伤是左眼部硕大的血洞。

10 /

　　我们平时所说的精分，就是精神分析学说，这是现代心理学两位知名学者弗洛伊德与荣格共同推广开来的。两人合作六年后，因为某些理念的出入分道扬镳。之后荣格创立了荣格人格分析心理学理论，摆出"情结"的概念，把人格分为内倾和外倾两种，认为人格具备意识、个人无意识和集体无意识三层。最终，这位伟大的学者于1961年6月6日逝世于瑞士，他的理论和思想至今仍对心理学研究产生着深远影响。

　　与弗洛伊德一样，荣格最初也是一位精神科医生，他在精神病院拿到了他的医师执照。几年后，他又进入苏黎世大学担任精神医学的讲师，主讲精神心理学。这段时间里，他在精神病院的临床工作始终没有停止，并拿到了资深医师的执照。

　　其实，乐瑾瑜所行走的人生轨迹，可以理解为沿着这位心理学与精神医学领域大师级人物走过的道路前行。

　　想到这些，我偷偷瞟了一眼坐在副驾驶位上的乐瑾瑜。依兰依兰花的香味似乎在退却，但是另一种让我一时想不起名字的植物芬芳，正缓缓充斥车厢，但我又一时想不起这股味道来自哪一种植物。

"能跟我上楼吗？那礼物有点大，我可能拿不动。"乐瑾瑜微笑着说道。

"嗯！"我停好车，拉开了车门。精神病院宿舍楼是幢只有四层的老式楼房，现在刚11点，所有房间里的灯光却都已经灭了，楼道间浅黄色的微弱灯泡，让人觉得有点荒凉。

乐瑾瑜迈步朝上走去，我跟上并问道："你每天值晚班回来时不会害怕吗？"

乐瑾瑜没有回头："你说呢？沈非，我们是精神科医生，又是心理咨询师。我们能够给害怕这两个字明确的定义，那我们还会有害怕这种情绪吗？"

"会！"我答道。

乐瑾瑜扭头冲我笑了笑："是的，确实会。"

她边说边朝楼上快步走着，四楼的楼梯间没有灯，乐瑾瑜小声说了句什么，我没听清楚。紧接着她的手便抓住了我的手，似乎害怕我因为黑暗而摔倒。

我将手掌快速缩回。黑暗中，隐隐感觉着某种失落的情愫，在空气中萌芽，继而散开。那股我依然没能确定的芳香，继续通过我的鼻腔与毛孔渗向我的神经末梢。

我们走过四楼那一条简单的过道，周围的每一个房间始终那么安静。乐瑾瑜掏钥匙，开门，按亮灯……这一系列动作发出的声音都很清脆。

"四楼没有人住吗？"我回头再次看了看冷清的走廊与走廊旁那

一扇扇紧闭着的门。

"住在宿舍的人本来就不多,基本上都在一楼和二楼。再说,他们都是海阳市的人,这里只是他们有时候没赶上末班车时留宿的地方而已。"乐瑾瑜一边说着一边换上了拖鞋。我并没有想要走进她的世界,于是我在门口转身,望向不远处的精神病院。

"沈非,地方不大,进来吧。"乐瑾瑜柔声说道。

走廊上微冷,放眼望去,世界似乎透着某种凄凉。相比较而言,身后有着乐瑾瑜的房间如同另一番洞天,房间里那柔和的灯光与让人放松的精油香味,无不让人期待侵入。

我在动摇,我在揣测着当我跨入门后,可能会触摸到的软玉温香。甚至,我在揣测着她想要送给我的礼物,正是她自己的柔情万千。

我知道,自己并不是一个精神世界真正强大的人,我不可能像邱凌那样,具备对自己近乎苦行僧般的苛刻。再者,我是个正常的男人,我的世界里面没有异性已经很久很久了。我身体里那溢出的汁液,会让我在睡梦中狼狈地爬起。梦中,甚至也曾有过与身后这位近在咫尺的女人亲热的场景。

为此,我自责过,最终,我必须接受的现实是,无论我们冠以自己如何高端的生物级别,终究只是以繁衍为原始需求的动物而已。

我想要转身,生理需求上痛快淋漓放肆一次的机会,触手可及。

空气中香味淡淡,有依兰依兰花的余香,是乐瑾瑜释放出来的花语。还有……

我动摇的思维在瞬间猛然冰冻住了……因为……因为我终于想起了这股花香所掩盖的香味来自哪一种植物了。

岩兰，来自热带地区的一种并不茂盛的草。它的精油萃取自它的根部，根部越老，提炼的精油越好，气味也就越香。这种精油有杀菌消炎，促进伤口愈合的作用。当然，这是它作用到皮肤上的功效。而它——岩兰草精油作用到心理方面的疗效是——它是最为强大的镇静油，平衡中枢神经、缓解压力、改善焦虑、失眠和忧虑。

而这些功效，是我们用褒义词对它进行的描绘。这种用于深度失眠患者的精油又可以阐述出另一种功效——它会让人想要停留，想要休息，想要放松，甚至……甚至想要抛弃自制，拥抱情欲的放纵。

我的感性戛然而止。我缓缓转过身，面前那并不大的房间里，整洁干净。一个铺着粉色床罩的小床，看上去很软。墙壁上贴满发黄的报纸，说明居住在这个陋室里的姑娘也有着不为人知的拮据，与微笑掩饰着的为难。瑾瑜，依然那般站着其间，依然微笑着，依然望向我。她的发丝散开，披在肩膀上，如同来自天边的精灵。作为一个男人，面对如此时刻，似乎太应该有那不由自主的冲动，想要拥有这个女人，并带领她离开这个天地。

是的，幸福，触手可及。

我耸了耸肩："瑾瑜，下次等我也准备了礼物，再来和你交换吧。"

说完这话，我扭身朝楼下大步跑去。

我的奔跑印证着我的狼狈，我的世界拒绝着丝滑的柔情。我曾经以为自己不会辜负，但不自觉地……我始终在辜负。

我是沈非，我热爱这个世界，但我也绝不能骄纵了她。

我冲下了楼,跳上了车。这一刻是 10:41。

9 月 19 日的晚上 10:41。

不远处,她会抽泣,抑或会恼怒?又抑或……

我只用了半个小时便开回到市区,经过诊所时,瞟见对面邵波的事务所亮着灯。我心里憋着一些东西,但不再像上大学时那般了,那时候,我们会选择和好兄弟说道说道自己在情感上一些自以为轰轰烈烈的"大事",尽管这些"大事"过后看来是那般可笑。

我将车停下,朝邵波的事务所走去。我并不是要倾吐什么,只是想有个人说几句话,就算是无关紧要的话也无所谓。因为,我们在这日益浮躁的世界里,正在日益地感受着近在咫尺的孤独。

但我刚迈开步子,事务所的灯就灭了。紧接着,邵波的身影从黑暗中朝大门外走出。我喊他,他愣了一下:"沈非?"

说完他按了按手里的遥控器,智能锁门的门禁系统微微轰鸣:"沈非,你怎么也加班到现在啊?"

我故作轻松地笑:"你以为满世界就你敬业吗?"

邵波耸了耸肩,接着左右看了几眼,眉目间透出八戒般的鸡贼。最后,他小声说道:"有热闹看,要不要跟我一起过去?"

"什么热闹?"我问道。

"李昊和赵珂都过去了。嗯!市局刑警队的人应该都到了,据说汪局也在赶过去的路上。"邵波继续小声说着,表情也严肃起来,"凶案,人只死了一个。但行凶的人……"

他顿了顿:"行凶的人,很可能是田五军。"

"你怎么知道的？"

邵波眼神中掠过一抹睿智："刚才看电视上说的。"

我们上了邵波的车，朝着海阳市市郊驶去。路上邵波和我说了他在新闻里看到的我们即将赶去的凶案现场情况——大量的武警与狱警在海阳市监狱附近山区搜寻着逃犯田五军的影踪。距离海阳市监狱80公里的市郊的某个私人诊所，今天没有开业。紧闭着的大门让人们以为那位西医大夫休假，可直到晚上9点左右，夜跑的人经过时，却依稀听到里面有女人微弱的呼救声。

人们踹开了大门，扑鼻的血腥味让人哑舌。电源被剪断了，黑暗的诊所里，红色的血喷溅得到处都是。医生被人刺死在血泊里，致命伤是左眼部硕大的血洞。而年轻的护士被捆绑在诊所里小小的检查台上，她的所有衣裤浸泡在不远处那摊黏糊糊的暗红色中。被松绑后的她抽泣着告诉营救了她的夜跑者，凶手是揣着一支断了的手掌冲进诊所的。在胁迫老医生对他进行了治疗处理后，老医生面对的依然是一把尖锐的剪刀。帮助缝针与止血的护士，最终面对的是禽兽粗暴的蹂躏。

"只可能是田五军。"邵波最后很肯定地说道，"李昊他们现在应该都赶到现场了，这是大案，越狱犯才离开监狱几十个小时，便进入了闹市区。并且，他已经近乎于癫狂般开始了行凶，难保之后几个小时里，另一起，甚至另几起入室强奸杀人案又会蹦出来。"

"他要医生和护士对他伤口进行了什么样的处理？"我的问话显然和邵波所关心的事不在同一个频道。

邵波继续开着车："大医生，我只是看电视新闻而已，你真当我是个在家没事就掐指的神仙啊？要说神仙，古大力才是。"

他话音一落，放在驾驶台上的他的手机便响了。我瞟了一眼，居然显示着"古大力"三个字。邵波便笑了："还真是神仙哦，说他就显灵。你接吧！看他放什么屁。"

我笑着按下了通话键，"喂"了一声。话筒那边却没声……嗯，不是没声，虽然依稀能够听到鼻息隐隐传来，却没有人开口说话。

我正要开口问话，古大力那憨憨的声音便响起了："是沈医生吗？"

我应着："是！我就喂了一声，你就听出了我的声音，果然够神啊。"

古大力的啰嗦理论便再次袭来："声调语言的特点，就是指只发同一个语音的时候，用不同长短、不同高低的声调……"

我连忙打断了他："行了！你大半夜打给邵波干吗？"

"我……我就是问他看了电视没有，郊区小诊所里发生离奇命案的那个新闻。"古大力答道。

我示意邵波按下车载电话键，这样，古大力的话语声便充斥了车厢，如同他加入了我们之中。

"你是有些什么发现想要和你邵波哥说说吗？"说到这里，我怕邵波因为没听到古大力之前的言语而不明白，又补充了一句，"关于郊区诊所命案的。"

"嗯！我觉得这个凶犯很可能是海阳市监狱越狱的那个叫田五军的犯人。"古大力很认真地说道。

"废话，刚才电视里都已经说了。大力，你说点有建设性的话题好不好？"邵波抢白道，"我和沈非现在就在去往现场的路上，你肯定是有了什么独特的看法才会打给我，赶紧说吧！一会儿我也可以把你的意见传达给李昊他们。"

"行。"古大力那边传来了咀嚼的细碎碎声响，应该是他又在嚼鱿鱼丝什么的。伴随着吞咽的"咕嘟"声，他的声音再次通过车载音响传来："逃犯来到海阳市应该是有目的的。"

邵波附和："这点我也想到了。离开海阳市监狱后，他成功进入了监狱外的森林，那片森林又连着虎丘山国家森林公园。田五军之前就是虎丘山里的猎户，对山上环境比较熟。那么，他潜入虎丘山肯定要比进入到海阳市容易得多，也更为方便躲藏逃避抓捕。可现在，他并没选择钻入森林，反倒来到海阳市。那么，他的目的肯定就是海阳市的某个人了。"

"为什么他的目的不会是海阳市的某个物品呢？"我捕捉到了邵波这话里不自觉流露出来的线头问道，"邵波，你怎么知道是因为某个人呢？"

"邵波说得没错，是因为某个人。"古大力带着鼻音的话语在音响中传出，显得很遥远，"并且应该是个女人，所以他才会冒险过来。他找到医生，让医生把他那只自己锯下来的手掌接上，目的就是想让他即将再次面对的女人所看到的，是一个完整的他。"

"说个可以力证的理由。"我打断了他。

古大力顿了顿，声音忧郁起来："我觉得，能驱使这么一个亡命之徒冒险来到海阳市的，只可能是爱情。"

"小样！你懂什么是爱情吗？"邵波打趣道。

古大力在话筒那头叹了口气:"懂的!懂的!"

"大力哥,你处过女朋友吗?"邵波微笑。

古大力沉默了几秒:"还没。"

"哦!那么男孩,你就赶紧睡吧,有什么事我们再打给你得了。"邵波没和古大力继续瞎掰,主动挂了线。他的神色依然和往日一样,似乎对什么事情都无所谓,但我知道,他的内心世界里,正在尝试一层一层地剥开什么。只是他想解开的谜团究竟是什么,他暂时没有告诉我。

"邵波,你到底发现了什么?"我将座椅往后移了移,这样,我就能更好地观察邵波,而不是坐在副驾座只能扭头看到他的侧脸而已。

邵波笑了,但并没有扭头:"沈非,我是刑侦出身,其实刑侦工作首先要学会质疑,对各种线索线头的敏锐捕捉。换句话说,就是多疑。尽管,我已经离开警队好几年了,但这毛病却改不掉,也不想改。"

我"嗯"了一声,几年前初次走入我的诊所寻求心理咨询的那个邵波历历在目。他从小的理想就是从警,他的祖父是我国第一批派往苏联学习刑事侦查的公安中的一员,他的父亲是某重镇已退休的公安系统领导。而他,刑警学院高才生,加入警队干的也是刑侦,一颗本应该冉冉升起的警队新星,却因为某个不方便提起的原因早早陨灭(邵波故事见拙作《黑案私探社》)。但在他身上,随时都能捕捉到一个警察的影子,尽管他已不再是警队的一员了。

邵波苦笑着:"正因为这些多疑,让我习惯性地把很多东西串联起来,相关的,不相关的。沈非,目前我有一个可怕的怀疑,正在被一步步地印证,但这一怀疑,又太匪夷所思了。所以,请你容许我继续保留一段时间。一旦有了进一步的证据证明这一系列怀疑的真实性，我答应你，我会第一时间告诉你的。"

"我可不可以理解成——你是在拉着我走入你目前所怀疑并深挖的案件吗？"我问道。

"是的，不过这案件也可能与你有关。"邵波答道。

我没再说话，将椅背放低，微微闭上了眼睛。其实所谓的"物以类聚，人以群分"并不是谬论，之所以我与邵波、李昊能成为好朋友，因为我们骨子里都有自以为是的所谓正义，以及对未知事件的强大好奇与渴望主导。汽车开得很稳，朝着罪恶留存过的地方驶去。我想，我愿意接受邵波的邀请，因为，我需要一些事情，将自己的注意力吸引开。关于文戈的过去，以及邱凌、尚午……太多谜团。而乐瑾瑜的情愫，我害怕，也惶恐着。

我知道，我是在用一种自以为说得过去的理由，让自己再次躲避需要面对的一些事情。

11

GPS引领着我们的车开到那幢位于郊区的小诊所附近，已经凌晨1:30了。警车上闪烁着的警灯，好像黑暗中精灵眨着的眼睛。邵波把车停到一个不显眼的位置，我俩缓缓走出，并拨通了李昊的电话。

"我和邵波在你现在出警的凶案现场。"我小心翼翼地说道，因为我知道自己即将面对的肯定是李昊低吼着的责备。

"哪个位置？看得到我的车吗？马上过来一趟。"李昊紧接着说出的话让我觉得很意外。

"能看到你的车。"我回答道,"你的意思是……你是说要我和邵波现在过来?"

"是的,赶紧!"李昊声音很大,说到这里,就听到不远处他的叫喊声,"这边,这边!沈非,这边!"

我和邵波面面相觑。

"过去吗?"邵波的笑依然是满不在乎,"万一是个圈套,李大队憋足了劲准备把你我忽悠过去当面臭骂一顿。"

我耸了耸肩:"我们今晚过来就是让他骂的啊。"

说完这话,我俩一前一后朝李昊站着的警车位置走了过去。

这时,汪局竟然也从那辆警车背后探了出来,对我俩点头示意。李昊凑近对我小声嘀咕道:"汪局正想要我给你打电话。"

"什么事?"我答道。

"解救出来的护士姑娘看到我们警察后,便说不出话来,只是坐着哭。想要送她去医院,可她又不肯。"李昊皱着眉说道。

"人呢?"我看了看汪局,老者表情也很严肃。对手是一个已经进入自己辖区的丧心病狂的歹徒,汪局的焦急程度完全可以估摸得到。

"在后面那辆车里。哦对了,她姓熊。"李昊指了指身后一辆救护车的车厢。

"可以让我单独和她聊聊吗?"我问道。

"小沈,尽量快点。"汪局抢先答道。

救护车的后车厢并不大,但给人感觉很空荡,因为车厢中唯

——张担架床平放着，与竖立着用来挂药水瓶的支架结构都那么简单的缘故。一个披着蓝色毛毯的长发女孩低着头坐在小床上，肩膀耸动着，吸鼻水的声音断断续续。

"你好！我是沈非。"我蹲到了她面前，但又不能完全蹲下，因为我要保证自己的眼睛和坐着的她的眼睛在同一个水平线上。于是，我只能用一种很吃力的姿势半蹲着，并尽可能让自己这个姿势显得自然，并不难看。

女孩没有抬头，掩面的发丝缝隙中，眼白和黑色瞳孔上翻着，很警觉地望向我。

"我可以称呼你小熊吗？嗯，我是一名心理咨询师。"我依然用我擅长的直白，因为我始终觉得，简单直接的话语，才是容易被我的患者接纳的。毕竟这个世界变化太快，面具和尖刺成了每一个人必备的铠甲。阴影下的人们，他们真正需要的不是虚伪的关怀，而是朴实的交流，"我想，我可以帮你点什么。"

女孩眼睛中闪过一丝什么，但又转瞬而逝。她的脖子上有一道很明显的瘀青，我不敢想象在刚过去的时间里，她到底经历了什么。接着，她微微抬起了手，手掌纤细，皮肤光滑。

"你是要我看你的手吗？"我柔声说着，想要诱导她做出最简单的回答。

她没回答，自顾自将手翻过来，手背送到了我面前，那淡淡的青筋如同蛛网般蔓延。我有点犹豫，不明白她想要表达什么，抑或想要我做些什么。于是，我伸出手，尝试着握向这纤细的手。

她快速缩回了，并急促地吸气、呼气。她裹在毛毯里面的身体很明显地做出了一个抖动的动作,眼神中那警惕的目光再次闪过。

"对不起,我以为你想要我握住你的手。"我继续保持着半蹲的姿势,很吃力,"小熊,你介不介意再次抬起手来,让我有机会捕捉你要透露的信息?"

她似乎在犹豫……我明白,这位刚刚受到巨大刺激的女孩,这一刻还能够这么安静地坐着,其实已经算很不容易了。因为,她的精神世界在接受着历练。崩溃,抑或正在将苦难努力地溶解着?

必须承认,她是坚强的,但……我们不可能因为她的坚强,就强行要求她立刻站起,告诉我们之前发生的一切。

让受伤者对苦难再一次描述,实际上就是逼迫她将伤害进行再次体验。这,对于面前这位年轻的女孩来说,确实太过残酷。

我开始自责起来。可能这也是我之所以时不时告诫自己不能介入李昊这边的刑案的原因。作为一名医生,我认为目前给予小熊最好的治疗就是让她安静,慢慢自行愈合。但作为刑警队的委托者,我又需要帮助李昊他们在尽可能短的时间里,收集到线索与证词。这样才能让他们快速制定出下一步对案件的侦破方案,并从小熊的描述中捕捉出凶犯逃匿的可能方向。

我没再说话,因为我最终说服了自己——我是医生,我关心的是被伤害者的灵魂,而不是执法者想要扑灭的罪恶。于是,我继续保持着半蹲的姿势,用坚定却又能让对方觉得温暖与安全的目光陪伴着她。很狼狈的是,这半蹲的姿势让我很吃力,最终,我的小腿不自觉地有了轻微的抖动。

这一动作小熊应该注意到了,或者这一小动作也触动了她内心中的柔软。终于,我发现她隐藏在发丝后的警惕眼神开始慢慢收敛。接着,她再次抬起了手,手心向下,朝着我伸了过来。

我连忙冲她微笑,但没有再次做出想要握手的动作。接着,我看向她的手背——皮肤、血管、透出的手骨,甚至细微的毛孔与绒毛……

最终,我终于明白了什么,冲她点了点头:"我懂了,你等会儿,我现在就安排人上来。"

我拉开了门,身体却因为腿部肌肉太过酸痛的缘故,一个趔趄朝外面摔了出去。邵波抢前一步将我抱住,李昊也连忙上前扶着我,并压低声音在我耳边说道:"什么情况?"

我扭头冲身后车厢里的女孩看了一眼,她的发丝拦在面颊前,闪烁着的目光让人心疼。

"小雪!"我冲不远处正在忙活着的慕容小雪喊道。

小雪快步走了过来:"沈医生,有什么我能帮上的吗?"

"嗯!"我点了点头,"这诊所里平时非常干净吧?"

"是的,虽然现场目前看起来非常乱,但是依然能看出这里的主人有着良好的清洁习惯。"小雪回答道。

"这与受害者现在不肯说话有什么关联?"李昊插嘴问道。

我没答他,继续对小雪说道:"想办法找点温水,帮车里的姑娘泡一下手。"

小雪似乎还没明白:"120 的医生们已经给她做了简单的包扎与清洗,甚至还完成了对她身体里罪犯残留的体液进行的取样与清理。"

"小雪,沈医生要你做什么就去做吧!"汪局在我身后说道。

"是!"说完小雪便朝旁边走去。

"这姑娘有洁癖,她的指甲缝里,还残留着死者的血迹。"我扭头对汪局说道。

10分钟后,小雪再次拉开了救护车的车门,对李昊喊道:"李队,小熊现在能配合我们回答几个问题了。"

"好!"李昊胸脯一挺,迈步前对着我狠狠捶了一拳,"心理医生还挺好用。"

整个凶案的经过很快便被还原出来:上午,当诊所的医生——小熊的父亲熊大夫和女儿一起拉开诊所卷闸门时,隐隐的血腥气味,便让有洁癖的小熊感觉不太对劲。完全没有心理准备的他俩跨入诊所,背后却响起了卷闸门被再次拉下的声音。黑暗中,一个沙哑的声音恶狠狠地说道:"我已经回不去了,不会介意收了你们两个人的命再走。所以,我希望你们能配合。"

诊所里的灯被按亮了,一张苍白的脸出现在熊大夫父女面前。他的左手没有手掌,黑糊糊的泥涂在断口处,隐隐约约还能看到血水在继续往外渗。而他的右手紧握着一把镰刀,镰刀被他平举着:"我只是条疯狗,如果你们不听我的话,我只能选择将你们撕成碎片。"

他的吐词还算清晰,但话语有点含糊,因为他没有多余的手来拿一件在他看来特别重要的东西,所以只能选择用嘴叼着。而这个东西,便是他那耷拉着的被斩断的手掌。

老医生与刚从卫校毕业的半大孩子小熊,颤抖着为他做了个完全遵照他意愿的手术——将他的手掌缝合到了断肢上。实际上，他的伤口与断掌已经不具备再次被接上的可能性，就算有，也不是这么个小小的诊所能够完成的。老医生尝试着解释，并希望对方到大医院去。但对方……

被缝好的左手上，小熊给他用干净洁白的绷带绑得非常好看。包扎的过程中，小熊能清晰地听到对方那沉重的呼吸声，带着一股子汗臭与血腥味的鼻息冲向她的脖子，那气息还似乎尝试从小熊的衣领处往下，进而钻入她的后背。

这，让小熊感觉身体不自觉地僵硬。

"谢谢！"凶徒说道。

几分钟后，想要保护女儿的老者眼部被扎入了一根利器。紧接着沉重的呼吸声，让已经不懂哭泣的小熊被压迫得喘不过气来，凶徒那只尚能正常活动的右手，揉捏的力度很大，好像要将小熊完全捏碎一般。

一切，都发生在太阳缓缓升起的这个初秋的早上……

12

这段卷宗被李昊进行了简单描述，似乎权当对两个好事者帮忙的回报。

"是田五军，他进入海阳市这一事实基本上可以被确认了。"李昊很肯定地说道，"我们给她看了相片，现场留下的大量指纹也进一步印证了这一点。所以，接下来我们市局刑警队就有得忙了，监狱方面的追捕人员也在火速赶过来的路上。"

"这是条疯狗，他目前的状态，会伤害到他遇到的每一个人。"李昊皱着眉说道，"你们的车是停在小树林那边吧？现在……嗯！就是现在，你俩就给我乖乖的，过去打开车门，开车回家。我不希望你们这些不相干的人一而再、再而三地打扰我们的工作。"

说完这话，这大块头扭头朝他的袍泽们跑去。

"交友不慎。"邵波嘀咕道。

"嗯！过河拆桥。"我补上了一句。

牢骚归牢骚，但我俩还是遵照李昊的要求，将车重新开上了回市区的公路。我俩都在思考着，但又都没有先开口就当前的案件拉开个讨论的氛围。

这时，前面路边出现忽闪忽闪的灯，是一辆拖车正在将一辆黑色的CRV挂上。邵波"咦"了一声："那被拖的不是古大力的车吗？"

话音还没落，便瞅见了拖车旁边站着的肥胖的身影似曾相识，他正在和拖车司机说着什么，驶近了一看还真是古大力。

我和邵波相视一笑，将车停到了他身后。古大力没注意，咬牙切齿地对那拖车司机大声嚷嚷着："说好的拖车300，现在坐地开价要350，你就不怕我去投诉你们吗？"

司机也挺激动："你以为我乐意多收你50吗？我只负责拖车，凭啥把你也载回去。让你上我的车就上车，可你还非得要躺在自己那破车后排，就你这身肉往后排一躺，我要拖的重量一下就多了两三百斤，那还不得多烧几升油？"

"放屁！"古大力愤怒起来，"我的车落地重量是2610公斤。今天下午刚加的400块钱油，50升左右重35公斤。就算加上我的体重121公斤，以及车里的一些杂物算5公斤。一共也就2771公斤。你的是3吨的拖车，那么，你的排量就是……"

拖车司机似乎终于受不了，他低吼了一句："神经病。"接着油门一轰，古大力那辆黑色CRV颤抖了一下，被牵引着朝前开去。空中回荡着司机的叫喊声："明天自己去4S店拉你的车，爷就一拖车的，伺候不了。"

古大力追出了两步，然后站住了，扭头朝着对他按喇叭的我们望过来。邵波故意开着远灯让他只能举起手拦在面前。他一双小眼睛眯了眯，终于看清楚是谁，便开始咆哮："帮我追他，我今天不把这个问题给掰清楚就不姓古！"

"不姓古就改姓邵吧！叫邵大力。"邵波冲着打开后门钻进来的他打趣道。

"快开车，追他。"古大力因为我们的到来，胆变肥了不少。

邵波故意将油门轰了几下："不行，你太重了，开不动。"

古大力恼了："我才121公斤，你的车的排量是2.0的，车上目前就坐着我们三个……"

"得了，大力，邵波逗你的。"我打断了他，"再说追个啥呢？我们送你回家，你明天再去车行拿车就是。"

"不行，我要让那小子知道，这世界是有个词叫作讲道理。"古大力身上散发出来的凛然正气，充斥了整个车厢，让我们一度觉得他的病句显得那么自然。

"可是，我们现在想要去虎丘山森林公园，没时间陪你去维护正义。"邵波慢悠悠地说道。

"去虎丘山森林公园？"我和古大力一起说道。

"嗯！去不去随你自己，反正我现在就想去田五军老家的屋子里看看。"邵波依然不紧不慢地说着。

"哥！我去。"古大力应承着，似乎一下就忘记了前一分钟"今晚这事解决不了就不姓古"的叫嚣。

可能是因为邵波不时卖弄这个关子的缘故吧，我对这个越狱逃犯的案子也越发关注起来，于是，我没有反对，将安全带紧了紧。

"应该只要3个多小时吧，只是最后那段路可能不太好走。"邵波说道。

古大力没应声，自顾自往后排左右看了看，接着脱了鞋躺下，肥大的身体用一种很奇妙的姿势缩在座位上："你开车我放心，再说我一直和八戒说，还是邵波的车好，空间大，舒服。"

我扭头笑了笑，看了看表——1:11。

窗外漆黑的世界，还有多少未知，是我们这些渺小的人类所不曾知悉的呢？

我不是圣贤或者先知，也没兴趣去一一钻研。我之所以选择介入田五军的案件，缘由只是我想用一些能够吸引我的事，让自己心底的某些情愫被压抑。

而此刻，这份情愫，在空中蔓延，蔓延向几十公里外的海阳市精神病院。我无法洞悉与感知的是——1:11，在精神病院那间邱凌的病房里，一件让我之后几近崩溃的事，正在悄然拉开帷幕。

第五章
寡妇和少女

被压抑的生理需求,使田五军对受害者自然地产生了想当然的强烈思念。这很容易形成一种自我催眠,认为对方也和自己一样,迷恋着那段短暂的时光。

13

　　古大力今晚之所以狼狈不堪，缘于他那颗固执的心。本来他计划第二天要去找修理厂给轮胎充气的，在与我们通完电话后，再也压抑不住那颗要到凶案现场看热闹的沸腾的心。于是，他精确地计算着被扎了个小洞的前轮轮胎能够行进到的足够距离，接着义无反顾地和我们一样，驱车奔赴电视里说的凶案现场地址，想要从李昊那里套点八卦消息。没料到的是，卑鄙的轮胎违背了力学原理，果断抛锚，才会有了之后我们看到的那一幕。

　　将古大力从对司机进行惩罚的意图中拔出来的是——我们将诊所现场的情况对他进行了描述。这位继续躺在后排的胖子思考着，我和邵波也没尝试打断他，因为我们都知道，他接下来要说的，很可能是让我们为之震撼的逻辑分析。

　　一分钟后，古大力尝试性地"嗯"了一声，终于开口了。

　　"我突然想起个事。之前我进入了测算的误区——我的体重是121公斤，可是我出发前上了趟厕所，我每次的排泄物是1公斤左右，那么，我现在的体重应该是120公斤才对。"古大力很认真地说道。

邵波将方向盘一扭，停到了路边。

"大力哥，请你下车。"邵波也很认真。

"为啥？"古大力坐了起来，"我又做错了什么？"

"你没做错什么，是我觉得载着你耗油。"邵波开始微笑，"除非你能就田五军案，给分析个条条道道出来。"

"哦！那我继续想想。"古大力舒了口气，再次躺下，以那种奇妙的姿势蜷缩回后排座位里，"教育程度不高，对现代医学缺乏足够的了解，进而做出了强迫医生将已经坏死的手掌缝合到断肢上的手术……"说到这里，古大力顿了顿，"不对，再怎么没文化，也不会无知到这么可怕啊。那么……"

说到这里，古大力开始了再次的沉默。我和邵波也再次住嘴，等着他石破天惊的分析。

又过了几分钟，古大力问道："田五军的妻子在海阳吗？"

"他没有妻子。他的档案我通过一些渠道找出来看过，爹妈很早就没了，打小就很独立，住在半山上的一个小破屋里，不怎么与村里人接触，靠打些野物去镇上换钱过生活。据说村里的一个寡妇曾经和他发生过一些什么，后来那个寡妇嫁到虎丘镇去了，他也就一直单着了。"邵波边说边按下了车窗，并叼上了一根烟。

"那个寡妇现在在不在海阳呢？"古大力再次问道。

"我也查了，不在，还在虎丘镇那边。这趟过去，我们首先就是尝试找到她，和她聊聊田五军的事。"

"邵波，你为什么对田五军了解这么多？"我冲邵波问道。

"因为我始终觉得他之前的那个案子里有着某些古怪。"邵波回答道。

这时,身后的古大力又说话了,继续自言自语一般低声说道:"妻子也没有,寡妇又改嫁了,一个人憋在山上,那得多无聊与寂寞啊!接着是犯罪,也是因为女人,再接着是入狱,继续憋着忍着……"

古大力边说边坐了起来:"让田五军如同赴死一般逃到海阳市的只可能是女人,为了这次辛苦逃亡后将要与对方的见面,他还尝试着自以为是的体面,将断下的手掌缝合,进而让自己之后出现在对方面前是完整的。邵波!"古大力顿了顿,"被田五军侵犯过的那个受害者现在在哪里?"

"我不知道,找不到相关的受害者的信息,可能是对方申请了对那段过去的保护。"

"邵波、沈非……"古大力的话语声莫名地带上了一股子幽怨的伤感,"结论显而易见,凶徒的这番作为,是为了爱情。"

"唉!"他叹了口气,"问世间情为何物,直教人脱衣脱裤……啊呸!是直教人生死相许。"

我却望向了窗外,路灯未能照亮的世界,黑暗如同一只潜伏着的猛兽。

我扭过头来:"古大力分析的结果如果成立的话,那么,能让田五军冒险来到海阳市的女人,只可能是那名曾经被他囚禁过的受害者。田五军的整个人生轨迹中,被压抑的生理需求,从没有得到过肆意的释放。唯一的一次,便是两年前他将受害者劫持的几天。

于是，他对那名女性受害者有了一种异常的情感，甚至在之后更为压抑的牢狱生活中，自然地产生了对对方想当然的强烈思念。这，很容易形成一种自我催眠，认为对方也和自己一样，迷恋着那段短暂的时光。他朝思暮想着对方的日子里，也幻想对方对自己有着难熬的思念。"

"嗯，所以说还是因为爱情。"古大力坐了起来，一本正经地说道。

"爱情个头。"邵波冲古大力骂道，"你谈过对象吗？开口闭口爱情，说得好像自己啥都懂似的。"

"我哪里不懂爱情了？"古大力又开始较真了，"脑科学以及心理学研究发现，浪漫、轰轰烈烈的情绪是一种生物程序，核心目的就是为了交配与繁殖……"

"大力，你接触过女人没有？"邵波单刀直入。

"没！"古大力倒也老实，"不过……"

邵波："不过什么啊？你智商高我们承认，但是你那少得可怜的情商，就不需要我们来告诉你具体参数吧？"

邵波的话似乎打中了古大力的死穴。他叹了口气，再次朝座椅躺下："沈医生，你继续，我不插话了就是。"

我冲他微微一笑，心理医生那职业的笑容，在我思考自己专业问题时，总是很自然地呈现出来："大力提出的爱情，确实可能是让田五军为之疯狂的原因，但又绝不是全部。因为人们在情感方面的需求再强烈，也只是社交需求下的一个子项，不管是友情、爱情抑或性亲密，都绝对盖不过人们对于安全的需求。而驱使田五军舍弃对安全的需求,用有点超乎我们想象的体力极限奔赴到海阳市的原因,更可能是——生理需求上的某一诉求。个人认为,他的这一诉求,应该不是吃喝这些最为简单的选项。"

我再次望向窗外:"性……他无论生理与心理,都极其迫切地需要,在目前尚处于海阳市的那位受害者身上,得到他对于性的满足。"

14

亚伯拉罕·马斯洛是美国著名社会心理学家,第三代心理学的开创者。作为人本主义心理学的主要发起人和理论家,他那理想化比较明显的理论,又被人们诠释为美学在其中被杂糅的缘故。

人本主义心理学的核心认为:人们通过"自我实现",进而满足多层次的需求系统,达到"高峰体验",最终找回被技术排斥的人的价值,实现"完美人格"。

马斯洛将这些人们通过努力逐步实现的需求分为五个层次,这些需求在不同时期体现出来的迫切程度也不会一样。它们分别是:生理需求,安全需求,社交需求,尊重需求,自我实现。最后的这个自我实现还包括了对于审美的需求与认知的需求。

生理需求顾名思义,是人们对于空气、水、食物以及性的需求。这点在我们还是个婴儿时,就开始了索取的举动。

安全需求,体现在人身安全、生活稳定以及免遭痛苦、威胁或疾病这一方面。最简单的举例就是——尽管我们生活在五彩缤纷的钢筋森林中,各种吸引眼球的绚丽事物总是让我们渴望拥有,但归根结底，自己的那个简单的窝才是我们觉得最为舒适的场所。

友情、爱情、性亲密这些比较感性的元素组成了我们对于社交的需求。但这一需求必须建立在生理与安全两个需求得到满足之后，所谓的"温饱思淫欲"便是对于这一理论的诠释。

尊重需求既包括对成就与自我价值的个人感觉，也包括他人对自己的认可与尊重。

而自我实现便可以理解成为马斯洛所理想化的最终的完美人格的形成。

实际上，我们身边的每一个人，也都在这五个需求前一步步地朝上行进。生理与安全的需求是纯粹的、动物性的，在这两个需求没能得到满足前，其他需求不可能萌芽出来，更不用谈什么所谓的实现。

那么，作用到我们目前所看待的逃犯田五军身上，他当下最想得到的是生理与安全上的满足。而能够让他舍弃安全这第二层需求，冒着被捕甚至击毙的危险，赶到海阳市的缘由，只可能是最原始也最为强大的那一层需求驱动力——生理需求。

汽车很快就上了高速，两个多小时后进入了虎丘镇。我们在虎丘镇找了个宾馆开了进去。这一路上也没聊太多，毕竟三个都是比较务实的人，某些尚不能被确认的怀疑，说多了似乎也没用，反而会扰乱身边伙伴相对独立的思维逻辑。况且，与田五军要好过的那个寡妇，现在就在虎丘镇的一家饭店做服务员，明天我们的第一站，便是去找她，并听她说说她所认识的田五军。

办入住的时间里，古大力站在破破烂烂的宾馆门口一本正经地举着自拍杆，给自己拍了张背景显示着"虎丘镇大"四个字的相片，后面的"酒店"两个字没有被他收入画面。邵波拿着房卡，手机里刷出了古大力发到朋友圈的这张照片，他笑着扭头说道："大力哥，'虎丘镇大'是啥意思啊？"

古大力讪笑："主要是拍我自己，背景无所谓，再说随便一个人也都猜得到后面是'酒店'两个字。"

话音刚落，古大力的电话就响了。一瞅居然是八戒。

古大力嘀咕了一句："这家伙这么晚都没睡，一定又是在刷手机和网友聊天。"

邵波手快，给他按了接通键还开了免提。八戒的声音便放肆地传了出来："大力哥，你咋跑到虎丘镇大澡堂去了啊？那里的88号技师按摩手法很好，推荐你去试试。"

古大力很气愤："我是在虎丘镇大酒店。"

八戒也爽快："啊？那就没事了。"

挂了。

邵波笑："大力哥，反正咱单一个，要不我退一间房，你去虎丘镇大澡堂过夜吧？"

古大力瞪眼："不去。"

我始终没吱声，跟在他俩身后。古大力一个人一个房间，我和邵波一起。房门合上，我径直开口问道："邵波，你给我说实话，你为什么对田五军的案子了解这么多？"

邵波笑着："你又不是不知道我的毛病，就喜欢操心市局刑警队接的那些个破事。要不，沈医生你再给我来几次咨询，拿点药，将我这症状给治疗一下?"

"说实话吧,你到底发现了什么?"我追问着。

邵波似乎也意识到不可能一直对我瞒着掖着,他耸了耸肩:"沈非,你有没有胆量将田五军与岑晓两个人的世界给串联起来?"

我愣住了:"不太可能。"

"嗯!我也觉得不可能。但是之前在韩雪委托我开始调查岑晓后,我就很快捕捉到了这姑娘的一个小秘密。"邵波的眉头皱了起来,"她……她会不定期地、偷偷地前往海阳市监狱所处的地区,当天去,又当天回。没有人知道她去做了些什么,也没有人知道她又是去见了什么样的人。"

"于是,你怀疑她去见了田五军?"我摇了摇头,"邵波,你这质疑就太有点站不住脚了。两个完全不搭的事情,怎么能这样牵强地扯到一起进行放大与质疑呢?"

"直觉吧……"邵波似乎也不想继续和我讨论这些,钻进了卫生间,并带上了门。

淋浴的淅淅沥沥声响起,我将灯调暗,走向窗边,将窗帘拉拢,只留出20厘米左右的缝隙。接着,我透过这条并不窄但也绝对不宽的缝隙,望向了远处连绵的山脉。虎丘镇是个小地方,旅游业也并没有按照预期的规划发展起来。这个时间段里的它,就像个完全沉睡下来的孩子,安静,并不着粉黛。

岑晓……田五军……

我摇了摇头,两个处在完全不同世界里的人,就算真的有过某些交集，也绝对不可能发生什么。这点，是毋庸置疑的。

想到这里，我又猛然想起了尚午那张刀削般的脸

……尚午……文戈……

之前乐瑾瑜尝试着让我关注他俩之间有可能的联系，但我始终抗拒将两者联系起来进行思考。我用对当下岑晓与田五军的看法，对待着尚午与文戈之间有可能的故事。

邵波的大胆让我开始质疑自己了——难道，我也应该和他一样，敢于怀疑一切，并放大任何可能性，以这种近乎于多疑的眼光面对这个世界吗？

我将窗帘又拉拢了一点，透过越发窄的缝隙窥探世界，越能给人带来一种莫名的、有点可笑的安全感。

我在继续思考，咀嚼着这几天因为见到邱凌而开始有的细微情绪与若干遐想。最终，我发现，自己自以为终于走出了文戈离去的阴霾，实际上压根就没有真正走出过。我和当日一样，还是会逃避，心理防御机制始终在运行着。归根结底，我还像个孩子一样，压根就不敢深挖文戈离去事件中的每一块碎片。

我的胆怯还在，只是我以为自己足够勇敢而已。

"沈非，快去冲冲早点睡，我们明天上午见见那个寡妇，下午便进山里去看看田五军故居吧！"邵波包着浴巾走出了卫生间。

我"嗯"了一声，朝那边走去。就在我迈步的同时，旁边的墙壁传来了沉闷的撞击声。

邵波笑着说道："大力哥又发病撞到墙上了。"

第二天上午 9 点出头，我、邵波，以及额头上鼓起一团青紫的古大力走出了宾馆。我们很容易就找到了邵波说的那家叫"湘菜王"的小饭店。饭店还没开门，一旁的橱窗上写着几行字，最上面一排是——营业时间：早 11 点至晚 7 点。

古大力很认真地朗诵完这几个字，最后若有所思地说道："只营业 8 小时，这饭店老板是个有原则的人。"

"看来要等一会儿了。"邵波自言自语道。

我的目光却被旁边一家小旅行社给吸引了过去，只见那旅行社门口贴的海报上，写着硕大的几个字——虎丘山驴友协会。

接着邵波也发现了这几个字，他在我身后小声说道："进去看看吧，当时被田五军逮回去的就是个驴友。"

我点头，率先朝里走去。身后的古大力在继续朗诵小饭店玻璃上贴着的字："湘菜王饭店，专业粤菜川菜东北菜……"

15

旅行社很小，五六十平方米的办公室里就坐着一个穿着白衬衣与黑色西裤的年轻男人。他一抬头看到我们很激动，连忙站了起来："三位是来咨询虎丘山旅游的吧？"

我正要点头，可邵波却先我一步吱声了："你好，我们是协助市局刑警队过来了解点情况的。"他故意把"协助"那两个字说得有点含糊。

对方一愣，接着反问道："我们是归旅游局管，你们公安局也可以来查我们吗?"

最后进来的古大力咳嗽了一下,他扬起大脸,表情很严肃,努力扮演着邵波所说着的人物:"同志,我们不是来查你们的,只是来找你们了解点情况。"他一边说着,一边拉动着旁边一条椅子,并尝试着坐下。最终,他没能站稳,华丽地摔倒,并横躺到了地上。

我和邵波有点尴尬。邵波白了古大力一眼,接着继续对那白衬衣说道:"你是小周吧?全名周德全?"

"你怎么知道我的名字?"这小周很惊讶,"你们查过了我才来的吗?"

"嗯!"邵波继续一本正经地打着马虎眼,"确实和队里的同志了解了一些东西才过来的。"说完这话,邵波指了指旁边的一个小圆桌,示意小周坐下。

衬衣上挂着工牌,上面端正写着"周德全"三个字的小周显然很震惊,他小心翼翼地说道:"警察同志,我只是个业务员,有啥情况要不要等老板娘回来了再说啊?她一般要下午2点以后再过来。"

"没必要。"邵波坐下,瞟了一眼旁边墙上贴的营业执照,上面印着法人的名字:"你们老板娘是李莉对吧?我们没准备和她谈话,和你聊几句就够了。"

我也在那圆桌前坐下,并纠正道:"小周,我们也不是警察,只是……"

"可以给我们说说虎丘山驴友协会的情况吗?"邵波连忙打断了我的话。

所幸这小周并没有注意到我说的话,他坐下后脸居然红了,支支吾吾道:"那我和老板娘的事你们应该也都知道啊?"

邵波面不改色:"自然知道。嗯……她应该比你大吧?"

小周小声说道:"也没大多少,我属马,她也属马而已。"

"没事,大一轮很正常。"古大力微笑着插话道。

小周摇头:"是两轮。"

邵波咳嗽,换了个话题:"这不是我们今天想要了解的。小周,我们希望听你说说你们虎丘山驴友协会的事情。"

小周点头:"这驴友协会成立时间也不短了,老板娘四年前开了这旅行社,可咱虎丘山的旅游一直没有发展起来,接不到外面的旅游团,反倒时不时有三五结伴的徒步者进来询问。老板娘一寻思,既然做不到团单,那就多做散单得了。于是,从前年开始,她便和海阳市的几个大学生合作,对方有这么个虎丘山驴友协会,而我们,就当了这个驴友协会在虎丘镇上的分舵。"

"分舵?"我有点迷糊。

小周咧嘴笑:"我们开玩笑这么说的,也可以说是协会的地面店吧?说营业部也成。反正他们旅游协会组织的驴友,第一站都是到我们这里,由我们给他们安排好当天的住宿,准备一些必备的物品。并针对团队人数多少、男女比例这些,制定不同的徒步路线供他们参考。收费虽然不高,但那段时间里看起来,也挺稳定的,每个月总有几十个人过来。"

"那也就是说前年夏天,正是这个驴友协会红火的时候咯?"邵波问道。

"我想想……"小周作势思考,"应该是的,我记得那个夏天就是我负责这些驴友的业务，光提成都拿了有 400 块来着。"

"有当时的台账没有？"邵波追问道，"具体说，有前年 8 月中旬的徒步游客的台账没？"

"台账是什么东西？"小周瞪眼了，"我们每个月都有交税的，上次工商的人过来也问这个，老板娘说是什么定额交税。工商就没说了，难道你们公安也要看这个？"

邵波瞪眼："就是当时的游客登记本。"

"有的有的。"小周边说边伸手去旁边的桌子上拉了一个大本子来，接着非常熟练地翻到了其中某一页："你们看，这就是前年 8 月份的。嘿嘿，人还不少，接待了 47 个。"

邵波将本子抓过来看了一眼，紧接着对桌上一扔："这都是记的什么啊？"

我和古大力不明就里，探头去看上面密密麻麻的小字，只见上面工工整整地写着一串一看就知道是网名的名号：小雏菊、丑得不明显、轩辕浪子……

"这就是你们接待过的游客的台账？"我皱着眉问道。

"嗯！"小周点头，"人家都是驴友，并不是正常来报名的游客。我们只是给人家做些准备工作，不可能要人家的资料。所以，我们登记他们协会发过来的这些网名就够了。"

"连电话号码都不留的吗？"

"协会不给我们留，只是把我们的号码给这些驴友，因为他们害怕我们有这些驴友的资料后，没事就打电话过去骚扰他们。实际上……"小周说到这里自己也忍不住笑了，"实际上我们最开始时也是打陌生拜访电话勾搭上的他们。"

"哦！"邵波扭头和我对视了一眼，看来要在这里捕捉到什么线索，基本上有点困难。古大力似乎没死心，他一边翻着那本子后面几页，一边对小周说道："为什么这年8月以前来的驴友都是递增的，8月以后却都是递减的，而且减得这么快，到11月压根就没了。"

小周耸了耸肩："谁知道呢！好像说他们那个协会的一个什么管事的不想做了，到那年年底直接就解散了。"

邵波："能联系到那个管事的人吗？他那里应该有每一个驴友的真实资料才对。"

"联系不到，电话换了，QQ也天天黑在那里，发信息过去没有回过。"小周很配合与邵"警官"的对话。

"把他以前的手机号和QQ号都抄给我，我拿到局里面去查查。"冒牌的邵"警官"皱着眉，很严肃地命令道。

小周应着，回自己座位上撕了张小纸条抄下两行数字。这时，旅行社的门被人推开了，是一个40多岁的粗壮妇女，手里还提着一个崭新的拖把。

"你是李莉？"邵波扭头站了起来。

"她是霍大姐，给我们做清洁的。"小周连忙纠正道。

这霍大姐压根没拿正眼瞧我们，好像我们是透明的。她一转身，拎着那个拖把就往旁边的卫生间走去。

"小周，我们还想打听一下前年夏天虎丘山里发生过的一件事，也是关于驴友的。"我继续询问道。

"前年夏天？虎丘山里天气很好啊，风平浪静，啥事都没发生过。"小周很肯定地回答道。

"哦!"我点头,邵波拉了拉我的衣角,在我耳边小声嘀咕了一句:"有啥他也可能不知道。"

我寻思着也是,景区里发生的一些刑事案件,能低调的一般都会尽可能低调地处理掉,毕竟关系到城市旅游的远期经营。再说,田五军案只用了几天就破获了,又是在森林公园里面,所以一般人不知道也很正常。

"得了,也了解得差不多了,感谢你的配合。"邵波站了起来,率先朝外走去。我和古大力也没多话,跟着他走出了旅行社的大门。

可就在我们都出了门后,身后却传来了说话的声音:"你们三个是想打听虎丘山里那个大姑娘被绑走的事吧?"

我们一愣,一起转身。只见那块头粗壮的中年妇女,跟着我们出来了,并站在门边歪着头望着我们。

"是的。你知道那档子事?"邵波反问道。

"嗯!"中年妇女点头。

"哦!同志你好,我们是协助市局刑警队……"邵波又开始他的那一套了。

中年妇女打断了邵波:"你们可以给我100块吗?"说这话时,她面无表情,好像开口向我们要钱是天经地义一般。

"也好,你这么直接我们也少费事。没问题,100块就100块。"邵波点头。

中年妇女左右看了看,接着指了指旁边一条巷子:"去那里面说话吧。"

第六章
天生犯罪人

古大力再次探头到石台上,去闻那没有了石磨一面的磨齿。半响,他抬起头来:"沈非、邵波……如果我没有估摸错的话,这磨台……这磨台磨过骨肉。"

16

　　这条小巷子里有一股子很难闻的泔水味道，地上有点湿滑，可能平时也很少有人进来。古大力皱着眉，站巷口没有跟着我们进来。

　　"可以先给我钱吗？"妇女转过身来对我们说道。

　　"但我们不能确定你说的就是我们想要的。"邵波瘪了瘪嘴。

　　"那就算了。"妇女说完这话，径直朝外走。邵波反倒慌了："你站住。"

　　"大姐，我先拿钱给你。"我并没有做出想要拦她的动作，只是微笑着对她说道。

　　妇女看了我一眼，伸出手来。

　　我一边掏钱包，一边观察着面前这位中年女人的某些细节。她的骨架不小，应该从小就习惯了干体力活。五官也还端正，但弥漫着一层蜡黄，让人能够估摸到她生活上的艰难。她身上穿着一件枣红色的外套，深蓝色的袖套上点缀着白色小花，说明她尽管拮据，但始终保留着整洁干净的习惯。那双白色的雨靴，在这晴朗的初秋早上看来，显得很突兀。但雨靴上一块用单车轮胎的橡胶打上去的补丁，让我明白，无论她有过如何的青春，但这么多年来，人生给予她的，始终只是一次又一次的磨难。

她接过了钱，对着阳光射过来的方向照了照，确定不是假钞后，快速将钱塞入了口袋。这时，她发现我的目光落在了她的雨靴上，连忙把脚往后挪动了一下，让那个补丁掩在了另一个脚的后面。

"那年山里面出了事，警察进去待了几天，后来把住在山里的一条汉子给抓走了。"她扬起了脸，脸上的皱纹刻度很深。

"嗯，我们想了解的也是这事。"我冲她微微笑着，尽可能让她与我们的距离拉得近一点，"你如果不是很急的话，就请说得更详细一点吧。"

对方点点头："那些天派出所门口多了好多辆车，一看就知道是从市里开过来的。也多了很多生面孔的大盖帽，一个个黑着脸。折腾了几天后，田……嗯，就是那个天杀的犯罪分子终于被他们抓到了。一起从山里被警察带出来的，是他那天从虎丘镇回去的路上绑走的姑娘。"

"你知道那个罪犯的名字？"我从她话里捕捉到了什么。

"是。"中年女人别过了脸望向一旁——她想逃避这个话题。

"并且，你认识他？"我追问道。

"嗯。"她没看我，应着。

"能和我们说说田五军吗？"我柔声道，"说说你所知道的田五军。"

"我和他不熟。"中年女人扭过脸来，"我只答应了给你们说前年8月里虎丘山里发生的事，其他的我不想回答。"她顿了顿说："你们给再多钱也不会回答。"

说到这里,她从裤兜里掏出一个现在压根没人用的直板手机,看了下上面的时间:"你还有什么问题要快点了,我11点还要去上班。"

"去哪里上班?"不远处的古大力冷不丁地问出一句,"是湘菜王吗?"

女人愣了一下,没吱声。古大力便开始来劲了:"你走出旅行社的时候就看了下手机上的时间,当时是10:20。现在你说11点你要上班,那么,你当时主动和我们搭讪并开始我们的话题,在你自己看来半个小时应该足够了,就算再加上些不确定,多5分钟,最多也就10:55结束。你11点要上班,那么从这里到你上班的地方也就两三分钟路程。旁边那家湘菜王正好符合条件。况且,湘菜王也是11点开始营业。可是,现在才10:37,你便想结束这次对话,那么这说明了骨子里的你开始抵触这次对话。而让你开始产生抵触情绪的,应该是沈医生问到的关于田五军的问题,让你有了情绪上的波动。如果我猜得没错的话,田五军被抓以前一定欠了你的钱。"古大力自顾自地点着头,用他那情商为零的高智商分析道:"经济上的损失,让本就拮据的你非常气愤。可你又不可能跑去监狱要他还钱。所以……"

"所以……"邵波打断了古大力的话,并冲古大力挥了下手,示意他闭嘴,"所以,你就是那位姓霍的改嫁到虎丘镇的寡妇。"

"不对吧?寡妇应该都是有几分姿色才对。"古大力一本正经地说道,"否则怎么招蜂引蝶勾搭上当时还是个光棍的田五军呢?"

那中年妇女脸黑了,她绕过我朝着古大力走去,一抬手,一个耳光抽到了古大力脸上。古大力哼哼了一声,双手扶到了旁边的墙壁上,没有倒下:"你干吗打我?"

妇女没答话,朝着那家已经被人从店里面拉开一条门缝的湘菜王走去。

"我做错了什么吗?"古大力一脸无辜。

"她就是霍寡妇。"邵波冲我很肯定地说道。

我点头,率先朝那店走去。邵波和古大力在后面跟上,邵波低声训斥道:"一会你别吭声了。"

古大力哼哼着,没回话。

我推开了饭馆的玻璃门,带着油腻味的腥臭扑面而来。一个嘶哑的女声在大声谩骂着,穿着雨靴的女人低着头,正大步朝着饭店角落里的拖把走去。

见我们仨进来,站在吧台里面骂人的女人扭过头来:"三位吃饭吗?"

我点点头:"还没开始营业吧?"

"开始了开始了,我家那臭不要脸的在后面收拾,你们点好菜,他应该就可以开始折腾了。"对方应该是饭店的老板娘,手脚麻利地抓起菜谱迎了过来,"你们是海阳市过来的吧?一看就知道是城里来的。"

"嗯!我们是霍女士的朋友,能让她休息一中午,和我们一起吃个饭吗?很久不见她了。"我冲她微笑着,用着专业的有着亲和力的微笑。

对方一愣，扭头看了一眼依然低着头拖地的女人一眼："她也会有朋友？嘿嘿！说笑的吧？你们一定认错人了。"

邵波耸了耸肩："不可能认错，她那走了的丈夫是我们在部队时候的班长，当年对我们挺照顾。没想到的是他走得早，没机会一起喝酒了。所以我们专程过来，和嫂子唠唠嗑说会儿话。"邵波边说着边拿起老板娘手里的那本菜谱，翻开前面两页瞅了一眼，然后很大气地说道："第二页到第四页的菜全部做上来就是了。"

一般小饭店的菜谱上，靠前的都是店里的大菜和荤菜，邵波的豪爽让老板娘顿时喜笑颜开："没问题，你们三位先坐。那臭娘们……啊呸！你们瞧我这嘴，真该打几下。那霍大姐，你陪你的大兄弟们坐会儿吧，他们大老远难得来一次，可别怠慢了人家。嗯！领他们去楼上包房里面，下面这些破事我来就是了。"

姓霍的女人有点手足无措，手里的拖把被老板娘抢走了，站那扭头看着我们。

古大力似乎想要补偿之前自己的不是，大步走了过去，一只手搭在霍寡妇的肩膀上，另一只手伸出："嫂子，上去吃饭吧！如果不是班长当年在前线照顾我们，我们哥几个早就被叛徒给杀害了。"

我和邵波哭笑不得，所幸霍姓女人并没有挑明什么，由着古大力扶着，朝楼上迈出了步子。

我们在二楼那间简陋的包房里坐下，霍寡妇冲我们拘谨地笑着，又看了看外面，然后小声说了句："你们换个菜吧，这里的红烧排骨都是煮过三次水的,煮出的肉汤被老板娘他们自己喝了。"

"无所谓吧。"我坐在她旁边,依然微笑着。

其实很多时候,这个世界对待我们每个人的态度,就取决于我们对待世界的态度。打心底对别人的尊重,得到的回报,也是对方的尊重。

霍寡妇抢着给我们都倒了茶:"我那第一个死鬼男人是当过兵的,不过他天生窝囊,怎么可能当过班长?更没上过前线,也自然不会有你们几个一看就知道见过大世面的战友。"她顿了顿,别过了脸将袖子抬起,往眼睛上擦了擦:"不管你们到底是冲什么来的,但我霍招弟始终感谢你们。咱穷,在这里又是异乡人,人人都看不起咱。也回不去了,再说回去又怎么样呢?村子里的男人死了,寡妇门前是非多,风言风语本来就不少,连田五军都坐牢去了。前年改嫁到这边,那王八犊子男人年初也莫名其妙得了个怪病没了。所以嫂子我不管走到哪里,人家都是说咱克夫,是丧门星,抬不起头做人啊。"

"你的资料我看了点,你没孩子,没啥牵挂,就算跟过的男人都没了,也不至于过得现在这么艰难吧?"邵波问道。

"王八犊子犯病时候花了不少钱,撒手走了后,他和他以前那婆娘生的娃娃总不可能没人管吧?我是人家过了门的媳妇,虽然不久,但是娃始终叫我一声娘。"霍寡妇摇了摇头,"也还好吧?我自己没娃,这娃娃和我八字合,我三舅姥爷给算过。就算现在过得紧张,但他始终认我,不认他的亲娘。娃也11岁了,我再养他个几年,到他自己长大了娶了媳妇成了家,认我的好,那我老了也有个依靠。

不认我的好也没事，毕竟我八字太硬，跟过的男人都不得善终。克死了他爹，也只能这样来补偿。"

"听你这么说，你当年与田……嗯，与他确实也处过一段时间咯？"邵波尝试性地问道。

"是！"霍寡妇回避着邵波的眼睛，"五军是火体，八字先生说了，他命里犯煞，生错了年代。如果生在乱世，一定是个大将军大元帅那种。而我也是五行火盛，和他犯冲。再说，村长他们也都说了，老田家再窝囊的汉子，要找的也必须是黄花闺女。所以，我和他压根就不可能在一起。可五军不这么想，他隔三岔五地摸黑来我家找我，劲又大，我弄不过他。每次完了事就和我说要我跟他住山上去的事。"

霍寡妇叹了口气："我只是个寡妇，虽然也想有个依靠，但知道自己没这个福报，始终不肯答应。正好那年这虎丘镇上有个死了媳妇单着的，人也还不错。我便没怎么声张，偷偷嫁了过来。"

"田五军知道你嫁到了虎丘镇后，没有追过来吗？"邵波问道。

霍寡妇点头："他绑走人家黄花闺女那次，就是他追到虎丘镇来的那次。"

"霍大姐，有个问题可能有点冒昧，你可以不回答。"我开口说道，"那天你们在一起应该没有发生关系吧？"

霍寡妇看了我一眼："没有。那天王八犊子不在家，娃出去玩去了。五军气呼呼地冲我一通数落，可我就是不吭声。最后他也知道没戏，毕竟我和王八犊子领了证，是法律承认的了。五军蹲在那里连着抽了几根烟，上前就想睡我……"

她说到这里顿了顿，眼睛有点红，头也低了下去："所以说还是我克这些男人啊……不管我怎么注意，但怎么做都是错。事后我寻思着，如果那天我从了五军，让他痛快了，那玩意消了火，他回去的路上也就不会对那女娃子起歹念……"女人抽泣起来："他做人做事虽然比较极端，但也不是分不出对错黑白。算命先生说他如果在乱世是个英雄，这是当面说的话。背地里说的是五军杀气重，但只要压着不走起，一辈子也这么平平安安过了，毕竟现在是和平盛世。"

"你知道田五军这几天的事吗？"邵波边说边看了我一眼，似乎在征求我的意见。见我点头，邵波继续道："田五军越狱了，昨天早上，他逃亡到海阳市郊，将一位给他处理伤口的老医生杀了，还强奸了老医生的女儿。"

"他……他不是被关起来了吗？"霍寡妇激动起来，"政府不是判了他10年吗？他只要表现好，待个七八年就能出来了，他越狱干吗啊？"

"可能……可能是他变了，杀气已经压不住了。"古大力小声地多嘴道。

"他确实是变了……"霍寡妇抬手抹了下湿润的双眼，"今年过年时我去看过他一次，当时王八犊子刚死不久，我本不应该过去。但寻思着五军没啥亲人，大过年的如果有个念想，应该就只有我了。可……唉！不说了。"

"可是什么？"我追问道。

霍寡妇抬眼看了我一眼："可是五军看到我似乎并不高兴，相反,在他第一眼发现是我的时候,脸上的笑都挂不住,好像很失望一般。聊了半小时,他也没说什么话,就瞅着我胳膊上戴着黑袖套,随便问了句是不是又守寡了。我应着,然后我以为他会安慰我几句什么,谁知道他扭过头压根不看我了。"

"他在看到你的时候露出很失望的表情?"我小声复述道,"也就是说你与他本来期待出现的探望者并不是同一个人。"

我扭头望向了邵波,邵波也紧皱着眉头对霍寡妇发问道:"你能确定不会有其他人去看他吗?"

霍寡妇摇头:"不可能有的,他无亲无故,甚至连一个能一次性说上超过五句话的人都没有。"说到这她又想了想,似乎在确认这一结果。最后她很肯定地说道:"不可能有的,绝不可能有人会去看他的。"

17

我们和霍寡妇在那小小的包房里聊了有两三个小时,话题始终是围绕着田五军的。渐渐地,一个话不多、孤僻固执、为人处世存在很大问题的光棍汉子在我们脑子里逐步成形。至于寡妇挂在嘴边的算命先生所说到的命理论,在我看来,也有他的道理。因为我们中国的面相学说,在中华文化产生之初,便开始酝酿并逐步成形了。根据一个人五官与外表的一些特点,来揣测人的性格。而什么样的性格,其实也基本注定了这个人是一种什么样的人生。

西方科学与之对应的,便是犯罪心理学萌芽最初的"天生犯罪人"理论。意大利医生龙勃罗梭（Cesare Lombroso，1836—1909）撰写的《犯罪人论》（*L'uomo Delinquente*，1876），内容很大程度是基于达尔文的进化论而延伸开来的。他将犯罪人外形上的特点，诠释为遗传缺陷，并认为这是一种返祖现象。东方的心理学家将《犯罪人论》看完后，再对照中国传统文化中的面相学会发现，两者的区别在于——前者的基础是人类已经确定的各种论据，后者为天马行空的神来之笔。

于是，前者成了科学。后者沦为封建迷信。

到吃得差不多了，似乎该聊的也聊完了，邵波最先站起来，对着楼下喊话："老板娘，买单。"

楼下传来那女人的声音："好嘞，已经算好了，258块。"

这时，霍寡妇却率先走出包房往楼下喊："老板娘，这顿算我的。"

楼下似乎没听见。

邵波追过去："嫂子你别闹，怎么可能让你请我们吃饭呢！"

说话间，大家都到了一楼。只见霍寡妇已经抢先到吧台前拿起了账单："算我的吧，不过我身上钱不够，从我这个月工资里扣。"

"还怎么扣呢？"吧台里的女人阴着脸，"前些天你娃住院，已经支了这个月工资，现在这算啥？算赊账吗？"

邵波三步两步上前，掏出三张一百的递了过去。紧接着又犹豫了一下，多拿出一百来："这位大姐，不用找了，多的算小费。下午我们想让嫂子领我们去一趟大哥坟上烧炷香，没问题吧？"

吧台里的女人喜笑颜开："没问题的，没问题的。"她说完对着霍寡妇嘀咕了一句,"去吧,不算你请假,也不扣你工钱。"

寡妇愣了下,嘴角往上翘了翘,最终硬是没笑出来:"那一会儿我娃娃……"

"你去吧,娃娃放学回来了我让他上楼上,自己做作业。对了,你们村子远,如果晚上你回不来的话,我让你娃跟我娃睡一晚就是了。"老板娘继续说道。

我们走出湘菜王的时候是下午 1:11,以前文戈说过,如果一个人无论有意无意看表,看到的都是好几个"1"的话,那就说明他很孤独。

我是不是孤独我无法确定,因为我身边始终有一群要好的朋友。

但……我每次看表时,都能看到很多个"1"。

霍寡妇扬起脸看了看天:"你们是真想去看看我那第一个死鬼男人的坟吗,还是想去看看田五军以前的家?"

"后者。"我很老实地回答道。

"你们一点都不像公安,公安不会对人这么和气。"霍寡妇念叨着。

"我们确实不是公安。"我点头。

"可以给我说说你们的目的吗?算了,我也不想听了……"霍寡妇朝着街道前方看了看,"我们坐那种蹦蹦车过去吧?不贵,到田五军那破房子只要 30 块钱。"

她说的蹦蹦车,其实就是带斗的三轮摩托。司机见我们是城里人，开口要50，来回100。霍寡妇一顿数落，最后还价到了来回50块。可邵波天性大方，败家是常态，递给了人家100，说不用找了，给开稳当点就行。

寡妇和司机都愣了一下，两人差不多10分钟的拉锯战似乎没啥意义。

蹦蹦车便驶出了虎丘镇，开上了蜿蜒的山路。所幸南方的山都不陡，起伏不是太大。古大力以前应该没坐过这种三轮摩托，看上去比较兴奋，那颗大脑袋东张西望，嘴里不时小声嘀咕着什么。到某个颠簸得厉害之处，他又正好摇头晃脑得太狠，一不小心差点往车斗外面翻下去。多亏邵波反应快，抓住了他的皮带给扯了回来。平衡能力有着严重问题的大脑袋男人满脸苍白，至此没有那么激动了。

霍寡妇一路上都没出声，望着前方的山路，似乎在想着心事。和她一样沉默的是我，脑子里也始终在思考着一个问题——田五军当日所企盼的探视者会是谁？但想来想去，发现自己的这一尝试有点可笑。目前所了解到的田五军，片面到只是个碎片。他的整个意识世界，就算再封闭、再狭窄，但也始终是一个完整的世界，有着我们都不知道的与其他人的交集，似乎也非常正常。

于是，我将思绪收拢。接着发现面前的霍寡妇放在座位下面的双脚始终盘着，那个有着补丁的鞋面，依旧躲在另一只鞋的后面。

我心里微微酸楚："霍大姐，你在那个湘菜王干活，工资有多少啊？"

寡妇抬头，有点羞涩："很少，才800块。小地方赚钱本来就难些。"

"给旅行社那边做清洁每个月多少钱?"我继续道。

"120块。这个120块赚起来挺容易的,每天半个小时就够了。"对方回答道。

"嗯!"我没出声了,有个小小的想法在酝酿着——观察者事务所里做保洁的阿姨来来去去始终不够稳定。

邵波似乎看透了我,微微笑着对我说道:"沈非,你的最大优点就是对任何人都很真诚,也总是发自内心地为身边人着想,想要帮助这些人。于是,你身边最终聚集着的,又都是一群愿意为你无私奉献的人们。"

我冲他瘪嘴,小声说道:"到时候你那边的清洁也可以给大姐做,人家只给120,你怎么样都要翻两倍吧?"

邵波笑了:"我直接加个零。"

霍寡妇不知道我们说的什么意思,坐那儿愣着。

这时,前面不远处出现了三个背着旅行背包的年轻人,两女一男,正朝山上迈着步。古大力的手稳稳地抓着车上的铁扶手,探出那颗硕大的头颅对着那三个步行者喊话:"喂!你们是进山徒步的驴友吗?"

年轻人停了下来,扭头看我们。一看他们就知道还是学生,脸上洋溢着一种叫作青春的物质,闪耀并发出光芒来。两个女孩身体都很饱满,如同两颗等待采摘的苞谷。相比较而言,那位男生显得猥琐不少。但他脚上那双限量版的登山鞋与身上穿戴的有点奢侈的装备,又映射着他那富足的家境。

个子高一点的女孩扬着脸:"是啊!你们也是准备进山露营的吗?"

另一个女孩笑着:"不像,你看到过穿西裤出来的驴友吗?"

我们也都笑了，蹦蹦车没搭理我们的对话，冒着滚滚黑烟从他们三个面前快速驶过。古大力咧着大嘴继续对那两个女孩喊道："我们确实不是来徒步的，我们是进来查案子的。"

说完这句话，邵波冲他瞪眼。古大力吐了下舌头闭嘴了。

这时，霍寡妇看着已在我们身后的那三个年轻人，自言自语一般说道："当日田五军遇到的就是这种年轻的姑娘吗？"

"是的。"我点头。

"都挺漂亮的。"霍寡妇有点抱歉地微微笑笑，仿佛田五军犯的错，必须要她来偿还赎罪般，"你们瞅瞅她们两个，还知道叫上同伴一起进山来，为什么田五军遇到的那个姑娘就那么傻，傻到要一个人跑到山里来呢？尤其那天还下着雨。"

霍寡妇这很随意的几句话，让我一下愣了。接着，邵波和古大力两人也一起朝我望了过来，眉头都拧成一团。

沉默了几秒后，古大力小声问道："会不会是那受害人一个人走失了？"

"不太可能。"邵波摇头，"这虎丘山森林公园地形并不复杂，也没啥兜兜转转的山路。除非……"

"除非是那姑娘和同伴斗嘴生气什么的。"我接话道，"不管是什么原因落单的，但是有一点可以确定，她肯定是有同伴一起进山来的。"

"废话！一个人跑这山里来岂不是有精神病？嗯，除了精神病才会一个人跑进来以外，其他单个进来的就是想进来寻死的。"开蹦蹦车的司机终于忍不住插话了。

古大力脸色不太好看了，小声说了句："神经病也不会这么冒失来着。"

说到这里,我突然感觉有液体滴到我的脸上。我连忙抬头,天上的太阳还在,可不知道什么时候一抹乌云在一旁弥漫开来。

"下不了多久的,这只是太阳雨而已。"霍寡妇冲我说道。

"嗯!凭我在这虎丘山跑车几年的经验,咱都不用搭雨布,这雨啊,滴几滴就打住了。"司机也很肯定地说道。

半个小时后,我们一行五人都全身湿了个透彻,手忙脚乱地将车斗上方的雨布支好。司机咧着嘴笑:"嘿嘿!想不到我在这虎丘山跑车几年,也有把这天气看走眼的时候。"

古大力:"诸葛孔明借东风那次,其实就是凭自个估摸天气的经验来装模作样。可第一天眼巴巴瞅着,风就是不来,当时也急眼了,到第二天晚上才来了风。所以说这看云识天气,始终只是靠既往经验总结出来的规律而已,做不得数的。"

邵波却望着身后的山路:"那三个学生不知道现在淋成了啥样。"

"不用操心的,他们应该都有帐篷。这些来山里徒步的学生,都挺有钱的,随便一个啥物件显摆出来,又是防水又是防火,听说还能防辐射。"司机边说边踩了几下油门,把三轮车鼓捣得冒起黑烟,"防辐射你们城里人应该比我们懂吧?就是防原子弹核武器来着,也就是说,他们那些帐篷什么的装备,连核武器都不怕,狠着呢!"

古大力的情商终于提高了一次。他也对着司机开起了玩笑:"也要看核武器轰的位置距离帐篷有多远。如果是在核武器直落的位置,啥都会被冲成渣渣。就算像你说的那样,有可以防核武的帐篷,那么碰上我刚才说的直落，帐篷被原子弹那么大个铁疙瘩砸个正中，里面的人岂不是也被轧成了肉泥？"

我和邵波对视一眼，依然觉得古大力的世界里，逻辑是一个很奇怪的存在。

而司机这一会儿被撩起了瞎掰的劲，咧着嘴呵呵地乐，也没反驳古大力的谬论，岔开了话题，给我们说起他跑山路这些年遇到的一些好玩的事儿来。

于是，接下来的一两个小时似乎也过得挺快。蹦蹦车在山路上开得并不快，时速最多也就十五六吧。也就是说，从虎丘镇外上山，到我们的目的地——位于虎丘山森林公园另一边的田五军的小屋，大概是30公里。

霍寡妇望了望前方："上了那个坡就到了。田五军他爹是个哑巴，娘生了他后没人照顾，得了个狂躁症。他们一家都住在山里，那疯婆子是什么时候不见了的，也没人去找哑巴询问。后来田五军长大了点下山给人说他娘是摔死了，具体死在哪里也没人知道。到田五军十五六岁时候吧，他那哑巴爹也不见了。村里的人就问半大的田五军'哑巴他人呢'。田五军翻白眼，说他也不知道，就是有天早上起来，他那哑巴爹就没看到人了，整不好是进山去弄活物时被活物给叼走了。"

"这一家子的脑子看起来都不是很正常。"邵波扭头对我说道，"沈医生，也就是说田五军不正常，不单单只是遗传上随了他的狂躁症亲娘出了问题，后天相对来说又比较封闭，没能融入社会，导致他轻而易举地走入了极端的一面。"

"是。"我点头，"意大利心理学家龙勃罗梭认为我们身边的人群中,有着一个应该与我们正常人隔离开来的群体,就是天生犯罪人。他的这套理论比较片面,有一棍子打死的嫌疑。但是他对于这个群体的人勾画出来的画像,我觉得倒可以作用到田五军身上。他因为没有受到教育,也没有与人群长期居住在一起,于是他的是非观念相对来说比较薄弱,甚至混乱。加上长期独居,看待任何事物的主观倾向就会非常严重。那么,因为没有是非观念,他们所认为的对错,便都是自己白以为是的对错。犯下的错误在他看来,并不是罪恶,甚至他也不会学着如何辨别是非。而最为可怕的一点是,这种人不会轻易与他人建立起坚固亲密的关系,他们很容易背叛同伴。"

古大力也严肃起来。他接着我的话说道:"这类犯罪人还容易表达出极度的自我中心,他们的性格冲动、冷酷。并且,他们这些人先天对疼痛有着高度的耐受力。换句话说,就是他们不单单只对这个世界苛刻,对于自己,也一样近乎残酷。"

"沈非,我想起了邱凌。"邵波小声说道。

我微微笑了笑:"确实有点像。但两人最大的区别在于,田五军没有接受过教育,他走向极端后,呈现出的是我们祖先茹毛饮血的一面,淋漓尽致。而邱凌有高学历,并且在当下社会中有一定的社会地位。所以,他的疯狂,相对来说会要收敛很多。"

"你觉得他收敛了吗?"古大力扭头过来望向我,"沈非,心理学方面的理论知识我倒是知道不少,这类天生犯罪人还有一个特点,就是他们对于审美所具备的天赋。他们所创造出来的艺术品忠实再现了我们骨子深处——原始人对于审美的最初倾向。那么,邱凌所做的一切——将那些柔弱的女人虐杀,身体折断,并像地毯一般铺在阶梯上的行为，和田五军比较起来，在你看来难道还是一种收敛吗？他压根是将骨子深处的返祖思想放大到了极致。"

"什么叫收敛？"古大力越发激动起来，并抬起手，指了指自己肥大的头颅，"沈非，真正的收敛，应该是我这号才对。"

坐在一旁认真听我们说理论，并严肃思考的邵波终于没忍住笑出了声来："大力哥，得！你是收敛的典范。"

古大力点头："事实如此，不用费事雄辩。"

18

说话间，蹦蹦车也开到了那个山坡上方，前面没有了能继续往前的路。远处一个孤零零的土砖砌成的房子，与周围的世界摆在一起显得有点突兀。所幸雨也停了，司机将车停在这条山路的尽头，掏出烟来蹲到旁边，嘴里念叨着："这破房子里早些年住的汉子应该就是你们刚才一路上说的那人吧？他具体是犯了啥事被政府给抓了我也不知道。不过这地方晦气，不只现在这么看着古怪，早些年里面还住有人的时候，这地方就阴森森的，也不知道里面住的那人是怎么过的。"

他边说边将烟点上："你们过去吧，我就不跟着了，免得沾上晦气。现在才4点，你们进去转个半小时应该够了吧，我们4点半出发回去，还赶得上到虎丘镇吃晚饭。"

我们应了，霍寡妇走前，领着我们朝田五军的老房子走去。她边走边说道："我也只来过几次，以前这里还有条小路。现在田五军被抓走了，这小路也长草了。过些年，估计更没有啥人气。"

我们很快就走到了那老房子前。说是个房子，可就只有四面墙和一个顶，连个窗户都没有。也没门，可能当日的门被公安一脚踹了，自然不会有人来给安上，于是，就一个黑乎乎的四方的入口。房子里面空荡荡的，堆了些柴和稻草。那个土灶一看就知道很久没开过火了，上面积了厚厚一层尘土。

霍寡妇其实是个重感情的人，这一刻的她神色黯淡，一个人默默往里面走。邵波跟了进去。

古大力胆小，没有跟上，站在外面东张西望。而我的注意力，却被老房子外面一个用石头垒成的井台吸引住了。

我捡起个小石子缓步走了过去，将石子扔了进去。没有水波响动的声音，说明是口枯井。大自然是一个很神奇的孩童，它将地下水灌溉到各个不同海拔的岩层，让植物动物们都能够茁壮成长。但对于环境的破坏，哪怕只是一点点染指，它便能察觉到。于是，这些年各地的枯井越来越多。当然，国家的基础工程也让自来水覆盖面越来越广，人们对于井水的需求也不如原来迫切了。没有进一步深挖，也是枯井越发多的缘由。

但这一刻，我脑子里想着的，却不是枯井的问题。很奇怪，我脑子里浮现出邱凌生父的故事。那个外号叫作西霸天的凶悍屠夫，在公安抓捕时，据说就蜷缩在这么一口枯井里面。和他一起挤在下面的，还有一位全身赤裸，当时还活着的女人。公安在井外怒吼着，西霸天并没有迎合，也没有投降。反而利用那些时间，将可怜的女人胸腔划了条长长的口子。

我感觉身上的汗毛在微微竖立。我在想，尽管这世界上的每个人都是绝对唯一的，不可能相同，但这世界上发生的事情，又总是能够惊人地相似。不同的结果仅仅取决于任一随机或者某一转念。当日田五军与被他囚禁的女人，如果也是蜷缩在这么一口枯井里的话，那么，他会不会也将那女人划开呢？

古大力的喊话声将我从思考中拉了回来。他绕到了房子的另外一边："沈非，你过来看看，这里有一块好肥的地。"

我转身，屋里的邵波没搭理古大力的大惊小怪，正低着头在寻找什么。

我朝房后走去，只见这老房子的另一边，居然有个七八十厘米高的石台，上面摆放着一个直径一米左右的石磨。磨盘伸出来的半截木把手黑糊糊的，布满青苔。那磨盘颜色也有点奇怪，不灰不白。

古大力却没有留意这个磨盘，他站在后院一块两三百平方米大小的草地上。与旁边的植被不同的是，这块地上的野草有差不多一米高，而且还很浓密。古大力手里抓了两把草往上一提，扯出了野草茁壮的根茎，根茎上带着黑糊糊的蓬松泥土。

古大力将那两把草放到了磨盘上，扭头看了我一眼，没说话。他右手的拇指和食指伸出，去捏野草根部的泥巴。他将捏到的泥在指肚上搓了搓，又放到鼻子下闻了闻："用的都是有机肥，没有整那些化学肥料。"

说完这话，他那肥大的舌头将手指上的泥舔了舔。我便有点犯恶心，毕竟有机肥都是些啥大伙都知道。但我没有阻止他，因为古大力做的很多事情虽说让人摸不着头脑，但最后证明了也都有他的道理。

但这一刻的他似乎并没有咀嚼出什么。

他再次左右看了看,鼻头抽动了几下。

我不明就里,往后退了一步,看他又要开始什么样的把戏。

可他的东张西望似乎没有收获,最后目光又落在了磨盘上那两把草的根部。他没有将草抓起,反倒是弯下腰,伸出头再次去闻那野草。鼻头抽动几下后,他自顾自地"咦"了一声。

我正要问他发现了什么,可还没等我开口,他却将那两把野草往旁边地上一甩,紧接着用鼻子贴着那个硕大的石磨开始闻了起来。

他闻得很仔细,从磨盘边上闻到磨盘中间那黑乎乎的洞,又闻到了磨盘下面那条缝。最终,他直起腰来:"沈医生,这磨盘有点古怪,我们将它掀开吧。"

我点头,上前去帮手,可石磨太大,除了那半截都要烂掉的木把外,就没有能够使劲的位置。我们两人折腾了几分钟后,又将邵波给喊了出来。邵波在屋里应该也没啥收获,绕到后面来见我们在折腾这磨盘,便以为我们发现了什么惊天秘密,连忙上前。三个人一起使力,最后终于把那石磨给掀了开来。

果然,这石磨被掀开后呈现出的里子一面,还真有些不对劲。按理说,石磨主要作用是碾轧粮食,长期工作后的磨齿一面,应该反而比较干净,有着石子本来有的灰白色才对。可这个磨盘的磨齿面却不是灰白色,反而黑糊糊的,隐隐约约还透着有点诡异的紫红。

邵波也愣住了:"这是怎么回事?田五军给这磨齿面还刷了颜色不成。"

"应该是磨过一些乱七八糟的东西。"古大力说道。接着,他再次探头到石台上,去闻那没有了石磨一面的磨齿。

半晌,他抬起头来:"沈非,邵波……如果我没有估摸错的话,这磨台……这磨台磨过骨肉。"

"是人的骨肉吗?"我们的脸色都变了,邵波皱着眉头问道。

古大力站直身子,冲我们翻白眼:"就算是警犬也不能闻出几年前有过的气味,再说,我以前也给你们说过,我不是警犬,我只是个康复期的精神病人。"

"但石磨外面为什么没有发暗的紫红色呢?按理说石磨磨出来的东西,都要从这个口子漏出来,那么,这个位置应该也是深色的才对啊?"我指着石磨出口问道。

古大力笑了,从口袋里掏出几颗奶糖来,三下两下剥开塞进嘴里:"沈医生,我发现其实你也挺傻的。这石磨出口位置在这里日晒雨淋两三年,怎么可能还留下骨肉的颜色呢?再说石头也不是海绵,外面这部分就算被染红了,田五军提点水给冲冲刷刷不就没事了!"

我点头:"大力,还能捕捉出一些什么吗?"

古大力扭头又看了看身后茂密的野草,跨大步子朝旁边走出几步,接着扯着嗓子对不远处那蹲着抽烟的司机喊道:"司机同志,你之前说这边阴森森的是不是因为这位置到了晚上有鬼火啊?"

那司机耳朵倒也尖,将手里的烟头朝旁边一扔,对着古大力也喊上了:"是啊!不过鬼火是封建迷信,哪有鬼火这个玩意儿,都是野外的什么元素自己发光。所以只能说明这个位置的那个什么元素比较多,到了晚上闪啊闪的瘆人而已。"这家伙懂得倒还是挺多,看来《走进科学》栏目这些年还是普及了不少东西。

"他说的没错，这里到了晚上是经常有鬼火。"霍寡妇不知道什么时候也走到了后院，冲古大力答道。

"那就没错了。"古大力边说边再次朝着那堆野草走去，他蹲下，双手伸出，在地上用力刨了几下，最后抓起两把泥土。泥土还是很黑，有点像池塘底的那种淤泥，但是又没有那么干。

古大力再次将泥土放到鼻子下闻了闻，继而搓了起来。散落的泥在他手掌边缘落下。十几秒后，他将手心里剩下的一些颗粒举了起来："这应该是有机物，还没有完全被这片土地吸收掉。"

他顿了顿："骨渣，嗯！骨头被磨成的渣渣。"

霍寡妇连忙说道："田五军是个猎户，虎丘山里的野物也多，所以他这里长期有荤食很正常啊。你们也看到了，这旁边没有散落的兽骨，田五军将吃剩下的兽骨敲成小块，放到石磨里磨成粉末当肥料，有啥不对的吗？"

"你看到他磨过兽骨没有？"邵波反问道。

"没，"霍寡妇垂下了头，"但我本就来得不多，可能我来的时候他没有磨而已。"

"大姐，就算你说的是真的，那田五军也没必要将没有过水的骨头和肉拿来一起放磨盘里碾吧？"古大力一本正经地说道，"只有生的骨肉才会有这么多的汁液，渗进到磨齿的石头里。"

"你说的……你说的汁液是血吗？"霍大姐声音有点发颤。

古大力摇头："不止是血，还包括淋巴液、体液……以及脑浆这些。"他顿了顿又补充了一句，"而且必须是新鲜的，刚从肢体上被弄下来的，因为时间一长，这些汁液就会结成痂。"

第七章
末路凶徒

  邵波刚说完，李昊便抢着数落道："一个是山区猎户，一个是含着金钥匙长大的妙龄少女，也就你能把他们串联起来。我看你还是开点药吃吃，否则你迟早会变成个精神病。"

19

古大力的发现让我们都有点犯恶心。按照他的推断，田五军曾经在这屋子后面肥沃的土壤里，撒下过被碾碎的动物的骨肉。

是的，我和邵波、包括霍寡妇都认为只会是动物的骨肉。

所幸古大力也没有发表其他骇人听闻的看法，只是他的眼神开始变得发直，望着那个被掀开的石磨露出很奇怪的表情。

屋子里倒没有什么发现，空荡荡地散落着几件破烂的衣服，连像样的被褥都没有。唯一能够与当年那起非法囚禁案扯上关联的，可能只是屋子另一边的一架锈得不能再锈的三轮车了。霍寡妇指着车说道："那天他就是骑着这车去了虎丘镇找我，车上还放了三只野兔，他在市集上卖了两只，剩下最肥的那只拿给了我。"

说到这里，她叹了口气："可能那个被他绑回来的姑娘，当日也是用这辆车给拉回来的。"

"应该是！"古大力的注意力终于从后面的石磨转移了过来，他能够从自我世界琢磨不出答案的牛角尖里，自行走出并被其他人的话语带走注意力，说明他的精神疾病确实已经好转不少，并能够完成社交活动。这一刻的他小心翼翼地提了提三轮车的车把:"被绑的姑娘就像田五军猎杀的野兔一样,打横着放在后面的这块破布上。"

他所说的破布,是车斗上铺着的一块已经发黑的绿色绒布,上面有着斑驳的血斑与血痕,映射着一个猎户辛劳的岁月。这时,邵波好像想起了什么,他大步走上前去,用随身带的瑞士军刀将这块绒布缝合在车斗上的线一一挑开。

古大力齉声问道:"邵神探,你想拿走这块破布,拿回家洗洗缝个披风吗?"

邵神探扭头,那一丝微笑再次回归:"嗯!缝个帽子送个你。"

古大力摇头:"我不喜欢绿色的帽子,再说,上面红色的血迹应该是洗不干净了的,红配绿,有点俗,不符合我的风格。"

霍寡妇却自顾自地叹着气:"人一走,茶就凉。屋子里像样的东西都被人捡走了,剩下这辆没人要的破三轮上面的这么块破布,想不到也有人要。"

因为雨水的缘故,我们回去的时候尽管刚过5点,但天已经很暗了。

"今晚应该还有暴雨!"司机抬着头说道,"这次我不会看走眼的。"

这时,前面的一棵大树下,再次出现了那三个年轻的身影,他们伸长了手臂,竖起拇指,示意要搭顺风车。

司机是小地方的人,自然不明白这么个属于穷游驴友的手势。

他讪笑着:"那三个娃娃在表扬我车技好吗?"

"是!你靠他们身边停下,听听他们赞美你的话语吧!"邵波说道。

车停下,没人赞美司机。三个全身湿漉漉的年轻人要求搭车。司机装出不太愿意的神情:"我这车拉四个人都吃力,现在你们也看到后面啥样了,有个大家伙一个顶俩,已经算超标了。再加上你们三个,怎么可能开得动?就算开得动,到虎丘镇不得要三四个小时?"

末了,他眼珠一转,又补充了一句:"就算后面包我车的大兄弟们答应,我自己也不会答应呀!给多少钱我也不会答应。"

10分钟后,司机收下了那个长得有点猥琐的男生的100块钱,冲我和邵波、古大力讪笑:"还是你们好心,照我那暴脾气,还真不想管他们这些自己进山来找罪受的娃娃。"

说完这话,他一轰油门,滚滚的黑烟喷向了滚滚的红尘。三轮摩托抖动了几下,朝着虎丘镇开去。

我们七个人挤在用帆布包裹着的车斗里,古大力稳稳地盘踞在只坐了三个人的这边的中间,左右是我和邵波。对面的俩姑娘冲我们抱歉地笑笑,从包里面拿出梳子来,收拾因为之前的大雨而狼狈的发丝。猥琐男面无表情,并时不时用鄙夷的目光瞟一眼坐在他旁边的霍寡妇。

邵波虽然并不是很富裕,但这些年也积攒了两三套房,不动产过了七位数。一穷二白里走出来的人,对这种一看就只是仰仗父母而眼高的家伙始终有一种近乎于仇视的厌恶。于是,他那玩世不恭的表情跃然脸上,笑着冲着俩姑娘问道:"如果不是遇到我们的话,你们今晚得怎么过啊?"

"我们带了帐篷,再说昊哥以前来过,他知道往里走有一个没人住的破房子,我们本来的计划也是去那破房子过夜的。"头发扎成一个把子的大脸姑娘答道。

邵波一愣,接着朝我望过来。我正要冲他点头用以配合两人之间的默契,谁知道坐中间的古大力厚实的身体朝前一倾:"你们说的昊哥是谁啊?是这个傻不拉几的男的吗?"

说完他指了指那猥琐男。

猥琐男很生气:"你这胖子说谁傻不拉几了?"吼完他还猛地站起,头撞到车斗上面支撑帆布的铁架上。他"哎哟"了一声,抱着头又坐下。

"对不起。"古大力一本正经地说道,"我脑子不是很好使,管不住自己,社交能力很弱,想什么就说什么,不能和你们一样具备约束能力,所以才会经常说错话,希望你不要介意。"

猥琐男白了他一眼,没说话了。

邵波嘿嘿笑:"姑娘,你们所说的昊哥就是这位同学吧?"

大脸姑娘点头:"嗯!他是我们师兄,驴友协会会长。"

"驴友协会?"我重复着这几个字,并望向依然捂着头的猥琐男:"你们协会全称是虎丘山驴友协会吗?"

"是的。"这位被称呼为昊哥的男生挺了挺胸,"虎丘山驴友协会是本校当年做得非常好的协会之一,后来因为上一届会长不给力,所以协会日益衰落。我陈昊今年开始接手驴友协会,就告诉自己,一定要让这个协会再次恢复当日的辉煌。"

"昊同学,你们协会是不是就是当时和虎丘镇上那个旅行社有合作的那家?"邵波收住了笑,扭头问道。

"那是前年他们那些穷酸孩子经营协会时才选择合作的。"昊同学点了点头,"实际上驴友并不就是穷游的代名词,协会以后也不会出现这种情况。我已经在虎丘镇谈好了一个宾馆,协议价一晚上才100块,全部算我的也没多少钱,为了协会,这点小钱我倒是无所谓的。"

说完这话,他瞟了一眼旁边坐着的两个女生,但那两个女生并没有迎合他送上仰慕的目光。邵波的声音却低沉了不少,看来他也发现,与这种炫富的孩子沟通,用轻松的闲聊口吻似乎不行。他清了清嗓子,瞪大了眼:"陈昊对吧?我刚才问你的问题你是不是没听明白?"

对方一愣,想要发作,但紧接着看到邵波那凛冽的眼神。

他犹豫了一下:"什么问题?哦,你说是那家旅行社吗?没错,当时师兄们是和旅行社合作的。"

"也就是说前年暑期来虎丘山徒步旅行的人基本上都是你们这个协会送过来的?"邵波继续道。

"差不多吧。虎丘山只是个森林公园,里面没啥好玩的,除了我们学校以外,也确实没太多人进来。"昊同学应道。

"你们协会里还有前年8月出行的驴友花名册吗?"

我插嘴问道。昊同学看了我一眼:"肯定是有的,不过当时的会长据说在那年9月……嗯,也就是开学不久的时候失恋了。接着,他将协会的登记手册全部撕烂了,其他同学发现时,只看到了一堆纸屑。"说到这里,他好像想起了什么,"对了,你说的前年8月的花名册,好像就是唯一一本被他烧掉的那册。"

古大力自说自话般开始吱声了:"都是那个8月,旅行社里从8月开始驴友减少,学校里8月的花名册被彻底销毁。那么也就是说,前年8月在虎丘山驴友协会里发生过的某件事,导致了协会从此一蹶不振。"

昊同学:"是的,我们海阳市师范学院驴友协会,就是自那个时候开始,因为前任会长离去而失去辉煌的,一直到我陈昊开始接手,才……"

"你们是海阳市师范的?"邵波也忽地一下站起,接着头撞到了铁支架上,继而抱头坐下,"你们的虎丘山驴友协会其实就是一个海阳市师范里面的校内组织?"

"是的,除了本校以外,就没有专门进虎丘山徒步的组织了。"昊同学嘴角往上扬了扬,瞅着捂头的邵波硬是憋着没笑出来。

"沈非,岑曦失踪前就在海阳市师范上学,当时她大三。"邵波朝我望了过来。

"岑曦这名字好熟。"昊同学冷不丁说出一句。

"你认识她?"邵波连忙问道。

"不认识。"对方摇头,"挺路人的一个名字,所以乍一听觉得似曾相识。"

"难道会要比你的名字路人吗?还要人叫你昊哥……"古大力大声说道,"啊呸!难道你不知道我们的邵大神探生平最恨的人就叫昊哥吗？"

邵波翻白眼："我就哪里恨李昊了？"

古大力连忙改口道："嗯！不是叫恨。应该说你和昊哥之间是亦爱亦恨，捏捏相惜。"

我清楚地听到那两个姑娘中的一个小声嘀咕了一句："同性恋。"而昊同学则试图纠正古大力的别字："是惺惺相惜吧？"

古大力瞪眼："你才是猩猩呢？你不但是猩猩，还是只猴！野猴！马猴！金丝猴！"

20

因为严重超载的缘故，我们抵达虎丘镇已经是晚上 8 点了。昊同学提出要请我们一起吃个饭，被古大力拒绝了。古大力说："我们还有重要的事情要做，就不和你们这些孩子们一起了。"说完，他率先站起，从车斗处往下跳。邵波连忙伸手想扶他一把，害怕古大力表演这么个华丽动作时摔跤丢人。所幸古大力稳稳地落到地上，回头冲车上的我们微笑："都赶紧下来吧！地上有点滑，别摔倒了。"

邵波乐了："就你这没事就跌跟头的还操心起我们来了。"说话间，他一脚跨到车斗上就要往下跳，谁知道那车斗的铁板没有拴紧，邵波踩了个空，高大的身子朝着三轮车下摔去。古大力倒也灵活，连忙上前，用肩膀扛住了半空中朝前扑去的邵波。接着，古大力冲我们车斗里的其他人耸了耸肩，微微一笑，最后……最后古大力扛着邵波转身了……

两人一起摔到了地上的泥泞中。

我们有点狼狈地和学生们道别。

因为他俩还要回宾馆冲冲洗洗,所以也没和霍寡妇一起吃饭,再说霍寡妇惦记着她的娃娃,便道了别,留下了电话号码,说之后联系。

我们在虎丘大酒店一楼买了几套有点土的衣裤,邵波和古大力上楼去洗澡。我没上去,坐在一楼的沙发上等他们折腾完出去吃饭。沙发旁是一整块落地玻璃,向外望去,是酒店不大的停车场。

我将头往后靠了靠,让身体体验陷进沙发深处的惬意。接着,我微微闭上眼睛,将目前所了解到的关于田五军的一切,在脑海中尝试着过一次。是的,我在企图给他进行"心理画像"。

刑侦中所用的犯罪心理画像是在侦查阶段,警方根据已掌握的情况对未知的犯罪嫌疑人进行相关的行为、动机、心理过程以及人员心理特点等分析,进而通过文字形成对犯罪嫌疑人的人物形象及活动征象的描述。它通过对罪犯遗留的反映其特定犯罪心理的各种表象或信息的分析,来刻画作案人犯罪心理,进而服务于侦查工作。

而我,并不是刑侦人员,只是个心理咨询师。我对于我的目标人物所勾画的一切,其实并不是真正意义上的犯罪心理画像,毕竟犯罪心理画像是由刑事侦查、法医鉴定、心理评估和文化人类学这四种技术组合的联合体。很多影视作品与小说里,心理医生能够夸夸其谈,不慌不忙地为他的刑警朋友勾画出犯罪嫌疑人的种种……嗯!有点扯。毕竟专业的人做专业的事,没有谁能做到真正的什么都精通。就算有，那也绝对不是我。

于是，我只能用我所掌握的心理学知识来揣摩田五军的意识世界与潜意识世界。作为心理动力学的拥护者，我们始终认为，目标对象童年的经历，会是改写他人生的主要因素之一。不完整的家庭，哑巴父亲与疯子母亲会有什么样的外人不可揣测的独特交流方式，这是我们都无法知悉的。但儿时的田五军肯定是看到了的，那么，他父母的交流方式自然会影响到田五军对待社交的看法。

我继续摸索着，循着田五军走过的轨迹：在他还是个儿童的时候，母亲失踪；再到他具备独立生活能力后，父亲失踪……

我抬起手按了按太阳穴，因为我感觉捕捉到了什么——田五军父母的凭空消失，没有任何人能给出准确的答案。纵使有，也只会是深藏于田五军心底的秘密，无人深挖，也无人在意并尝试深挖。那么，在田五军看来，虎丘山深处的其他人如同他父母般失踪，会不会也是再正常不过，并不会有什么严重的后果呢？况且，田五军自己的父母当日消失后，尸体并没有被人发现，那么，虎丘山里面迷路的其他人在田五军看来，实际上是否也可以消失得足够彻底呢？

我打了个冷战，脑海中再次出现了石磨紫红色的磨齿一面……

我抓起电话翻出了李昊的号码，犹豫了一下，最终还是拨了过去。我想要李昊查查田五军父母的死因，但也知道自己继续向他打听田五军的事会被他训斥。不过，只要我开口，他始终还是会给我一个他所知并且允许让我知道的答案。

"喂！沈非，什么事？"李昊问道。

"你们关注过田五军父母的死因吗？"我也没绕弯子，径直问道。

李昊那边停顿了几秒："嗯！沈非，你是不是和邵波在一起，他是不是又在犯二想当好市民，当我们警队好助手了？"

"我们在虎丘山这边。"

李昊再次停顿了，沉默了一会儿后，他声音越发低沉了："行了，你们不用折腾了。案子已经结了，不过官方还没有正式对外公布，9:30市局会开个新闻发布会。你和邵波知道了低调点就是了。"

"啊！"我愣住了，"田五军被抓到了？"

"没……"李昊的回答明显有点遮遮掩掩。

"好吧，不方便的话就不用说了。"

李昊吸气的声音在听筒里非常清晰："沈非，田五军今天下午6:10在宏福路出现，最先赶到的是宏福路派出所的两位便衣，在发现田五军企图劫持人质冲入人流之前，那两名便衣果断开枪，将其击毙了。"

我张大了嘴，不知道该说些什么，这一结果的出现，是不是说明我和邵波、古大力这一天一夜的忙活，实际上没有任何意义呢？

李昊也没多话，直接收了线。这时，邵波和古大力换了衣裤下来了。邵波脸色不太好看，大步朝我走了过来："沈非，我刚才听到的消息，田五军可能已经被击毙了。八戒给我打了个电话，说6点左右市区鸣枪了，据说现场有歹徒被击中要害。他收集到的信息说歹徒就是越狱的逃犯。"

"死者是田五军。"我望向他，"李昊已经证实了这一消息。"

古大力："那我们这趟过来岂不是叫作瞎折腾？"

邵波微笑着望向我，接着古大力的提问说道："我们这次过来本来就不是以查田五军为主。"

"那是查谁？查霍寡妇吗？"古大力翻白眼。

我不想回答他的疑问，望向邵波："9:30市局会有个新闻发布会，汪局和李昊他们应该都会参加。也好吧！这两三天刑警队里的那些个不要命的估计又是连轴转没睡觉，发布会结束后，李昊他们总算可以回家好好休息一晚了。"

"对了。"邵波突然说道，"沈非，李昊他们忙完大活后总喜欢去海都食府。"

我和古大力都瞪大眼睛看着他，邵波用力拍了下古大力的后背："走，上去收拾东西，现在8:30，我们开快点，11点前可以回到海阳市。"

说完这话，他率先朝着电梯口跑去。我和古大力有点懵，追上问道："赶回去干吗？"

邵波笑着："赶回去蹭饭。"

我愣了一下，紧接着猜到了他想要做什么，便和他一样笑了，钻进了电梯。古大力还是不太明白，他大步一迈，接着靠在电梯的铁板上继续问道："蹭谁的饭？是八戒吗？我刚才瞅见八戒的朋友圈发的照片，他又约了网友在吃好吃的。"

十几分钟后，我们的车驶出了虎丘镇，朝着高速公路入口开去。邵波的计划有点卑鄙，他想领着我们去海都食府偶遇市局刑警队那帮大块头。队里面的人他基本上都认识，一起喝酒吹牛好几年，就差没一起出去杀个人纳投名状再喝点红墨水兑酒那种了。所以,邵波今晚打算用的伎俩,实际上之前也时不时会用上的。

没错,他要领着我和古大力去海都食府偶遇刑警队的那帮汉子,然后上演一出"那就一起吃得了"的大戏。

我们提着几袋面包干嚼着,一人开了一个小时,保证一路上驾驶者都能够维持着油门踩到底的状态。进海阳市时,我瞟了一眼时间,11:11……

嗯!我依然孤独……

十几分钟后,我们将车停在海都食府的停车场里,邵波眼尖,远远地看到了李昊的车,接着笑着说道:"看来不会扑个空。"

我们径直走上二楼,经理认识邵波,大步迎了上来:"邵总几位?"

邵波反问:"李队他们在哪个房?"

经理指了指身后:"老地方,不过已经买了单要走了。"

邵波连忙大步往前,拧开旁边的一个包房门,跟在他身后的我看到他朝着里面探头后,第一时间反倒愣住了,并且还做了一个很孩子气的动作,吐了吐舌头。

我与古大力连忙往里瞅,只见包房里压根就没有刑警队那群糙汉子。李昊一本正经地正对着我们坐着,左边是他的未婚妻——市局法医赵珂,右边是……

右边是穿着便服的汪局。

"还真被李昊给蒙对了,哈哈!"汪局笑着望向我们,"开完发布会我就要李昊打电话叫上你们两个家伙一起出来吃点东西。可李昊说你们还在虎丘镇,也是为田五军案子在折腾。他还说不出意外的话,你们会火急火燎赶回来,到海都食府来尝试偶遇我们。刚才买单时我还在笑话他判断失误,想不到话音还没落,你们几个就真到了。"汪局边说边指了指旁边几个座位:"坐吧!坐吧!李昊,叫服务员加几个菜,一直想要请上沈非、邵波他们喝几杯,今天正好手里没什么要费神挂着的案子,可以放空下来和你们年轻人好好唠唠。"

我们讪笑着,一一坐下。古大力眨巴着眼睛:"汪局,我们见过面的,我是小古,大小的小,古代的古。"

汪局点头:"市局谁不认识你古大神探呢?你以前帮忙破的那些案子,咱就算到现在也还没事就拿出来说道。可惜小铁不在了,没人能用得到你。不过也好,你和沈非他们走得近点,有啥事一样能为我们局里帮上忙。"

"小古"连忙点头:"是的,是的。"

汪局又望向我:"小沈这几个月好了点吧?文戈的事我一早就知道,听李昊说你现在已经走出来了,挺让人欣慰的。"

"嗯!学会了面对。"我应着。

"你还这么年轻,未来的路途够远,本就需要早点学会承受与担当。男人这一辈子经历的每一道坎,都是历练。"汪局说到这又自顾自地笑了,"你看我,给他们训话上课上习惯了,忘记了你才是心理医生,励志的话语你比我强才对。"

邵波听着这些客套话便坐不住了,他早几个月因为邱凌案与汪局开始了接触,之后李昊也给汪局说了邵波的过去。谁知道扯着聊开来，汪局竟然是邵波那位在某重镇退休的老公安父亲的同学。1983年严打的时候，公安部组织全国刑侦一线的优秀刑警在北京有过两个月的封闭培训，搞什么业务大练兵。二十出头的汪局与三十出头的邵波他爹都被送了过去，两人在开学第一天就打了一架，之后又灌着马尿说过什么"不打不相识"的客套话，关系一度好得不行。只是之后年月隔得太久，慢慢没了联系而已。

于是，汪局看待邵波的态度比以前也好了不少。

这一刻的邵波便仗着汪局把自己不当外人开始肆意插话了："汪局，让李昊给我们说说田五军的事呗！反正也瞒不住你们，我们仨开150迈赶回来，就为了了解现场细节。"

"必须给你们卖个关子。"汪局眼神中闪过一丝狡黠，"一个抓捕逃犯的案子，你这么上心不可能是没有原因的。邵波，你也当过刑警，很多线索需要付出代价。那么，你我目前各自掌握的东西做个交换，我觉得是很有必要的。"

邵波笑，开始耍滑头："汪局，难道你不相信这世界上有着真正的雷锋吗？"

"少给我来这套。"李昊打断道，"我已经给汪局说了之前你的某些怀疑，我们也尝试去找出田五军非法囚禁案的档案，想要了解那个案件里的细节。可是卷宗里面很多细节都写得很模糊。受害者自己有权申请案件卷宗的保密，但屏蔽如此之多的情况，非常少见。连受害者的姓都没有保留下来。"

"是不是意味着这个案件的卷宗里，受害人不只是通过正常渠道申请保密的，还……还有某个内部的人在卷宗里做了手脚吗？"邵波追问道。

"邵波,这类型的案件,对女性受害人进行必要的保密是应该的。所以,我们也不能说卷宗屏蔽了太多受害者的信息,是因为经办人员有什么不对。"李昊一本正经地回答道。

汪局点着头:"李昊,别上了邵波的当,我们的话题还是要回到交易上来。先听听邵波的一些想法后再给他说道说道我们的发现吧!"

邵波笑了:"汪局,所处的位置不同,所以角度也不一样……"

接着,邵波将自己接手调查岑晓的案子经过,与这次去虎丘山的发现给大伙一五一十说了,描述得很细,也比较客观,末了才将自己对两个看似完全无关却又可能有牵连的人的怀疑说了说。

自始至终,李昊似乎听得都不是很耐烦。邵波刚说完,他便抢着数落道:"邵波,我瞅着你就是闲得蛋疼,不是所有的重大新闻都能跟你那些陈芝麻烂谷子的调查小三案扯上关系的。一个是300公里外的山区里面的猎户,一个是含着金钥匙养尊处优的妙龄少女,也就你这么一个社会闲杂人等会把他们串联起来。我看你还是让沈非给你开点药吃吃,否则你迟早会和古……"说到这他顿了顿,"你迟早会变成个精神病。"

古大力那点情商自然没能反应过来,坐一旁点着头:"没错,大部分精神病人前期病症就是开始疑神疑鬼。"

邵波的微笑依然挂在脸上,也就他能对李昊的痛骂保持处变不惊的淡然。等李昊消停了,邵波再次耸肩:"汪局,我已经把我目前所查到的东西给一五一十说了,现在是不是应该轮到李昊给我们汇报田五军的事了。"

汪局点头，示意李昊开始。这时，我注意到汪局的表情较之前严肃了很多，几分钟前的松弛状态荡然无存，似乎在思考着什么。

我没去深究，因为李昊开始清嗓子。别看他没事大呼小叫，实际上邵波这些年的各种要求，他能做到的基本上都会做到，只是岗位摆在那里，不能与邵波这种所谓的"社会闲杂人等"打成一片而已。

他煞有其事地瞪了邵波一眼："逃犯田五军，于9月20日下午在海阳市宏福路出现，被我局辖区民警张旭彬、王文杰发现。两位民警果断开始抓捕，遭遇逃犯田五军顽抗。为防止田五军钻入人群挟持人质，伤害群众，民警王文杰鸣枪示警无效后，果断对逃犯田五军开枪，将其击毙。王文杰同志的英勇与果断，为挽回国家经济损失与保障人民群众生命安全提供了……"他说到这里开始结巴，明显是在背诵某些说辞，而且还背得不怎么灵光。

坐在他旁边的赵珂终于笑了："得了，就你这点文化水平，之前还想要汪局安排你上台面对媒体。"

李昊自己也笑了，这粗糙的汉子只有望向赵珂的时候，眼神中才会闪烁出一丝叫作柔情的东西："看来多亏没去，否则警队形象会被我毁于一旦。"

邵波打断道："别酸了！李昊，你不会告诉我作为交换的一方，你就是拿这么几句官方话语把我给对付了吧？"

李昊扭头过来，再次满脸正气："有什么问题吗？实际情况就是这样，并没有隐瞒你什么。"

邵波便开始挠头，朝汪局望了过去。汪局和李昊一样摆着一张扑克脸："有什么问题吗？你要的不就是这些情况吗？"

"可是……"邵波终于收住了笑，"可是这也太官方了吧？过来的路上我们在电台里听市局今晚的发布会，也是这套说辞。"

"嗯！没错，是统一的。"汪局点头，"实际上这也确实是当时的情况，我们都没到现场，所掌握的情况和你们目前所知悉的一样。"

"好吧！"邵波点头。

"不过……"李昊开始笑了，并卖着关子。

"不过什么？"邵波抬头，"赶紧的。"

李昊扭头看了看汪局，汪局点头："让赵珂说吧。"

"是！"赵珂应道。这位优秀的警花和李昊确实登对，不苟言笑，气场却又强大。很多法医给人的感觉都不怎么接地气，和刑警们站一起一眼就能分辨出来。而赵珂不同，她站在凶案现场，俨然就是一名刑侦人员。

"死者田五军，男，35岁，汉族。死亡时间应该是在下午6:20左右，致命伤为枪伤，位置在头部，左眉偏上。我们赶到现场时间为6:31，田五军已经没有了任何生命体征。在听取了有关人员的情况介绍后，我们开始了现场勘察工作。天色昏暗，勘察在灯光条件下进行。尸体上身穿灰色汗衫，下身穿黑色长裤……"

"赵珂，死者尸体细节就跳过去吧，直接说之后我们发现的那两个疑点吧。"汪局插话道。

"是！我们在死者身上搜出了一张只有半截的纸条，上面应该是一个地址，但后面半截却没有了。"

"什么地址？"邵波忙问道。

赵珂答道："海阳市宏福路东拐二胡……嗯，能分辨出的就是这十个字，后面的没有找到。"

"路东拐二胡？"古大力念叨着，"这是什么地址名啊？"

"宏福路还没有被纳入新城市建设的时候，是有这么个地名的，我记得当时叫作东拐二胡同。在1986年县改市时就取消了这个名，使用了统一的门牌号。也就是说，只有年纪大的那一帮人还知道有这个东拐二胡同的存在。"汪局解释道。

我开口问道："汪局，你的意思是说田五军兜里揣着的这个地址应该是某位年岁不小的人抄给他的？"

"没错，最起码40岁往上走。"

"那也不一定。"坐在一旁的古大力小声嘀咕着。

见我们都望向他，他连忙讪笑道："我记得县志里面说废除那些老门牌是在1986年和1987年间，我自己小时候家里住的地址——海泉路王二拐涌这么个名字，也是在那两年被取消的。可是我小时候的身份证上，一直都是王二拐涌这个名字，到后来换二代身份证时才统一替换掉。"

"说这个有什么用呢？最终结果还不是没有再用这个地址了吗？"李昊说道。

"等一下，古大力想要表达的意思我大概明白了。"邵波打断了李昊，"老的门牌地址虽然废除了，但是很多人的证件还沿用了老地址。也就是说，田五军手里的这个地址除了可能是年长者抄给他的外，还有另外一种可能就是——某人的某个证件里面，显示了这个地址。"

邵波继续着:"李昊，岑晓的爸爸发家就是在改革开放刚开始的时候，在宏福路摆地摊卖皮鞋，之后才一步步做大起来的。那时候的人想要做生意，都不敢满世界跑，第一选择就是在自己家门口折腾下。那么，岑晓爸爸的老房子很可能就在宏福路。"

"这些不用你在这里分析，我们是警队，可以去查，只是在我们看来有没有必要查而已。"李昊答道。

汪局却抬起手来，示意李昊不要继续抢白，他将桌上的茶水浅浅抿了一口，接着说道:"邵波，你目前的各种怀疑，确实太过牵强了，所以你也不要责怪李昊生气。你刚才逮住一个新的细节，就放大到把田五军案和岑晓父亲二三十年前的住址扯到一起，也确实不着边儿。不过呢?我倒是挺喜欢你这股子轴劲儿，况且，有一个我知晓的事可以拿出来和你们共享一下，应该可以给你这一系列不靠谱的线索，提供一个有点分量的骨架。"

"嗯!汪局，您说。"邵波收住了嘴角那长期挂着的笑。

"岑晓我没见过，但她母亲韩雪，我打过几次交道。假如我没记错的话，韩雪有个堂哥在坤州市中级人民法院做副院长，而且是分管刑庭的。"汪局说到这里顿了顿，径自拿出手机，"被你们几个给撩得对这案子有点兴趣了，我干脆打个电话问下。"

说完他站了起来，举着手机朝着外面走去。

到汪局走出门，李昊板着的脸舒展开来，还难得一见地对我们几个翻了下白眼。赵珂知道我们几个的德性，小心嘀咕了一句:"你们啊!就只能对付得了汪局这种实在人。"

一两分钟后,汪局回来了,脸色较之前凝重了不少。

我们连忙站起,一起望向他。

汪局沉默了几秒,最终抬起头对我们说道:"要求把田五军案转移到坤州的人,就是韩雪的堂哥,坤州中院的韩小龙副院长。"

我们都愣在那儿,邵波这段日子的一系列不靠谱怀疑,到这一刻终于有了真正能够被我们捏在手里抓住的线头。这也就意味着……意味着一直以来,我反复对自己说的不相干的人不可能被串联起来的所谓理论,被田五军案彻底打败。

我开始了恐慌。

还不能被最终确定……

还只是怀疑而已……

我在心里默默对自己说道。

手机的响声将我从思绪中拉回,只见上面显示着一个没见过的电话号码。

莫名的,我反倒有着某种欣喜一般,如同这个电话的到来,能够将我从当下的恐慌思绪中解放开来。

我按下了接听键……

"沈医生,没打扰你休息吧?"对方是一个富有磁性的女声。

我的心微微一颤,因为我压根都想不到这一刻会接到她打来的电话。

"沈医生,你方便现在来一趟我这边吗?"女人继续着。

见我没说话,她顿了顿,又补上一句:"我是韩雪。"

第八章
受虐狂

  人类骨子里沸腾着的来自我们祖先的兽性,是始终存在的,对其他生物的伤害,似乎是我们天生就具备的本领。对伤害的享受,似乎也是某类人所嗜好的快感来源。

21

　　10分钟后,邵波载着我朝滨海小城开去,那是海阳市的别墅区,每一幢别墅与别墅之间都有一两百米的距离,保证了每个单栋都享有完全独立的一方世界。

　　邵波双手搭在方向盘上,眉头皱得紧紧的,没有微笑挂在脸上的他,让人看起来有点不习惯。韩雪和我通电话时也问起了邵波,知悉我与他在一起后,便要求邵波一起过去。她的语气没有了之前那股子慵懒与慵懒背后的自信,很反常地,我在其中捕捉到了某种不经意流露出来的无助与无可奈何。

　　"沈非,在我针对岑晓的种种怀疑中,最让我觉得可怖的一个,便是关于岑曦死因的。如果……如果你我一层一层剥开后的真相,真的是岑晓这么一个看似文弱善良的姑娘,让她的姐姐走到末路,那么,我们要不要将真相公诸于众呢?"邵波声音很小,似乎自己也不太希望这一假设会成为现实。但让人沮丧的是,这一假设似乎也是我们目前一路调查的最终指向。

　　我望向车窗外,远处那跨越海面的高架桥延伸向远方。这世界上总是有很多不得已，并不是人们的初衷。这世界上也总是有很多人们的坚持，最终陨灭在扑面的红尘中。岑晓那张透着某种伤感的俏脸浮现在我脑海中，我叹了口气："邵波，你觉得岑晓是一个会夺走人生命的人吗？"

"不像！"邵波不假思索地回答，但紧接着又补上了一句，"被抓以前的邱凌也不像，甚至他被抓了以后也都不像。"

我们没有再就这个问题继续讨论。窗外的黑暗天幕依旧，我在思考的却是——人，为什么能够如此可怕呢？道德与法律，压抑着我们不会随意肆虐。但骨子里沸腾的来自我们祖先的兽性，却又始终存在。

对其他生物的伤害，似乎是我们天生就具备的本领……

想到这里，一个念头猛地蹦到了我的脑海中——对伤害的享受，似乎也是某类人所嗜好的快感来源。

岑晓那解开纽扣的衣领深处，有着刺绣花纹的浅黄色胸衣在我脑海中快速成像。接着，她开始微微将上半身朝旁边转动，让我的视觉进一步得以窥探仔细……

我吸了吸气，让自己的思绪不再混乱，免得再记挂那一画面，因为那一画面让我产生了一种虚幻——似乎能够嗅到来自女性身体的微微腥味。

情欲，是正常男女的生理需求。但是，与温饱这些需求不同的是，它能够被人强行压抑。

是的，我压抑着自己对于情欲的宣泄，所使用的手段拙劣且狼狈。我不断地说服，也不断地告诫，文戈始终是我唯一的理由……

我的视线再次望向那耸立着的高架桥。

我的世界,崩塌在文戈离去的那个夜晚,继而支离破碎……

韩雪家的保安指挥着我们将车停在院子里,这幢四层高的小楼房在夜色中并不明亮。相反,没有男主人的它,如同一位幽怨的少妇,用那微黄色的灯光当作眼睛,望着这个世界,与走入别墅的我与邵波。

我们走上三楼,韩雪穿着一套绿色的睡衣蜷缩在客厅的欧式沙发里。她脸颊微红,诠释着她面前那杯液体里是有酒精的。看到我们后,她站起,动作依然慵懒,但没有了之前那种慵懒后显露出来的率性与随意。

"沈医生,我领你去岑晓的房间吧,她今天有点失眠,想要有个说话的伴儿。可惜的是,我无法成为她想要的人。所以,我才打给了你。"韩雪缓缓说道。

"我不能保证自己就不是她排斥的对象中的一员。"我很老实地说道,"我与她上次的交流,最后并不愉快。"

"岑晓会接受你的。"韩雪很肯定地说道,"她是我的亲生女儿,我知道她乐意与什么样的人接触。而沈医生,你具备岑晓所能接纳的男人的一切因素。"

"韩总,如果没有我什么事的话,我就先回吧?"邵波在我们身后傻乎乎地站着,并开口问道。

韩雪扭头冲他笑了笑:"邵波,你等我下来吧。毕竟……毕竟我也想有个人陪我聊聊天,而你——邵波,具备我所能接受的一些因素。"

邵波"哦"了一声,不再吱声了。而我的思想,却伴随着脚步在台阶上的一步步迈动,开始融入一个新的世界。

四楼的墙壁是粉紫色的,深红色的地毯上有着简单的如同藤一般的花纹。因为没有开灯,我无法洞悉这个四楼客厅里的各种细节。接着,韩雪拧开了其中的一扇房门,里面依然漆黑。

"岑晓,沈医生过来了!"韩雪柔声说道。

黑暗中并没有人回应什么,甚至里面的空气都凝固了,不再流动。

"沈医生,进去吧!岑晓不喜欢在夜里看到光,所以你担当点,陪她好好说会儿话。"韩雪扭头对我说道,"或者,你也可以尝试说服她,拧开一盏台灯。"

我有点蒙,一位母亲在深夜将一个男人送入女儿的闺房,似乎有点让人不知所措。但我依然下意识朝里面走去,因为我的另一个身份是心理医生。这房间的黑暗中躲藏着的那个灵魂,她无论如何可怖可悲,在我看来,始终只是一个被病魔折磨着的病患而已。

借着最后那丝微弱的光线,我勉强捕捉到眼前有一个竖立的人影。紧接着,身后的房门被合拢,黑暗宛如饥渴的恶魔,瞬间将这个人影吞没。这一幕,有点像某些惊悚电影中老土的桥段。在我们坐在影院里观看这些桥段的时候,会有着情绪上的波动,而在生活中遇到时,也不过如此。

"你好,岑晓,我是沈非。"我说话的语调适中,语速不快不慢,这是作为一个专业的心理咨询师应该具备的技能。并且,我还习惯性地挂上了微笑,尽管微笑在黑暗中并不能得以展现。

于是,我的声音变成了唯一能够在这片黑暗中穿越,并抵达岑晓世界的东西。但让我有点难堪的是,她没有回应,或者应该说她的整个世界都没有回应,我的企图介入如同扔向水池的石子,沉了下去。

"岑晓,我是沈非。"我再次开口尝试。

我面对的依然是悄无声息的黑暗。

我往后退了退,脊背触碰到墙壁后,终于有了种得以踏实的自我暗示。然后,我选择了沉默,与她一样融入到这片暗影之中。暗影中的她,是否在望向暗影中我的方向呢?我不得而知。但我,面对的一定是她所站立的位置。

我一直认为,一位成功的心理医生,其实就是一位在夜晚的大海中摇动船桨的船夫。这片黑暗深海时不时死寂,时不时汹涌,各种不确定,都孕育在它冷漠而又浩瀚的怀抱。迷失了的灵魂,就是漂浮在这片海面的无助的人,他们或麻木、或绝望、或痛苦……

在他们飘荡着的漆黑世界里,唯一能够将他们照亮的,就是我们心理医生摆放在船头的一盏油灯。而也是这盏油灯,会带领他们走出深海,重达有着阳光的陆地。

是的,我就是那位黑暗中的船夫,我面前站着的就是海面那受苦的人儿。可悲的是,我船头的灯火太过灰暗,灰暗到我自己也有点不知所措,灰暗到让我无法捕捉受苦的人这一刻的表情,是麻木抑或痛苦?甚至可能是绝望。

这般沉寂的时间过得无比漫长,最终,我忍不住了:"岑晓,不介意我开灯吧?"因为我意识到继续在黑暗中耗着,我永远不可能触碰她本就喜好幽闭的患病的灵魂。

她没有回复。

"你不回答我就当你答应了。"

她没有回复。

我摸索着走到了门边,接着通过指肚的触碰,找到了开关并按下。

灯并不明亮,这点让我舒了口气。因为心理咨询过程需要营造的,不一定是明亮与通透。相反,封闭与昏暗,能让对方在一个可能很陌生的环境下,快速捕捉到对安全的渴求。

穿着一套浅蓝色睡衣的岑晓面朝墙壁木木地站着,因为是侧面,我看不到她面部的表情。但她自然垂下的手臂,让我油生起一种恐惧,或者不是油生,而是感受到一种恐惧,一种从她的意识世界散发出来并能在空气中传染给别人的叫作恐惧的思绪。

接着,我看见她面前的书架上,有一盏精致的香薰炉,香薰炉下面的蜡烛并没有被点燃。在她垂下的手上面,我又看到了一个打火机。

"岑晓,你是想要点亮这个香薰炉吗?"我问道。

岑晓没有回应,但身体似乎微微抖了一下。我犹豫了一下,跨步向前,从她手里拿下那个打火机,点燃了蜡烛。

岑晓还是没有动弹。我退后,将灯的开关按下。这样,岑晓的世界里只有香薰炉下面的烛光了。我自以为是地认为,这可能就是她想要的氛围。

我再次靠到墙边,望着她。因为有了光亮,于是我在这一空间里，不会像之前那么无聊。即便岑晓继续沉默，我也可以选择观察，观察这个最能够捕捉到岑晓内心世界的房间。

于是，我看到了天蓝色的墙壁，七色的彩虹如同五线谱般，在上下游动着。大块不规则几何图形的被套与床罩诠释的应该是凌乱的内心，但又宣示着某种极致的界限，正得以被彻底划分。

我眼光扫过，却没有看到与这种公主房基色调相协调的毛绒公仔。相反，房间里并没有过多的摆设，很整洁，整洁到让人感觉这不是个姑娘私密的天地。

我微微抬头，望向天花板。

我看到了一台与整个房间完全不搭调的电风扇，而且是那种很笨重的，笨重到有四个金属扇面的老式风扇。这一发现让我有了更多疑惑，我觉得应该再次尝试与岑晓建立交流。因为某些不可理喻，如果能够得到当事人自己开口解析，那么，距离触碰到当事人的心结，将是一个迈得很大的跨步。

因为有了烛光，我不用再像之前一样站在原地。我向前，并探出头，去看站着不动的她的眼睛，嘴里依旧柔声地说道："岑晓，坐下吧！你站了有……"

我的话并没有说完，将我打断的，是我终于得以看清楚她的脸。

她在颤抖，烛光正对着的面部肌肉在放肆地颤抖。而她的嘴唇微微张开着，似乎努力想要吐出什么词汇。她的眼帘距离闭合只有小到要用毫米来计量的程度，眸子里似乎没有了眼白，黑色如同暴雨即将来临前的夜空。

我意识到她正在经历什么，被癔症控制住的人们所感受的恐惧，是足以摧垮正常人的心智的。我一把将她搂了过来，按着她双肩大声喊道："岑晓，醒醒！岑晓，回答我，我是沈非。"

被我摇晃了几下后，岑晓"哇"地一声叫唤了出来，身体却往下软瘫下去。我顺势把她往床上放，想要让她平躺。但让人意想不到的是，她的双手竟然径自环绕到我的脖子上，并将猝不及防的我拉得跟着她一起倒向软绵的床铺。

我整个压到了她的身体上，而她那两条手臂快速收拢，将我环绕。我试图挣扎，但耳边响起的是她轻声的说辞："我不想……"

我意识到：岑晓这一刻需要的只是一个怀抱，并不一定因为面前所出现的人是我，也无关于面前这个我的性别或者身份。

她的身体很软，少女胴体的芬芳与质感侵略着我的世界。我想将她推开，因为我害怕自己身体里的情欲暴虐地滋长。但最终，我并没能挣脱这一次拥抱，而我说服自己尝试抱紧她的理由是——我是一个医生，一个正在治疗对方的心理医生……

深夜的城市看似平静祥和，但浮生焦躁，红尘汹涌澎湃，没有人能避开。

是的，我是一个医生。

但，我也是一颗平凡的尘世沙粒，我和岑晓一样，可能需要的，确实只是一个拥抱而已，无关面前出现的人的性别或者身份。

22

有一些心理学家喜欢将潜意识对个体的作用放大。因为潜意识占据了大脑92%的空间,而显意识不过是挤在剩下的8%里充当幕前的傀儡领袖。作为在这一心理学知识体系下受教并一路成长起来的咨询师,我认可潜意识的强大作用,但潜意识也不应该被诠释得像万能的神一般的存在体。那些膜拜潜意识的同仁,甚至阐述着如下的理论:当个体遭遇到寒冷后,潜意识——这一伟大如神祇的存在体,会指挥身体感冒生病,用以抵抗,并驱使个体躲到温暖的场所里。

每每看到这种类型的说法,我总是一笑而过。诚然,我是弗洛伊德的虔诚信徒,对荣格的理论也深信不疑。但我又始终觉得,显意识作为我们能够自主的意识,并不完全是被潜意识这一本能反射出的引导而充当木偶。当然,显意识与潜意识两者谁才是真正的指挥者,这也是一个伪命题。我们躲避飞驰而过的汽车是一种本能反应,是通过显意识来指挥完成的。但指挥显意识的是本能,也就是我们并不能完全洞悉的潜意识中的本能。

那么,这一刻放下姿态,搂抱着岑晓的我,是由显意识主导的还是潜意识指挥着的呢?我想,应该还是那强悍的潜意识吧!我执着着,倔强着,不愿意接受任何闯入我的世界的女人。因为我想捍卫对那位红格子衬衣姑娘曾经的诺言,并苛刻地拒绝潜意识中成年男人对性亲密、男女之爱的任何企图。

又或者,我需要的只是一个拥抱而已。因为就算只是这样抱着,我的心思居然会一反常态地平静,平静着……如同文戈未曾进入我世界前的简单安宁。

岑晓的身体似乎还在颤抖，但明显有减弱的趋势。她的手臂很用力，好像害怕我会将她推开似的。于是，我那本来紧绷着的身体，也放松下来。这样，会让她觉得这个拥抱是真实的，并且不会马上失去。

我将头往下放去，贴着床上松软的被褥。岑晓的发丝如同长有触角的精灵，与我脸上的汗毛摩擦，它们试图通过我的毛孔，钻入我的身体。怀抱着同样目的的，还有着岑晓有点急促的鼻息，热气让我耳边的皮肤有种湿湿的潮感。紧接着，我清晰地听到她吐出了两个让我极度震惊的字眼，伴随着这话一起来到我耳部的，分明是湿漉漉的气流："打我！"

我第一反应是推开她坐起，可她那紧紧环抱着我的手臂让我无法立马挣脱。她那湿润的声音再次袭来："沈非，捆绑我！打我！"

我连忙站起，但她的手依然没有松开，并跟随着我坐起。接着，我挣脱，并怒目注视。但岑晓的目光反而在这么短的时间里变得松弛下来，眸子深处甚至带有她母亲的那种慵懒。

"岑晓，我想，你有着比较严重的心理疾病。"我尽量让自己不会显得太过慌张，一本正经地说道。

"我自己知道，我也翻阅了很多资料，尝试了解自己这一切问题的来源。很可惜的是……"岑晓看了我一眼，往后挪了挪，靠到了床头，"可惜的是，了解得越多，越觉得我的受虐癖好，是那么理所当然。"

"介意我再开盏灯吗？"我站起，身后那微弱的烛光在摇晃，我害怕它熄灭，害怕漆黑吞噬这一刻岑晓与我终于开始的交流。

"嗯！"岑晓点头，并伸手按亮了她床头柜上的台灯。灯的颜色竟然是红色的，映照下的房间里，情色的暗示味道更加浓郁起来。

我往后退，拉出了书桌下的椅子坐下。我迅速地挺直脊背，尽可能地让自己保持着一位心理医生应该有的优雅与从容。

"多久了？"我开口说道，俨然一副每次面对病患时的模样。

"不记得了，很小很小的时候开始吧。只要幻想自己被人辱骂或者殴打，我便有某种异样的快感。"岑晓将双脚弯曲到胸前，轻声说道。

"你爸爸对你好吗？"我试探性地问道。因为很多有着受虐倾向的人，他们的童年都并没有受过父母太多的指责甚至打骂。并且，他们连父母的关怀也感受得不多，从而在潜意识里埋下了之后成为苦果的记忆。

"沈医生，我之前给你说了，我看了很多关于这方面的书籍。很荣幸，我是你们这些心理学家研究认证后所阐述的结果中的典型案例。我父母在我小时候给我物质上的东西很多很多，但我真正想要得到的来自他们的关怀却又很少很少。我记得那时候，我和姐姐总是站在阳台上，一人抱着一个巨大的洋娃娃看着日落，盼着爸爸妈妈回来陪我们一起吃晚饭。可惜的是，我们大多数时候都是失望的。那时候，我们老房子的对面住着一个叫仲夏的小胖子，他的父母都是普通工人。每天晚上，他妈妈在厨房做饭所散发出的气味，总是让我和姐姐特别向往。小胖子很调皮，经常闯祸。于是，我和姐姐在阳台上，时不时能看到他那大胡子爸爸把他一顿胖揍……接着，我们自己的爸爸就走了，离开这个世界，再也不会出现在我们望得到的那条回家的小路上了。"

说着说着，岑晓的眼泪便开始放肆流淌下来。我没打断，也没有尝试递过去一张纸巾，因为岑晓在这一刻是在释放，释放出内心深处堆积的淤泥。

她继续着："渐渐地，我有了一种错觉，尽管这一错觉很快就被我们在学校和社会上学到的社会常理所纠正。但……沈医生，这几年心理学越来越普及，大家都知道了什么是潜意识。而我也终于明白了，我的那一错觉其实并没有得到扑灭，它始终在那里堆积着，进而造成了我目前无法被解决的顽疾。"

"你所说的错觉就是——童年的你羡慕着小胖子有着父母陪伴的时光，接着，你羡慕的场景里，也包括了这个姓仲的小胖子被他父亲打骂的片段。"我柔声说道。

"是的，并且在进入青春期后，我有了性幻想。我揣摩着自己被人打骂的场景，感受着惶恐与羞愧。但同时，我又能得到一种温暖，好像对方对我的所有折磨都是我急迫需求的一种缺失的情感。"岑晓闭上了眼睛，"而最为可怕的是，在那个时间段里，少楠出现了。"

"少楠？"我问道，"是一个男人吗？"

23/

"是的，他就住在我家附近。很多个夜晚，他会偷偷地钻进我的房间，将房门反锁，并关闭所有的灯。他不喜欢听到我哭泣，但是很享受我的喘息与颤抖。他随身携带着绑旱冰鞋用的布带，并用布带将我捆绑得无法动弹，就算再怎么辛苦，也只能承受。"

岑晓的眼睛缓缓睁开了，语调却有了变化，我能够捕捉到这一刻的她对这段关于少楠的描绘，正意淫出虚无的快感。于是，我插话，尝试将她拉回现实："他是怎么进入你家的？是这里吗？"

岑晓愣了一下，抬起头看了我一眼，那眼神好像猛地想起面前的人是沈非似的。接着，她嘴角往上微微扬了扬，好像最后咀嚼了一下那段记忆："是这里，不过是隔壁房间。以前我住在隔壁，两年前才搬过来的。"

"你还是没回答我，少楠是怎么进入你家的。"

"很容易啊！"岑晓从旁边抓了一张纸巾，开始擦拭脸上的泪，语气也慢慢过渡到我曾经接触过的那位素颜大学生的味道，"我妈妈长期不在家，楼下的李伯并不是很勤快。少楠只需要从后墙翻进来，然后踩着那边的一整排空调外机，几分钟就到了四楼。然后，他从我给他在阳台上留的窗户爬进来，穿过客厅，最后进入我的房间。"

"岑晓，我可以打断一下你吗？"

岑晓："你不是正在打断吗？"

"嗯！"我点头，"我的意思是打断你现在脑海中所想的东西，然后，听我说一个小小的故事。"

"你说吧。"岑晓应着。

"在每一个青春期少女的遐想世界里，都有着一位居住在城堡最顶端的公主。爱情，是她渴望却又害怕的。情欲，同样也是她试图尝试却又陌生的。本能对于安全的需求，会要让她谨慎面对这一切，并且，她会告诉自己，之所以自己没有放下包袱，大胆选择某一位阳光帅气男孩的原因,是因为高高的城堡与城堡下面守护的卫兵。"

面前的岑晓再次搂紧了弯曲的双腿,将头枕到膝盖上,这一聆听姿势非常好看。

我继续着:"终于有一天,一位并不存在的王子,出现在少女遐想世界里的城堡下方了。于是,少女会放飞想象力,自圆其说地为王子架设楼梯,甚至这楼梯荒谬到用自己的长发。最终,王子来到了楼顶,与少女思想世界中那位公主说着情话、亲吻,并发生着进一步的关系……但是,作为成年人,我们必须深刻地认识到,虚构的东西,始终只能在幻想中存在,如果陷入幻想中无法自拔,那么,你永远无法真正融入社会,成为一个你想要成就的女人。"

岑晓笑了,并且笑出了声。她的眼袋在红色的灯光下显得很明显,但姣好的面容与白皙的肌肤,让人很自然地忽略着这一瑕疵:"沈医生,有没有人给你说过,其实你就是一个自以为是并且自负的混蛋而已。"

我耸了耸肩:"岑晓,我也可以很负责地告诉你,你刚才对我的评论,和很多癔症病患被我初次指正时,说的一模一样。"

"你觉得我是个疯子?"岑晓抱着双腿的手似乎在用力,进而让环抱膝盖的自己得以缩到一个更加狭小的空间里,这是在尝试最大化的自我保护,"沈非,我没有癔症,不但没有,而且我还能够很清晰地洞悉我身边某些人是否具备容易患上这一病症的癔症性格。"

我抬起右脚搭到了另一只脚上。作为一位男性心理咨询师,我不可能像女性同行一样,始终顺从着病患的跋扈,并伺机引导。相反,我喜欢一针见血地直击要害,让对方正视现实,从而走出阴霾。

岑晓有着很明显的癔症状态，但她的癔症应该并不严重，在心理治疗后能够得到缓解并康复，问题不大。但是，我首先需要让她直面自己的问题所在，而不是一味地否定自己是个病人这一事实。

我搭上二郎腿的动作果然让岑晓开始气恼，因为我体现出来的对她所做的一切都不在乎，并将她的嘶吼看成病患的叫嚣，这一点，很容易让她产生逆反，并企图做出某些事情或者说出某些话语，来吸引我的注意力。

终于，她松开了环抱双腿的手，细长的腿向前伸了伸，眉目间有了一种企图证明什么的决绝，而少了之前那种渴望被虐的柔弱。

"沈非，少楠是真实存在过的。这点我无法拿出证明，我也不想拿出证明，因为他是我的第一个男人，也是我这辈子唯一深深爱着的男人。将他的故事对人宣泄，在我看来，是对他的亵渎。"岑晓一边说着一边站起，并指向了紧闭着的房门，"沈非，我承认，你是唯一能够敲开我心门的人，或许，和你多聊聊，我潜意识里面那些可怕的猛兽，确实能被你一一驯化。但我又觉得，你我之间能够走近的前提，是对对方最起码的尊重。而现在的你，让我感觉不到这一点。"

岑晓说着说着，眼泪再次开始漫出。我没有动弹，因为面前的她所展现出来的情感波动起伏，在这么短短的几十分钟内，落差实在太大了。甚至我在猜测，她会不会也有分裂型的人格。

"你走吧！我不想和你继续了。或者，今晚我让妈妈将你叫过来，实际上是个错误。我们就应该继续待在那个安全的地方，没必要回家的。"岑晓指着房门，表情无比坚决，"沈非，现在，你不是一个受欢迎的人，请你离开。"

我愣了一下，因为岑晓这段话里有一个信息被我捕捉到了——"我们就应该继续待在那个安全的地方，没必要回家"。也就是说今晚之前，她们并没有在这个别墅里面住，而是在一个所谓的安全的地方……那么，哪里是安全的地方呢？又是什么因素会让她们去到那个安全的地方，到今晚才回来呢？

我没有继续往下想，反而站起来，因为在我看来，岑晓是个癔症患者这一客观事实，基本上可以被确定下来。那么，我在这里和一个正在发狂的精神病人较劲，似乎也没有太多意义。

"岑晓，等你冷静下来我们再继续吧！"我朝着门口走去，接着，我拉开门，往外迈步。就在这时，我身后传来岑晓很无力的一句说辞："我只是抑郁而已，抑郁到将要崩溃的程度而已。"话音落了，那扇门被重重带拢。

我装作没听到，朝着楼下走去。因为我想到了乐瑾瑜，让乐瑾瑜这个女性精神科医生来和岑晓聊聊关于癔症与抑郁的话题，似乎要比我好很多。

三楼的客厅里没有人，茶几上摆着两杯红酒，邵波在虎丘镇买的那件老土的暗红色外套随意地搭在沙发上，他的手机和车钥匙也搁在一旁。

我笑了，也不去想象正值壮年的他与风韵犹存的韩雪有可能发生什么。

我抓起他的车钥匙就要往楼下走，可茶几上一个银色的铝制掏耳勺又将我的注意力吸引了过去。我犹豫了一下，将这个掏耳勺放到衬衣口袋里。

一楼的保安表情木讷："走啊？"

我点头。

我发动了邵波的汽车，朝着别墅区外面开去。4点了，城市中所有生灵都在睡梦中，安全需求得以满足后，他们享受着祥和与安宁。

而游荡在外者，宛如孤魂抑或无根絮尘。

我将车停到了空荡荡的滨海大道路边，放下车窗，望向远处如同钢铁猛兽般的高架铁路。突然间，我心头涌上一股莫名的伤感，眼眶紧接着开始湿润。我明白，刚才岑晓那来自骨髓深处的孤寂，已经感染到了我。她就是一个诱因，引诱出我满世界的孑然。

咸咸的液体，往下流淌……邱凌写过的那首小诗，在我脑海中出现。我没有尝试记下它，但可能就是那一次不经意的审阅过后，它烙入了我的潜意识深处。

犹记得那个清晨有个她

因为爱情横卧在铁轨上最终支离破碎

我们牵着手

看铁轨上整齐的躯干切片你说

那堆被蚊蝇欢喜的内脏里有爱吗？

我觉得是有的

或许被轧碎的爱

正是蚊蝇最欢喜的那片

第九章
窥探者

胖保安坐到了副驾驶的座位上,他很警惕地左右看了看。接着,他要求沈非把车窗合拢,掏出手机按开了一个视频并递了过来:"沈医生,你先看看这个,看完后我再给你说吧。"

24

清晨的海风将我吹醒,我猛地发现自己竟然睡在车子的驾驶位上,甚至车门都是敞开着的。我看了下表,7:11,整个世界都在逐步苏醒中。

我打给了邵波,依然没人接,他的手机应该还在沙发上孤零零地躺着。跳下车,伸展着手脚,接着想起今天是周六,前天晚上和乐瑾瑜在一起的时候,她开玩笑一般说起自己周六休息,还说要利用周六到我的诊所做个兼职。

她那张俏丽的脸庞,在我脑海中快速绽放,进而扩展成为一幅硕大的图案。突然间,我有了一种冲动,一种想要马上见到她的冲动。这种冲动在很多年前也有过,那时候我在苏门大学的校园里,脑海里满是那位红色格子衬衣的姑娘……

我笑了,望向天空中的浅蓝色晨曦穹顶。因为有了之前的放肆泪流,我感觉自己正在迎接着一种叫作解脱的东西,驱使着它到来的,是豁然。

我深吸了一口气,避免自己的视线再次被那高架铁轨吸引。接着，我迈上车，打给了乐瑾瑜。

"沈医生，这么早有事吗？"乐瑾瑜的声音有点反常，冰冷到让我不知道怎么回答。

"嗯……"我不知道想要说什么了，"嗯！瑾瑜，你很忙吗？"

"在上课。"乐瑾瑜继续着她的冷淡，说完这三个字便没再吱声。

我没有继续，在考虑是不是需要收线了。可这时，我清晰地听到话筒另一边传来了乐瑾瑜的鼻息，也就是说，这一刻的她，手机依然紧紧地贴在脸上，等待着我开口继续话题。

我知道那天晚上我拒绝了她的举动，对她肯定会造成伤害的，那么，小帅妹耍点小脾气似乎再正常不过了。

"你不是说今天休息吗？怎么又在上课了？"我问道。

"关于香薰精油的课程。"她再次顿了顿，"沈医生，有事吗？"

"没。"我语气柔和，"你几点上完课，我想叫上你一起吃饭。"

话筒那头再次没有了声音，但我感觉得到对方情绪的愉悦。半晌，她语气缓和了不少："11点前我会回到医院，你在医院等我吧！"

我应着，挂了线。接着，我用力地搓了搓手，然后贴在脸上，让有点凉意的面颊感受到一丝温暖。我轻车熟路地找出了邵波放在车上的电动剃须刀，又嚼了两颗他放在前排的口香糖。

汽车再次被我发动了，我看了看表，8点不到。我想现在就去海阳市精神病院，然后用几个小时的时间等候乐瑾瑜的归来，就像曾经在学院的我用几个小时等候文戈一样。

我径直将车开进了精神病院，放下车窗，我开始咀嚼路上买的早餐。可能是因为经历了这几天的种种，又被昨晚岑晓那具有侵略性的孤独感袭击过一次的缘故，心境潜移默化地渴望得到温暖与美好。不过，自己作为心理医生而养成的职业习惯，又引导着这一刻愉悦的自己开始惯性的思考——这有点反常的欣喜，是否预示着自己潜意识里的某种渴望正在得到满足？

答案很容易被捕捉到——岑晓的那个拥抱，将我砌得高高的城墙轰开了一条裂缝。她让我用医生面对病患这么一个理由，接纳了异性温热的身体。这种接纳一旦开启，也就是自己给自己划下的原则界限被冲破了一次，继而给自己一个理由，开始放肆。

我笑了，喝了一口手里的牛奶——自己会不会因为这一缺口而开始泛滥感情，目前还不能肯定，但是能够肯定的是，这种感觉很好，很舒服。

就在我琢磨这一并没有太多意义问题时，从我车的后方传来了一个男人的呼喊声："沈医生？"

我连忙扭头望过去，只见喊我的是之前在精神病院新院区监控室见过两次的那个胖保安。只是，这次他没有穿制服，黑色的西裤配了件宽松的蓝色条纹衬衣，乍一看这件衬衣还有点像医院的院服。

"您是……"我在脑子里开始搜索他的名字，最终发现见面两次，居然连他如何称呼也没有问过，每一次都是第一时间被邱凌吸引走了所有的注意力。

"我是监控中心的老刘啊！你和乐医生来过我们那里两次。"胖保安凑到了我跟前回答道。

我讪笑着:"你看我这记性,记得你人,但是一下卡在了怎么称呼你。怎么了?这会儿你不当班?"

"这个星期我晚班。"胖保安继续道,"沈医生今天怎么没去看眼镜那疯子?你每次过来不都是为了他吗?"

"嗯!我等乐医生,约了中午一起吃个饭。"我笑着答道。

"乐医生……哦!"胖保安表情一下严肃了,眼神中闪过一抹不易察觉的东西。

"有什么问题吗?"我问道。

"没啥……没啥!"胖保安边说边往前面走,"沈医生下次过来咱再唠唠吧,我要出去一趟。"说完他加快了脚步。

他的反常让我意识到可能在这几天里,他捕捉到了什么在他看来有点惊人的发现,而且他的这一发现,肯定与乐瑾瑜有关,或者与邱凌有关。因为我与他的世界的交接点,只有这两个人。尤为重要的一点是,我能捕捉到他的欲言又止,也就是说,经过某种催化后,他会给我说一些可能只有他一个人知道的事情。

我从副驾位置的手套箱里拿出两包邵波放在里面的烟,接着拉开了车门,对着胖保安喊道:"老刘师傅,你等下。"

他扭头,表情依然严肃:"咋了?"

我快步上前,将那两包烟塞给他:"没什么,就是看着你晚上值班也挺辛苦的,拿两包好烟给你尝尝。"

胖保安应着,低头看了下烟的牌子:"沈医生,你这……你这也太客气了。你给的这烟,一包顶我抽的一条了。"

我自己不抽烟,自然也不知道邵波藏在手套箱里的烟是多少钱一包的。我冲他微笑着："没事，尝尝呗。"

我一边说，一边注意着他的眼神。只见他快速眨了几下眼睛，大脑袋不自觉地左右晃了两下。最终，他压低了声："沈医生，有个事我想给你说说，况且这几天我想来想去，也就只能给你说了。"

我装出一愣的表情："什么事？很重要吗？"

"是……是……"胖保安犹豫着，最终咬了咬牙，"是关于乐瑾瑜与邱凌的。"

我的心往下一沉，因为之前我揣测着胖保安所知悉的秘密，肯定是关于乐瑾瑜抑或邱凌的，但是我以为只是他们两个人中某一个人的某一秘密。而目前胖保安想要说道的，竟是关于乐瑾瑜与邱凌他们两个人的。

我深吸了一口气，让自己保持平静。胖保安扭头看了看我身后的车："沈医生，去你车上吧，我给你看段视频。"

25

胖保安坐到了副驾驶的座位上。他很警惕地左右看了看，上午 8 点多的精神病院停车场本就安静。接着，他要求我将车窗合拢，最后，他掏出手机按开了一个视频并递了过来："沈医生，你先看看这个，看完后我再给你说吧。"

我的心在快速下沉，因为我第一眼就认出了视频所拍摄的是监控墙上那个我最为关注的显示屏，屏幕里映射出的邱凌依然歪着头，一动不动地望向在他世界里的摄像头。而看着这段视频的我，又一次有了被他那冷冷目光注视着的不适感。

几秒后，本来昏暗的房间一下亮了不少，邱凌的头也扭向了一边，应该是有人走入了他的病房。

他站了起来，直面着那个方向。紧接着，他下意识地往后退了一步，面部表情我无法捕捉到，但我有理由相信，他感受到了某种危险。

他站住了，扭头了。

邱凌那张并不狰狞的脸再次面向摄像头，他的嘴角开始往上扬，眸子里闪烁出让人无法琢磨的眼神。他往前，动作相当迅速也极其灵活……

他跃起了，右手拍向我所看到的第一视觉位置的摄像头。

镜头被打偏了，本来白色的墙壁，这一刻显示出来的是深灰。

"进去的是谁？"我拉动着视频的读条，想要重新看一次。可旁边的胖保安却伸手从我手里将手机夺了过去。他没有回答我的问题，反倒一本正经地将这段视频固定在某个位置，并放大了。

这是邱凌跃起以前的画面，画面的一角，我看到了一个似曾相识的身影，这身影穿着一件白色大褂，长发披散在肩膀上。

我无法控制自己的声音，发颤但又着急地问道："是……是乐瑾瑜吗？"

"是她。"胖保安回答道，"那晚你们俩走后，我安排另一个值班的伙计去休息一会儿，我一个人继续看书。1点左右吧，乐医生像个幽灵般出现了，并要我将重症病房的钥匙拿给她。我也没多想，毕竟她虽然来咱医院不久，一直以来都奇奇怪怪的，做的一些事情，和其他医生不太像。但是，老院长也说了，乐医生以前是做学问的，很多我们看似不正常的行为，实际上都有她的深意。再说她拿走钥匙独自进去也不是一次两次了，病房里面真有啥事，我冲进去也就十几秒，不会真有什么危险。"

"难道你不知道邱凌手里有好几条人命吗？"我大声质问道，甚至莫名其妙地愤怒起来。

胖保安耸了耸肩："沈医生，我们是医院。不管他们曾经做过什么，他们在我们眼里都只是病人而已。"

我摇着头："她为什么要进入邱凌的房间？为什么要深夜进入邱凌的病房？她想做什么？他们俩能做些什么？"

"沈医生。"胖保安打断了我，"我老刘虽然现在混得不好，是个普通的保安。但当年在部队时也在一个叫作 511 的保密机构当过兵，很多东西我不会轻易对人说。乐医生虽然在专业上有点古怪，但为人处世倒是挺好。所以，这段我临时打开监控器后录下的视频记录，我当时就直接给抹了，留下的只是我手机里面对着监控屏幕拍下的这一段而已。乐医生自己应该也不知道我录了这些，因为我们平时到了晚上都会关掉负一楼的这几个摄像头。我看到这一幕后，也吓了一跳，直接冲向了邱凌的病房，结果……结果……"

"结果怎么了？"我追问道。

"结果我看到邱凌他……"胖保安再次咬牙，"我看到邱凌他隔着铁栏杆伸出手，一只手搂着乐医生，另一只手伸进了乐医生的衣服里。"

我身体一软，驾驶椅的沙发靠背并不够柔软，无法让我陷入其中。

"老刘……"我感觉身体里某些东西被抽空,这两三天来淤积的疲劳在这一刻全数到来,"老刘,你能告诉我当时乐瑾瑜在做什么吗?"

"她……"

胖保安看了我一眼,似乎在犹豫着要不要说出后面的话。可能我煞白的脸色让他有点害怕了:"沈医生,你还好吗?"

"我没事。"我努力让自己平静,可前一刻让我想想也会甜蜜欣喜的人儿,转瞬间被扯下高台,进而甩入泥泞。这种巨大的落差,让本就彷徨在某个路口的我,不知如何面对了。

"沈医生,要不要抽根烟,你这样子有点吓人。"胖保安边说边递了根烟过来。

我不自觉地,或者说没有多想,直接接过了他的烟,并顺从着他伸过来的火苗,将香烟点燃。我并不会抽烟,但这一刻又希望烟雾能将自己正在沸腾的情绪往下压迫几下。

我疯狂地咳嗽起来,但干咳的间隙,我再次尝试吸入。胖保安坐旁边有点不知所措:"沈医生,早知道你有这么大反应,我就不告诉你了。"

我将香烟扔出了车窗,扭头望向他。我的眼眶里,有被烟熏出的湿润:"告诉我,乐瑾瑜当时在做什么?她是不是在挣扎,在反抗?这不会是她自己的意愿,邱凌在强迫她。告诉我,告诉我当时乐瑾瑜在做什么!"

"乐医生……乐医生……"胖保安吞吞吐吐了几下,最终咬了咬牙沉声说道,"乐医生当时已经将邱凌的裤子脱到了膝盖处。"

"你骗人！"我咆哮起来。紧接着，我一把拉开车门跳下车，冲到另一边将他拉扯了出来："你走吧，我不想看到你。"

"可是沈医生……"胖保安表情很为难，"得！等你冷静下来后，再来找我吧。"

说完这话，他转身朝着医院外面走去。

我没有拦他，背靠着车头。我的脑子里很乱，心头好像压着一块巨大的石头。终于，我转身了，将那扇敞开的车门重重带上，并朝医院里面走去。而迈步之初，我做了一个非常无意的下意识动作——我摸了一下衬衣口袋里的那个掏耳勺。

我穿过院区，精神病人的吆喝声与尖叫声，编织出一张凌乱的大网，将我的感官世界紧紧包裹住。我开始产生一种幻觉，觉得这一方空间里，每一个人所做的每一个事情，纵使再如何出格与无法理喻，似乎也都是正常的……

最起码这个空间里的人看起来是正常的。

那么，乐瑾瑜在那一晚我走之后，所做出的这一举动，又是否正常呢？道德与法律是制衡我们每一个社会人的准则，我们一旦挣脱，就会受到指责与惩罚。但在精神病院里，社会常理本就变得没有太多意义。什么是道德？答案在这里算什么呢？病人的世界里，对于道德是否有概念呢？就算是法律——这一强制执行的社会准则，在无法正常思考的人群中，也没有了它应该具有的冷酷与无情。类似邱凌、尚午他们这些极度危险人物，换上病服后，他们曾经犯下的罪恶都可以变得无关紧要，甚至在这一方空间里的正常人眼里，他们还相对是个弱势群体，是让人觉得可悲并且还要接受各种帮助的病人。

我不知道自己在乐瑾瑜的世界里到底占据着多么重要的地位，我也无法判断一个如她般的女人，内心世界里又是如何看待爱情与性亲密的。有一点我可以确定，她在那个夜晚钻入邱凌病房事件的诱因，必定是我之前站在她的宿舍外拒绝了她这一事所刺激的。但是，她……她为什么要迈入邱凌的房间呢？

我步履匆忙，快速穿过医院的大楼。新院区的楼房是白色与浅蓝色拼接而成的，几何形状的细长板块，像精神病人身上病服花纹的放大。

我走入负一层，正在当班的保安我之前并没见过，他们用疑惑的目光扭头看我，其中一个大个子站起将我拦在门外："你好，请问你找谁？"

"你们给乐瑾瑜医生打个电话吧，就说是沈医生来了，想见见4号病人邱凌。"我语气并不是很好，冷冷地说道。

"这下面是重度危险病患的病区，不是随便一个人想进去看，就可以进去的。"对方说道。

"嗯！"我点头，并拿出手机，直接打给了他们医院的安院长，在好几次省里精神科与心理学科的交流会上，我与安院长都聊得比较多，他的年龄注定了他对于我的职业有一些看法，但对于学术上的热忱，又让他与我建立了不错的忘年友情。

"喂！小沈今天怎么有时间给我打电话了？"老院长在电话那头寒暄道。

"安院，我想进重度危险病患的病区与邱凌单独聊聊。"说到这里我顿了顿，"之前他在看守所期间我就介入了他这一病例，现在我想跟踪一下。"

"这样啊！"安院长想了想，"就你一个人吗？按照规定，进入重度危险病患的病房最起码得有一个我们的医生在场。"

"就我一个人，不过乐医生一会儿要过来，所以我想自己先进去和邱凌聊聊。"

"好吧！你让当班的保安接下电话。"安院长也并没有深究，看来，胖保安说得对，在他们所有人眼里，负一层的几个重度危险病患再如何凶残，也始终只是病患而已。

那道坚固但是非常容易被开启的铁门被拉开了，"哗啦啦"的声音，似乎是给负一楼的四个病人知会——又有人到来。

这条走廊其实并不短，往里有十几个病房，但目前关着人的只是前面四个而已。院里为了节约开支，把走廊里面的灯泡都拧掉了，于是，在这本就昏暗的地下世界里，漆黑的走廊尽头让人感觉诸多不可测，深邃如邱凌的内心。

我左边的病房里传出轻微的敲打铁栏杆的声音，不知道是他们哪一位正在发出噪音。但我并没有斜视，大步往前。

大个子保安将4号病房的门打开，他并没有选择迈入，站在门口对我说道："安院长给乐医生打了电话，她一会儿就会过来。你自己进去吧，有啥事大声喊就可以了，再说真有什么情况，我们在监控室也盯着呢。"

我"嗯"了一声，迈步走入。

莫名的寒气冲我袭来。我尝试着歪头，因为铁栏杆另一边笔直站立着的邱凌也正歪着头。

"沈医生，今天，你又是想和我聊聊文戈吗？"他嘴角往上，开始微笑，"或者，你是想要和我聊聊乐瑾瑜呢？"

26

古希腊医生希波克拉底的体液学说，可以说是我们目前所知的最早形成理论的人格学说。这位被西方尊为医学之父的医学奠基人认为：复杂的人体是由血液、黏液、黄胆汁、黑胆汁这四种体液组成的。四种体液在体内的比例不同，形成了人的不同气质：性情急躁、动作迅猛的胆汁质；性情活跃、动作灵敏的多血质；性情沉静、动作迟缓的黏液质；性情脆弱的抑郁质。每一个人，生理特点以哪种液体为主，就对应哪种气质。先天性格表现，会随着后天的客观环境变化而发生调整，性格也会随之发生变化，为后世的医学心理疗法提供了一定的指导基础。

虽然目前看来，希波克拉底的理论是错误的，但是他对于人格的划分，却很有代表性。作用到我们身边，典型的胆汁气质者李昊，多血气质如邵波等，都很容易对号入座。而邱凌……在任何一种学说的人格或者气质分类中，都无法给他一个准确的定位。可能当日给他的那一纸确认函是对的吧……或许，他确实是多个人格的混合体，而他可以游刃有余地驾驭其中的每一种状态。

希波克拉底在古希腊是个有着革命者作风的医者。神赐予病是当时普遍的认知，于是，希波克拉底想要对这一神的意图进行反驳，受到了很多宗教势力的指责。而希波克拉底当时最想做的事情，更是人们完全不可能接受的，那就是尸体解剖。

于是，某些个深夜，属于黑暗的交易在悄悄进行。刚刚下葬的死者被掘出了坟墓，这位医者与助手表情凝重地将尸体抬入地下室。接着，解剖刀被他握到了手上，锋刃的寒光，诠释着新的学说即将到来。

著名的外科著作《头颅创伤》里，希波克拉底详细描绘了头颅损伤和裂缝等病例，提出了施行手术的方法。其中关于手术的记载非常精细，所用语言也非常确切，足以证明这是他亲身实践的经验总结。那么，我们可以将这位古希腊医生，也和弗洛伊德一样，归纳成为一位开颅者。颅骨里面居住着的秘密，注定了他们的成就的高度。

乐瑾瑜那柄随身携带的手术刀，再次出现在我的脑海中……

之前的愤怒，在这一刻反倒消失殆尽。多年的职业习惯，让我在走入与我的病患单独相处空间时，总能生效。又或者说，眼前这对手的强大，让我在这一瞬间冷静下来，快速投入到与他看似闲聊的对决中。

于是，一个大胆的构思在我脑海中跳出。邱凌看似随意地询问，直接抛给我一个双选择的问句。那么，作为这次对决的另一方，从一开始就处在被动的位置上，顺理成章地进入他想要为我俩开启的话题当中。或许……或许我也可以尝试来引导邱凌的思想，因为邱凌除却一位嗜血者的身份外，也是一位和我一样热爱心理学并一度深深钻入这门学科的着迷者。

"不！我今天过来，是想和你聊聊我的一个病人。"我再次坐到了那张与邱凌直面的靠背椅上，因为这样会让邱凌放松，不会害怕我马上会离开。

"哦！沈医生居然想要和我聊聊你的病人？"邱凌耸了耸肩，"难道还会有你无法洞悉透彻的病患吗？"

他在不断地用问句与我交谈，实际上这也是在语言沟通中快速占据主导权的手段。但他又没有对我抛出的这一话题加以拒绝，也就是说他愿意接受这一话题。

"你有兴趣和我聊聊她吗？"我也用问句对他进行反击，并且开始尝试在他所引以为豪的专业领域示弱，"因为这个病人我有点看不透。"

他的鼻孔微微扩张了一下，他在兴奋……他愿意接受……他之前的年月里不敢与命运抗衡，没有将自己最喜好的学科当成终生职业，这是他头脑深处一块积郁着的黑红色血块。而丰富的临床经验，是他在这一学术领域所缺少的。所以，我可以肯定，他在快速投入到我所拉开的话题里，而不再像以前那样，都是他引领着我一路继续。

"是女病患吧？"邱凌径直问道，"需要心理咨询师的一般都是女性，实际上很多时候，她们也有自己想当然的错觉，这应该也是你们心理咨询师生意不错的缘由。"

"确实是，但并不能说她们没有心理疾病，就没必要走入诊所。毕竟这个世界越来越浮躁，也越来越冷漠。很多东西，堆积在内心深处，没有人倾诉，确实难受。不是吗？"我微笑着，与他对决的气氛第一次变得没那么紧张了。

邱凌点头，他坐到了床边，正对着我。这时，我发现，他的床板的高度居然比我座椅的高度稍微高了 10 厘米左右。这样，我望向他需要微微抬头仰视，而他看我相对来说就是略微俯视。这样，双方都会受到一种心理暗示的影响，而确定了主动与被动的定位。

"说说你的这位女病人吧？这几个月我也挺无聊的，权当听个故事吧。"邱凌继续着他大量的问句，反复引导与占据话题主导者位置。

我开始笑了，我第一次收获了支配邱凌思想走向的喜悦。这一刻的他像一个好强的孩子，渴望得到高高在上压制着我的喜悦。那么，一直以来，我与他针锋相对的对抗，可以理解为我在对待他这一病患上的决策性失误。实际上，我可能只需要微微示弱，就能一步步地进入他的内心。

我恢复了自己作为心理医生应该有的表情，冲他点头，并将岑晓的案例向他从头到尾说了起来，包括岑晓所呈现出的各种细节，甚至还包括我与她有过的那么一次拥抱。当然，我将我们对田五军的调查相对来说诠释得没那么详细，两者之间有可能出现的联系也只是提了提而已。

邱凌安静地听完了我描述的故事，他的表情从最初假装出的不在意，渐渐过渡向严肃与凝重，眸子里的狡黠目光也悄然逝去，替代的是学术者思考时的深邃。

我的描述结束后，有差不多两分钟的沉默时间。在他，应该是在思考。在我，是在观察，观察着邱凌这一刻的转变。

"沈非，你刚才反复提到岑晓有着癔症的病症状态，但这一定论，我想，我可能有与你不一样的判断。"邱凌终于开口了，"你将她失魂的状态定义为妄想症精神病人进入癫狂自我世界的病状，这一点我赞同。但是你也不要忘了，类似的麻木状态，还有一个病症里也会出现。"

"你说的是木僵？stupor？"我为邱凌的大胆而惊讶，并和他一样开始融入这次对岑晓案例的探讨,"如果你的这一假设成立的话,那么,我们就必须把岑晓在宿舍里整晚的麻木状态也归纳到木僵症上……这……这不太可能。"

"有什么不可能呢?"邱凌语速加快了,清晰的逻辑本就是他的强大之处,"木僵症是指一种高度的精神运动性抑制状态。患者会出现无意识障碍,各种反射保存。并且在木僵解除后,病人可回忆起木僵期间发生的事情。刚才你给我说了岑晓两次类似的状态,第一次是她在学校宿舍入睡后,她同宿舍的女生所聊起的话题,实际上她都能听到,并且刺激到她的思想,作用到身体出现了某些反应。我可以很肯定地判断,当时的她是想尝试挣脱这一状态的。木僵和昏迷都是身体出于自身防御而主动选择的比较极端的表现形式。当抽搐性癫痫发作时,意识不清持续更为持久。这个叫岑晓的病患让人担忧的一点就是,她的木僵症状态持续的时间很长,并且目前看起来,发作的频率很高。所幸她有时候能因为外力而从木僵中解脱出来,就像你通过点亮她木僵之前想要点亮的蜡烛,并摇晃她的身体后,她的意识能够快速重新掌握身体。"

我的眉头开始皱紧了,邱凌的想法大胆,但是又直击要害。我顺着他的论调思考着,并娓娓说道:"她的木僵很可能是抑郁型木僵,那么,她在如此严重的抑郁症状下所承受的痛苦,绝对不是一般人能够承受得了的。但她没有疯癫的原因,又因为她是一位重度的受虐狂患者。她在遭受痛苦的过程中,反而能得到一种只有她能咀嚼与感受到的快乐。"

"是的,受虐狂不只是在身体受到刺激时能够得到快感,她们的精神上被蹂躏时,也能够被刺激。所以说,岑晓是一个非常有趣的个体,就像一条正在从尾部吞咽自己身体的蟒蛇一样。抑郁,进入木僵,产生痛苦,又在痛苦中感受到受虐待的快感,快感又被抑郁所消磨。嗯!沈非,看来,我们要做的其实还是捕捉她世界里的那个死结。将这个死结打开,才是你这趟出诊能否成功的关键。"

我点着头,对对方论调的认可,让我一度忘记了自己本就在刻意顺从他的主动权:"只是目前看来,这个死结,尽管有若干个线头,似乎都能指向最终结论。但真实情况是,哪一块记忆,才是铸就她目前扭曲心理的核心呢?"

"沈非,你真的明白女人吗?"邱凌的话锋突然间改变了,"你是一位心理咨询师,你的专业就是与人相处。但是说到底,你真的明白女人吗?"

我突然间变得哑口无言了。是的,我明白女人吗?我每天面对着若干个有心理疾病的女性病患,游刃有余地在她们的精神世界中穿梭。但是,我又是否真正明白女人呢?如果我明白女人的话,我为什么到现在都不知道文戈为什么要走向末路?如果我明白女人的话,我为什么到现在也不知道乐瑾瑜脑子里到底有着什么样的思想?

"邱凌,你又明白吗?"我反问道。

"最起码我应该比你要好很多,陈黛西就是典型的例子。她能够为我赴汤蹈火,为我奋不顾身,甚至愿意为了我去死。而你呢?你能做到吗?"不知不觉中,我与邱凌的对话再次充斥着火药味儿。

"你觉得自己近乎残忍地对待陈黛西,利用陈黛西是一件很光彩的事情吗?那是一个深爱着你的女人,你怎么能狠下心反复地说服她,不断地催眠她，最终让她产生对你一种如同宗教信仰般的膜拜呢?"我声音也越来越大了，"实际上，你不过是想在陈黛西身上找到一种成就感，一种你在之前年月里没有过的对女性的款款深情的收获感而已。"

"邱凌，你在我面前是完全赤裸的，你不过是一个躲在灌木丛里偷窥我的窥探者而已。有些话题，你这么个冷血的禽兽，压根就不配说起。"我大声说道。

"是吗?"邱凌站起了，冷笑着说道，"我走过的道路，难道不是你现在正在爬过的荆棘丛吗?沈非，如果我没有猜错的话，你应该已经和那个胖保安聊了些什么。他是个很好玩的人，总希望掌控这个世界上的一些事，但他的平凡，注定了他不可能左右任何人。于是，在他撞见乐瑾瑜与我有了身体接触后，他自以为是地来找我聊过。至于结果……嗯!沈医生，你应该不会对我引导普通人的思想的能力没有信心吧?他是个有心机的人，所以他录了一段视频。你不会知道在我知道那段视频存在时有多么激动，我甚至差点开心地大喊出来。很好，很好，看来，那个愚蠢的家伙已经将我与乐瑾瑜的事告诉你了，你也看过那段视频了。现在，请你看清楚我，看清楚我的嘴唇。"

他边说边往前走出几步，并一把摘下那副黑框眼镜："今时今日，到底谁才是一个可悲的窥探者，请你回答!回答!"

我努力将呼气与吸气拉长，让情绪不会失控。我要迎合他的强势，却又在半途中再次露出了锋芒。于是，我在搜索着自己能够劈斩向他的利器。

我努力笑了，不管我内心深处有多沸腾与酸意，但颜面上呈现的却是欢颜。

我耸了耸肩："邱凌，你的自以为是让人觉得特别幼稚。难道在你看来，乐瑾瑜与你之间发生了什么，会是我在乎的吗？"

我也站起了，向前走出两步，逼近到彼此说话时的气息能够完全交织到一起的距离："我不在乎，不在乎你，也不在乎她。就算你和她真的在这么个狭窄的房间里，完成了恶心的苟且情事，我也不会在乎。"

"那么，就算我看到了视频，又能怎么样呢？"我一字一顿地继续道，"你与乐瑾瑜，不关我的事。"

在我将这段话说完的时候，我猛然发现邱凌眼神中之前一度不见了的狡黠眼神再次出现。紧接着，他嘴角上扬了，朝后退出了两三步。

他戴上了眼镜，双手摊开，如同一个神祇般站立着，又好像在天堂张开白色羽翼的骄傲的路西法一般："沈非，你的世界，再次支离破碎了。"

我愣住了，空气中有着淡淡的精油芬芳，在我之前激动的分秒里，我居然无视了。

我意识到了什么，继而转身，看到敞开的木门外，穿着一套素色长裙的乐瑾瑜脸色苍白地站立着。她的手臂往下垂着，地上有一束被摔散了的花。黑色，有着怒放却又简单的花瓣与细长的花身，是少见的黑百合。

我不知所措……

百合是为了纪念圣母玛利亚而命名的，它的花语是纯洁、天真与独立。而黑百合的花语却走入了另一个极致。

黑百合的花语是——诅咒……

第十章
催眠大师

邱凌闭上眼睛深吸了一口气:"那些被我折断的女人,那个叫黛西的愚蠢的家伙,甚至所有所有人,在我的世界里,都是我毫不犹豫、也不会皱眉,进而实施我的凶狠举动的受害者。"

27

乐瑾瑜转过身奔跑的声音,好像能够穿透时空。鞋跟的每一次落下,又好像踩踏在我的心坎上。

"很满意吧?"我回过头对邱凌说道。

"还可以,只是……"邱凌退到床边,拿起床头柜上一个白色的茶杯浅浅抿了一口,嘴唇周围赫然留下的是微红的液体:"只是那些爱情剧里面,在乐瑾瑜转身后,沈医生你应该一边喊着她的名字,一边追上去才对。看来沈医生,你又一次刷新了我对你的智商与情商的评估数据,你确实不像那些普通男人般愚蠢。"

"谢谢!"我沉声应着。实际上,我有想要追上去的冲动,但是,我并不知道我究竟应该以何种身份追上去。我,并不是乐瑾瑜的什么人,这个世界上,本就没有谁还值得我有义务或者责任去追赶。

"沈非,你觉得我残忍吗?"邱凌收住了笑。

我没有回答,只是冷冷地望着他。

"我知道你们给我的定义——一个残忍的屠夫。况且在你们认为,我的残忍不单单是对身边的其他人。"邱凌闭上眼睛深吸了一口气,

"那些被我折断的女人，那个叫黛西的愚蠢的家伙，甚至包括黛西身体里面孕育着的有着我的基因的婴儿……所有所有人，在我的世界里，都是我毫不犹豫、也不会皱眉，进而实施我的凶狠举动的受害者。最后，我的残忍甚至还要作用到我自己身上，作用到我自己这个躯壳上——用利器将它拉开，用意志将它折磨。所以……"邱凌睁开了眼睛，"所以，包括你在内，都对我的残忍咋舌，对吧？"

"那是因为你的基因里先天就有嗜血的因子，从你来到这个世界开始，就注定了你会和你父亲一样，成为一个冷漠的屠夫。"我看着他的眼睛说道，内心在这一刻真正充斥着的，却又是乐瑾瑜那张苍白的脸。

"不过，和你比较起来，我真的不算残忍。"邱凌一反常态地叹了口气，转身用背对着我，"我再如何自制，也无法收敛身体里作为一个正常男人想要的原始需求。而你，沈非，你比我强大，你心中居住着的那位不知道到底是天使抑或恶魔的精灵，比我强大了太多太多。必须承认的一点是，我错了！我把你看错了，当初我那么愤怒，将你对文戈离世的否定看成逃避。而现在你开始面对失去了，却依然和当日一样恪守着对文戈的诺言……"

他的声音竟然有点哽咽。我木木地望着他的背影，因为他的任何一个举动，我都必须理解为对我思想的某种诱导。况且可悲的是，这一刻我脑子乱到不知道该如何说话，也不知道自己接着要做些什么。

半晌，邱凌淡淡地说道："保安老刘是一个只需要些许恩惠就能够被收买的市侩人，我对他编了段很不真实的故事，要他试探一下你对乐医生是否真心。实际上，乐瑾瑜与我并没有发生什么，那天晚上她只是代替你送了个铝制的掏耳勺进来。她是个精神科医生，心理学知识虽然强大，但她所信仰的并不是弗洛伊德的动力学，人本主义在她看来也不过是个笑话。作为一位生物学取向的心理学研究者，乐瑾瑜和行为主义者一样，认为应该研究直观的东西。所以，在她看来，我那晚给予你一定的信息后，适当的奖励是必须的，相当于巴普洛夫的狗，条件反射的建立是要从第一次开始落实的。"

邱凌顿了顿："沈非，你走吧！你去追赶乐瑾瑜吧，我不会讥笑你。相反，我很希望你早日开始一段新的感情，有一位新的爱人。那样……我就能够成为为了文戈而舍身的唯一一个人。"

说完这话，他又往前走出了几步，不再吭声。

我有点麻木，混乱的脑子下意识接受着邱凌的指令。我转身了，走向那扇开启着的木门。我弯腰，想拾起地上的黑百合，就像拾起某人给我下的诅咒。最终，我并没有完成这一举动。我直起腰，抬头……那抬头的瞬间，寒意，从骨子里渗出……

我看到了尚午那张狭长的脸，如刀削般的五官和细长的眼睛。他也站在铁栏杆前，透过那扇洞开的窗户望向我。

我猛地意识到，之前我与邱凌谈话时，病房的木门是敞开的，而隔壁的这位叫作尚午的男人竖起耳朵的话，应该能够听到什么，只是在他看来，有没有必要听而已。

这时，铁栏杆后的尚午笑了。他说话的音调很高，轻而易举地穿过窗。

"沈非？文戈的丈夫沈非？"他笑了，笑起来的样子竟然很好看，

"很高兴认识您,沈非先生。请问您有兴趣和我聊几句吗?"

身后的邱凌猛地转身:"沈非,滚出去,快滚出去,不要和尚午说话……"

我将他病房的木门一把合拢,让他的话语声好像被割断了脖子的雄鸡哀嚎,刹那无力。

"我也很高兴认识你,尚午先生。"与尚午的交谈让我有了一种奇特的快感,好像能够因此刺痛到邱凌,又能够惩罚到我自己一般,"你想聊些什么呢?"

"嗯!我只是想给先生您提几点看法而已。"尚午咬了咬嘴唇,这一动作说明他确实很久没有和人说话了,有点不习惯,"关于你最近经手的岑晓的案子的看法而已,沈先生您有兴趣听听吗?"

"哦!"我站直了,"你说。"

尚午点头:"请恕我冒昧,刚才您和我隔壁的疯子说话时,我没有忍住就细细听了。在我没有因为精神病送入医院以前,对于心理疾病也有过一些了解。我认为,在针对岑晓的案例上,我们依然可以使用平时我们用得比较多的治疗方法,去直击造就她畸形心理的病灶。"

"你的意思是深究她童年的阴影?"我说,"实际上,这也是我之后想要尝试和她沟通并梳理的。"

"不,沈先生。"尚午摆了摆手,这一动作做得非常生硬,显得有点滑稽,就像木偶剧里没有灵魂的木偶被指挥着做出的举动,"我认为我们应该直击的是她的世界里的第一个男人,也就是那个叫作少楠的男人。"

"你认为少楠是真实存在的？"我问道。

"可以肯定他是存在过的，因为一个像岑晓这么严重的受虐狂患者，不可能只在意淫中能够得到满足的。只是，这个叫作少楠的男人，可以有其他的真实身份，或者并不叫少楠，或者并不像她自己所说的，是一个和她年岁相当的男孩。沈先生，您可以把思想放飞开来，不要局限在自己给自己设置的框架里面。人与人的关系，其实可以理解为一个直观的事物，它就像一只自由的雄鹰，可以在世界的任何一方天空掠过。"尚午说到这里顿了顿，"就像沈先生您自己，您与您世界里最为亲密的人，难道就只局限于爱人或者朋友这些普通的关系吗？"

"放飞吧！"尚午说话的音调有点高，这不是一名优秀的心理医生所具备的声音，但穿越耳蜗的速度似乎又很快，瞬间抵达大脑。

"放飞吧！谁也不是谁的全部，谁也不会是谁的永恒。控制岑晓世界的，归根结底只是她自己思想中的魔鬼。主宰你的世界的，也只是你一厢情愿的误会。"

说完这些，尚午笑着往后退，双手缓缓张开，这一动作与之前邱凌做出的动作如出一辙。本已被他的说辞完全征服并融入其间开始思考的我，因为他的这一动作，思维猛然抽动了一下。这时，尚午转身了，也和邱凌一样背对着我。

他的这一系列动作，让我越发清醒。我隐隐觉得自己好像在陷入什么之中，但又说不清楚为了什么。最终，我大步朝着出口位置走去。

保安迎了上来，他说了什么我压根就没心思听。我的步子越来越大,到楼梯口时甚至开始了小跑。

几分钟后,我发动了汽车,有种想要逃离这个空间的感觉。但踩动油门的瞬间,我依稀看到后视镜里,似乎有一道素色长裙的人影晃过。

是乐瑾瑜站在那里吗?

我不得而知,因为我没有犹豫,将车开出了海阳市精神病院。

车上的时钟显示着:11:11。

我依然孤独着。

28

路上我接了邵波一个电话,和他说了我将车开走了。邵波也没说什么,只是搪塞了一句:"没关系,一会儿韩雪会送我的。"

我将车窗打开,初秋的凉意让人觉得很舒服。这几天的遭遇让我开始明白,邱凌就是我在这个世界上的梦魇,远离他,我能够享受宁静。即便在自己潜意识里的东西翻涌不止,但又有什么大不了的呢?最起码我可以说服自己只是个普通人而已,工作与生活沉稳安逸,并收获着一个还算成功的心理医生的虚荣与自信。

但邱凌,一个我始终不可能躲开的存在体,他曾经走过的生命轨迹,是隐藏在我身后的一条以前我并不知晓的辅线。他认识文戈的第一天,实际上就是与我的人生交集的起点。而文戈离去的夜晚,却不是我与他轨迹交集的终点。相反,他开始将我缠绕,进而束缚、收紧,让我窒息。

我是一位心理医生，我明白再强大的精神世界，都不可能像一台机器一般理性。并且，这几天经历的一切，如果都是因为与邱凌见面后才开始混乱的，那么，问题始终还出在我自己身上。可能，我需要休息，需要梳理，不应该就这样被邱凌弄得凌乱不堪。

我回到了家。

打开房门，我冲着客厅里文戈的相片微微笑了笑。我很平静地冲了个澡，从冰箱里拿出熟食放进微波炉。我坐在空荡荡的餐桌前吃完午餐，给诊所的佩怡发了个信息。最后，我走进卧室，将遮阳窗帘拉上。是的，我思想很乱，但连日的奔走又让我的身体很累。我目前最需要的是休息，之后，我才能走出房门，面对这几天里凌乱不堪的一切。

我睡下了，手里的手机上是我翻出的乐瑾瑜的号码，我的指肚在屏幕上方停顿。最终，我将手机关机了，并将身体蜷缩入被子，闭上了眼睛。

我们对于安全的最初感受，来自母亲的子宫。子宫里没有光，充满着液体。那十月里小小的我们双腿弯曲着，眼睛紧闭，缩成一团。母体给予的安全感，是我们终生都无法戒除的一种如同信仰的依赖。

所以，在我们对生活、对世界、对周遭的人感到恐惧与害怕时，会不由自主地将自己包裹在一个相对来说封闭的空间里，我们会侧趟躺着、蜷缩着，如同一个胎儿。我们的潜意识里需求着的，是回到母体子宫里的状态，很安全。

再次醒来，周遭依然漆黑，遮阳布让我无法洞悉日夜。我按亮了灯，将手机开机，竟然9点了，我这一觉睡了有8个多小时。这时，手机里跳出了6条未接来电的提示信息，其中4条是邵波的，2条是李昊的。我意识到应该发生了什么，连忙回拨过去。

我打给的人是李昊。

"你总算开机了，邵波和我在一起，我们轮番打你电话都逮不到你。"李昊的声音还是那么洪亮。

"我睡了一会儿，有什么要紧的事吗？"我边说边坐起，并朝房间外面走去。

"妈的，出了个比吃屎都要恶心人的事，你现在赶紧下楼，我和邵波过来接你。"李昊的语气命令多过商量。

"哦！"我应允着，并补上了一句，"去哪里？"

"市精神病院，我和邵波15分钟到你们小区门口。"李昊说完直接挂线了。

换我开始迷糊了，李昊说得不清不楚，但牵涉到精神病院就十有八九和邱凌有关联。那，我是不是应该去呢？去继续让邱凌搅乱我的世界吗？

不得不承认的一点是，我并不是一个会惧怕对手的人，况且，我对李昊将带我去精神病院接触的事件，有着每一个正常人都会有的强烈好奇心。

10分钟后，我站到了马路边，城市在黄色路灯的照耀下，像一位慵懒的少妇。远处慢跑的两位姑娘双腿修长，遛狗的老人驻足望着远方，像在缅怀逝去的时光。我深吸了一口气，想要收获面前这一画面所能给我带来的安详，但思路像一台刚上了机油的器械，快速地转动着。

我逃避着脑海中想要展现的乐瑾瑜那张苍白脸庞，努力咀嚼着与邱凌的对话。接着，我又回味起尚午的一举一动，并将其间的各种端倪整理，尝试着疏通。

邱凌警告我不要和尚午进行沟通时的语气，不像他惯用的演技。但这个叫尚午的神秘家伙，所体现出来的状态，不止是正常，甚至可以说非常绅士。

就在这时，尚午那双细长的眼睛，在我脑海中逐步定格。从我进入邱凌的房间开始，他可能就已经站在铁栏杆前，非常认真地偷听我与邱凌的对话。我不知道他能从中捕捉到多少，况且邱凌这么个心思缜密的家伙，应该可以洞悉到尚午可能会偷听到我们的话题。那么，我是不是可以理解成，邱凌不止对我演绎了一场好戏，同时，也想引导旁边的聆听者尚午做些什么呢？

另外，邱凌与尚午都做过的那个往后退出两步，并张开双臂，继而转身的动作，在我脑海中再次浮现。

猛然间，我似乎猜到了什么……

催眠师在给病患进行催眠治疗前，会设置一个小小的梗。它可以是一个词汇，也可以是某一个画面或者事物。接着，催眠师会和对病患娓娓说道，这个小小的梗只要在之后开始的梦幻中出现，受术者就会第一时间走出催眠状态。而之所以设置这么个梗在病患的意识里，是因为催眠师自己也不知道受术者潜意识里有着什么，而理论上，也确实会出现受术者被困在睡眠里，不再醒来的情况。

那么，邱凌在我与尚午交谈之前所做的这一系列动作，是不是就是他故意给我设置的一个梗呢？邱凌明白我对他的观察会细致到极致，会记住他的每一个举动并分析琢磨，进而捕捉其间可能映射出的他的内心世界。那么，他张开双臂的奇怪动作，我肯定会记得很深刻的。然后，在尚午做出这一动作时，无论我在一种什么样的状态下，被邱凌放置在我潜意识中的这一动作画面的梗，势必会第一时间驱使我跳出当时的状态。

我背上莫名地冒出了冷汗，与尚午那短短几分钟接触的过程，似乎就是一个被尚午快速拉入他所设置的思路的过程。尚午的简历在我脑海中回放了一次——教师出生，引导学生产生对课程的热爱是每一个教师的必修课程。接着，他走入了歪路，拥有一大群信徒，宣导着他自以为是的末日论。那么，他让人信服的方式，一定是靠个人魅力最大化表现的演讲。而这种能够将受众洗脑的演讲，本就是催眠术中的一种。伴随着强有力的心理暗示的语句，将受众吸纳为自己的信徒。

尚午是一位催眠大师？这个念头在我脑海中被逐步定性。那么，我就可以琢磨明白邱凌在今天上午对于尚午即将与我开始的交谈，表现得那么惊慌失措的缘由了——他能感觉得到当时我不堪一击的状态，在那一状态下，尚午能够轻易将我摧垮俘获，甚至将我直接控制。

汽车喇叭的响声，将我从思考中拉了出来。我这才发现，李昊的车已经停在了对面，戴着大盖帽的他，瞪大着眼睛望向我。

坐在副驾驶位上的邵波身上那套来自三线城市的男装已经不见

了，一套笔挺的西装贴着他魁梧的身体，显得越发有男人味。可我还没坐稳，李昊就开口了："沈非，你瞅瞅，你瞅瞅，邵波转行后精神面貌是不是好了很多？"

"谁转行了？"邵波笑着，"我不就是开始了一段忘年恋爱吗？"

"忘年个球！人家的闺女都20多了。"李昊边说边扭头看我，"沈非，邵波完了，他被富婆包养了，500块一个月的生活费，富婆一次性付了俩月。以后我们要叫他喝酒，还要先看富婆的脸色了。"

"就不能和你好好说话了。"邵波也望向我，"韩雪今天中午瞅我在虎丘镇买的那套衣服难看，领我去商场买了套西装送我，现在被李昊知道了，就在这里吹胡子瞪眼上纲上线了。你瞧他那羡慕嫉妒恨的模样。"

"我会羡慕嫉妒恨？啊呸！邵波，你给我好好听着，你昊哥我生平最看不起的三种人，第一就是小白脸，第二是帮人调查出轨的小侦探，第三是……"

他翻了翻白眼："反正你邵波目前一个人占了仨，今天之所以还和你称兄道弟，完全是看在我与你当年同学的缘故上。"

邵波直接伸手塞了根烟到李昊嘴里："行了，不和你贫了，你赶紧给沈非说说发生了啥事，你瞅他那大眼瞪得……"

我微微笑笑："西装确实不错。"

邵波翻白眼："听不听案情？不听就下车，大力哥的理论是坐多了人浪费油。"

我耸了耸肩，示意他们开始。李昊便干咳一声，将方向盘打了个弯朝海阳市精神病院的方向开去。

"沈非,你觉得精神病人能够治疗其他人的精神疾病吗?"李昊问道。

"你说的精神病人是邱凌吧?"我反问,"如果是他的话,专业知识方面是肯定没问题的。"

"不是邱凌。"李昊摇着头,"是尚午,具备着强大洗脑技能的催眠者——尚午。"

我愣了。这时,旁边一辆超速行驶的红色跑车疾驶而过,李昊骂了句:"迟早一天要把这群家伙全部给逮住。"但我的思想却随着这一抹红色的掠过而飘远……

太多的不应该连接到一起的人和事,一一汇集到了一起。

29

我们这代人接触最早的电脑游戏《红色警戒》里,有一位外形酷似列宁的大反派尤里。尤里拥有一项骇人听闻的超能力,那就是精神控制。当然,很多科幻作品里,也都对这种神奇的技能进行过渲染,但能否实现,至今都是个未知数。

1945年"二战"结束,大批纳粹科学家和尖端科技人员,被美国政府引渡。由中央情报局牵头的绝密计划 Projeck MKUltra,于1953年开始实施,该实验实际上就是人类对于精神控制开发与研究最为极致的一次集体行为,旨在发明出一种精神控制的药物,用以对抗在朝鲜战争中苏联人对美军囚犯所使用的精神控制技术。同时,CIA还希望借此开发出一种针对敌方领导人的精神控制技术,用以对付类似卡斯特罗这样的对手。最终，在消耗了2000万美金，死了许多实验品军人后，该计划终止。可惜的是，该计划的相关档案，大部分被销毁，实验中究竟收获了些什么，外界始终无法知晓。

而催眠术，在很多人的理解里，就是具备精神控制一般的神奇技能，但实际上并没有那么可怕。催眠术（hypnotism），源自希腊神话中睡神 Hypnos 的名字，是运用心理暗示和受术者潜意识沟通的技术，因为人类的潜意识对外来信息的怀疑、抵触功能会减弱，因此施术者会用一些正面的催眠暗示（又称信息，例如信心、勇气、尊严）替换受术者原有的负面信息（又称经验，例如焦虑、恐惧、抑郁），从而让受术者能够产生和原有不同的状态。

说得简单一点，就是通过心理暗示，与病患进行沟通的技术。也就是绕过表面思维，直接向潜意识输入语言或者肢体暗示的一门技术。

那么，对尚午的定义，其实很容易通过反推来坐实。催眠师——让尚午能够充当末日论的洗脑者一角；讲台上的灵魂工程师——说明尚午曾经也是教育学专业的学生，参加过无数堂心理学的大课……一位与心理学有着密不可分渊源的知识分子，正在缓缓褪去他作为违背社会常理者的外壳，呈现他本来的面目。

"是你们又查到了尚午的什么案底，现在要将他再次提出来教训一顿吗？"我面不改色地问道。

"不关什么案子的事，而是韩雪……"李昊说到这停住了，扭头冲坐在副驾驶的邵波努了努嘴，"小白脸，还是你来说吧。"

"小白脸"倒也没有反驳什么。他将安全扣松开，侧身转向我：

"沈非，今天下午韩雪接了个电话，对方据说整得神神秘秘的，声称知道她女儿岑晓心理上有比较顽劣的恶疾。对方还说，能真正化解岑晓潜意识里病灶的，整个海阳市里只有一个人可以做到。而那个人，就是曾经名噪一时的尚午，催眠大师尚午。"

"韩雪信了？"我插话道。

"沈非，韩雪目前进入一种病急乱投医的状态，但她能够选择的医生，又有太多太多的局限性——岑晓的情况又不便于对外说太多，心理障碍本来就是病患家属不愿启齿的疾病。不过，我那会儿也没在意，她放下电话后，坐在副驾驶位置上自顾自地搜了下尚午的资料，然后才对我说起这个电话的内容，以及她想要找关系安排岑晓见一下尚午。我当时就傻眼了，因为之前听你和李昊也提到过尚午这个人。但韩雪是那种一根筋的女人，认定了什么，就火急火燎去做的主儿。于是，我也没吭声，将车停到了路边，看她打了几个电话。"

"你吭声也没啥用，人家富婆不会听小白脸话的。"李昊不失时机地插了句话。

邵波白了他一眼："她把我送到了事务所，自己开车走了。我想着她应该也不会太当真吧？谁知道8点左右古大力打了个电话给我，说自己回精神病院接受复诊时，看到了一位一瞅就是大人物的女人。古大力便向负责他的医生打听了一句，医生告诉他，那女人就是韩雪，到医院找安院长谈投资建个慈善机构收留精神病患事宜的。古大力前几天听你我也说了韩雪与岑晓，所以他便给我打了个电话告诉我这些，并煞有其事地说，城里的疯子越来越多，海阳市精神病院迟早会装不下,这些有钱人都开始给亲人霸位置来了。"

"然后呢?"我追问。

邵波继续道:"然后我打给了韩雪,韩雪也没隐瞒什么,说自己和我分开后,便去了精神病院,在安院长的陪同下,和尚午聊了十几分钟,便确定下来,约了今晚10点,领岑晓去和尚午聊一聊。"

"李昊,难道你们就没有对这些重度危险病人的规定吗?随便一个什么人想见他们,就可以这么轻而易举去见的吗?"我扭头对李昊质问道。

李昊的眉头又皱上了:"沈非,我们是司法系统的,他们是医疗单位。在我们看来,尚午和邱凌这些家伙是罪犯,但是在精神病院的那些医生看来,他们又只是病患而已。并且,一号重度危险病患张金伟你应该也见过吧?就一彻彻底底的疯子,但是你觉得他被关在病房里,还能够兴风作浪吗?"

坐在后排的我只能看到李昊的侧面,他说到这儿时腮帮子鼓了一下,说明他在咬牙,情绪上有点激动。接着,他深吸了一口气:"我们没能力让他们受到法律的制裁,司法给他们最终诠释的结论是精神病人,那么,我们就只能把他们看成病人,而不是罪犯。"

"我明白你的意思了。"我点了点头,而实际上,这几天我自己也能够感觉到精神病院对这几个危险病患的定位。

我又沉默了几秒:"邵波,给韩雪打电话的是谁,你没问吗?"

"问了。"邵波答道,"韩雪说是一个公用电话打过来的,对方也没说自己是谁。"

说到这里邵波顿了顿,又补了一句:"不过,对方没说不代表韩雪没问，据说对方在回答这个问题时语气整得挺神秘的，好像还随口说了句自己在部队什么秘密机构干过，口风很紧，不会随便透露身份。"

"秘密机构？什么秘密机构？"李昊问道。

"韩雪当时说了，好像是几个数字来着……"邵波开始挠头。

"是511？"我猛地想起胖保安老刘上午对我进行误导时说过的话，"在511当过哨兵？"

"对！对方是说了自己在一个叫作511的秘密机构当过哨兵。"邵波头点得跟捣大蒜的机器似的。

开车的李昊却直接用手肘将我顶了下："沈非，你知道这个人？"

我"嗯"了一声，犹豫着要不要对他们说起上午发生的事，最后，我淡淡地说道："打电话的人是精神病院的保安，他和邱凌应该有某种交易。"接着，我想了想又补充道，"或者也不是某种交易关系，邱凌要将一个普通男人哄骗得唯命是从，不是很难。"

"那你的意思是邱凌指示人给韩雪打电话，要韩雪领着有心理障碍的女儿去接受尚午的治疗？"李昊沉声道，"邱凌又是怎么知道韩雪和岑晓的事情呢？"

"是我说的。"我应道，"我上午去见了邱凌，和他聊起了岑晓的个案。"

车里的气流好像瞬间停顿了。他俩都没吱声，似乎都在等我给出一个合适的解答。

半响，我深吸了一口气："邱凌是一位有着很高天赋与深厚知识储备的心理学学者，我希望在他那里得到某些启示——针对岑晓的心理疾病。"

"你自己就是个神经病。"李昊毫不留情地骂道，"你难道觉得一位嗜血的凶徒，能够学会拯救别人吗？你难道指望一位打骨子里反人类的家伙，会因为你的天真请求，而明白救赎两个字的意义吗？沈非，你怎么这么幼稚呢？难道岑晓这么一个普通的女病患，就让你束手无策了吗？"

李昊的抢白，竟然让我一时无言以对。是的，难道我要在邱凌的世界里充当一位引道者，充当一位摆渡人？邱凌不可能被我感化的。那么，我又为什么会幼稚到期望得到他的帮助呢？

不，我没有期望过得到他的帮助，因为我今天早上去精神病院，是想要见乐瑾瑜的。让我有想要见她念头的缘由，是岑晓昨晚与我的一个莫名其妙的拥抱。然后，我对自己说，为什么不尝试邀请乐医生来和岑晓接触一下呢？

我揣着这一冠冕堂皇的理由来到了医院，接着，我在医院经历的一切，又不是三言两句能够描述清楚的。

我就像一只被蛛丝缠绕着的飞蛾，想要挣扎，但是我越挣扎，被缠绕得越紧。

我往椅背重重一靠，闭上了眼睛。半响，我沉声问道："韩雪他们现在已经去精神病院了吗？"

"已经出发了，我和李昊打你电话打不通，就打给乐瑾瑜了。瑾瑜应该是感冒了，声音有点嘶哑。她今天休假，但听我们说了这些情况，似乎也马上意识到这个问题的严重性，然后她赶到医院了解了情况后，又给我们回了电话。目前，她和安院长一起，在等着韩雪与岑晓到精神病院。"李昊答道。

"尚午呢？尚午知道自己今晚会有这么一次面谈吗？"我再次问道。

李昊摇头："目前还不知道，但是瑾瑜在电话里说，以尚午那么个高智慧的头脑而言，对于今晚会有的这次面谈，应该在他意料之内。甚至他今晚应该在安静地等待，等待着被他灌输了某些我们目前不得而知的思想洗脑后的韩雪，领着女儿走入他的病房。"

我深吸一口气，眼睛还是没有睁开。我的脑海中一度出现了韩雪站在尚午面前，两人隔着铁栏杆对话的场景。因为我的愚蠢，尚午对岑晓的病症已经知晓了个大概，那么，他在与韩雪聊起这些时，让韩雪感受到的肯定是一位先知般的博大与万能。不管现实生活中的韩雪是如何强势的女人，在母性驱使至近乎狼狈的状态下，被尚午折服，在我看来也会是顺理成章的事。

我睁开眼，扭头望向车窗外，为什么每每沉思时面对的都是这满世界的漆黑呢？

"李昊，开快点吧，我要进入尚午与岑晓今晚对话的病房。"说完这句我顿了顿，又补充了几个字，"必须要。"

第十一章
施虐者

　　岑晓的动作开始变得诡异,只见她在尝试微微侧身,又如同被电流击中般快速坐正。将右手抬起当作蒲扇扇了几下,最终,她完成了这个想要说明自己有点热的举动后,手往下,缓缓地伸向自己蓝色衬衣的纽扣。

30

　　李昊一路都将油门踩到底，9:45我们就抵达了海阳市精神病院。远远地就看见医院门口站着四五个人，其中穿着白大褂满头银发的，正是市精神病院的安志洪院长。他与他身旁的人似乎在寒暄着什么，并一起转身朝医院里面走去。

　　我率先跳下车，想要追上他们。这时，他们中最后一位穿着白大褂的女人转过身来。

　　是乐瑾瑜……

　　纵然相隔还有一二十米，但彼此视线交汇后，负疚感依然如同瞬间而至的洪流，侵入我的整个世界。

　　我停顿了一下，用极短的时间让自己平复。最终，我再次大步往前。乐瑾瑜似乎也和我一样愣了一下，接着，她冲前面的人群喊了句什么。

　　他们站定了，转身。我看到了穿着深蓝色套装的韩雪，以及站在她身后同样穿着一件深蓝色衬衣的岑晓。只是，岑晓的眼神与我接触后，第一时间又缩回了，如同一只谨慎的幼兽。

"小沈，你也过来了？之前韩总还给我说起你就是辅导岑晓的心理医生。"安院长微笑着冲我说道。

我大步走到他们面前，冲安院长点头示意，但又第一时间望向韩雪："韩总，我不同意让岑晓和尚午接触。"

"为什么？"韩雪问道。

我回答："因为尚午是个极度危险的家伙，他不一定能够帮助到岑晓，反倒可能让岑晓的思想陷入更深的沼泽。"

"是吗？"韩雪扬起了脸，"沈医生，如果你给我一些对于岑晓病情的分析当作理由的话，我可能会听进去一些。可遗憾的是，你开口第一句话，就是对尚午在相关领域的诋毁，这一点，就让我觉得有点不适，甚至第一时间觉得这话语有点像同行之间的相互挤对。不过，沈医生，你的心态我理解。我是个生意人，面对竞争对手时最好的利器，是自身修为的提高。一味地贬低别人从而抬高自己，反倒会让你的终端顾客觉得你非常拙劣与无能。"

我朝前跨出一步："韩雪女士，我并不在乎你怎么看待我，但我是个医生，我有责任也有权力阻止我的病患被家属带着肆意地游荡。尚午是具备强大催眠能力的洗脑者，他能够用他的办法，直击岑晓的潜意识深处，在那里面埋下某些不可告人的东西。而岑晓昨晚所呈现出来的状态，正是最容易接受心理暗示的时期。所以，我坚决不允许岑晓与尚午进行接触。"

"但是沈医生，我今天下午已经和尚午聊过一次了。"韩雪耸了耸肩，"他对于人性的剖析有着非常独到的见解，并且，对于岑晓的这种案例，尚午就像一位未卜先知的圣人一般，每一句说辞，都能让我感觉到他的智慧。"说到这里,她又看了我一眼,"这种智慧,与之前我们见过的所有心理咨询师是大相径庭的,其中,也包括你——沈非。"

"那是因为他早就知悉了岑晓的病情,知晓了岑晓很多不为外人所知的隐私。"我不假思索地说道,"所以,他才会快速征服你,并让你答应带岑晓来与他接触。"

"咦!"韩雪皱起了眉,"沈医生,下午我过来时就有人告诉我,你在今天早上也到过精神病院新院区的负一层,而岑晓的情况,整个海阳市知晓得最为深刻的人,可能也只有你……"韩雪的眼神中闪出母兽般气恼的光芒,"你刚才说尚午知悉岑晓的病情,难道……难道他所知道的,都是从你的嘴里听到的吗?"

邵波和李昊这时也已经走到了我身后,眼前韩雪强大的气场,让已意识到自己触碰到她最敏感问题的我,不由自主地往后退了一步。邵波连忙开口圆场:"韩总,有些事情可能并不是沈非的本意。"

"回答我,是,还是不是?"韩雪没有理睬邵波,她再次大声质问道。

我木讷了,越过韩雪,我看到了岑晓的眼睛。她的眼睛睁得大大的,眼神中流露出的是惶恐。而这一刻让她觉得最为惶恐的问题,似乎只是因为我将她私密的东西说给了别人听。

但我不可能回避,也不可能否定。最终,我点了点头,尽量让自己的声音显得不那么愧疚与无力:"是的,尚午是从我嘴里听说的。"

韩雪并没有出现我所预计的气恼模样,相反,她再次耸了耸肩,扭头望向岑晓:"喏!你看到了没有?他只是个普通的靠心理咨询维持生计的庸医,他也不可能把像你这样的姑娘的一切,真正放到自己的世界里。你,只不过是他再寻常不过的一个病人而已。"

岑晓依然看着我,有着深色眼袋的眼睛里释放出来的绝望神色,让我感觉害怕。于是,我涌出一种很强烈的欲望,想要帮助她,就像一个医生走近向他伸出手的垂危病患时那样……

我朝她迈步,嘴巴张开,想要说声什么。但她往后退了一步,双手第一时间放在她挎到身前的巨大挎包上。

于是,我站住了。因为她的这一个防备动作让我明白——之前我为走入她的世界所付出的一切,在这一刻全部归零了。

"安院长,我们进去吧。"韩雪扭头,不再看我。

这时,李昊却快速跨出几步:"韩雪女士,我是市局的李昊,想要和你谈谈。"

韩雪歪着头看了李昊一眼:"不用介绍,看你身上的制服就知道。"没等李昊再次开口,韩雪就继续道,"我知道你想说什么,有什么问题去问你们的领导吧。我来以前已经向公检法的一些朋友问过了,需要的程序,你都可以和我的法务们去沟通。安院长,我们还是先进去吧。"

说完这句,韩雪伸手搭在岑晓的肩膀上,大步往里走。但岑晓并没有第一时间转身,相反,她那双眼睛在继续死死地盯着我……

最终,她还是成为我视线中的一个背影。这时,一个声音在我耳边响起:"沈非,看来你并不是平日里我所以为的那么一个没有感情的家伙。"

我愣了，扭头，乐瑾瑜竟然一直站在我身旁看着我。紧接着，她也转身，朝着安院长、韩雪、岑晓的背影追了上去。

邵波和李昊迈步跟上，而我却有点发呆，不知道自己究竟要做何动作。

"进去吧？情圣。"李昊冲我沉声说道。

并没有人阻拦我们走入负一层，实际上新院区本来就没有太多病人，自然也没有多少工作人员。我们到负一层时，安院长正在安排着："韩总，我们不可能让岑晓一个人进入尚午的房间。你看这样行不，让乐医生跟岑晓一起？"

韩雪并没有坚持什么，反倒看了乐瑾瑜一眼："那就麻烦你了。"她说完后顿了顿，"麻烦你一会儿不要多嘴。"

乐瑾瑜没有反驳，实际上这一刻的她眉头皱得很紧，似乎在思考什么。

"进去吧！"一个我没见过的保安将铁门打开了。

乐瑾瑜这才回过神来。紧接着，她回头看了我一眼……

乐瑾瑜是美丽的，最起码在那个夜晚之前是美丽的。她有着白皙的皮肤，细细的眉；她的发丝微卷，散发着成熟女人的妩媚；她有高挺的鼻梁与微启的唇，粉嫩的颈子往下延伸，蔓延向一具凹凸有致的身体……

她在这个夜晚回眸的画面，不自觉地，竟然会在我意识中定格为一个无比深刻的画面……关于得到与失去，关于拥有与拒绝，尘世中有着万万千千拘泥于情感的生灵，或欣喜，或沮丧……但很少绝望。而瑾瑜在这个夜晚回眸的瞬间让我捕捉到的，正是绝望。

不知不觉中，我正在失去……很多应该珍惜的，我们总是不明白。伸出双手，很随意地挥霍着，以为它们始终会在。

实际上……

不知不觉中……很多很多的宝贵，如同沙砾，从指缝中漏去，再见之时，或许已是沧海、桑田……

31 /

负一层的走廊灯，只有前面几盏是亮着的，这是因为病房深处那一排都没有病人的缘故。于是，朝里望去，深处好像潜伏着不可告人的秘密一般，只是这些秘密，用蛰伏的方式蜷缩着。

岑晓与乐瑾瑜缓步走入，不知道是哪个病患，开始敲打铁栏，清脆的声音透着一种让人觉得诡异的节奏，在其间回荡着。

"我们是不是真的应该给他们定性为精神病人呢？"李昊喃喃地说道。

"或许，他们比我们更加清醒。"邵波补了一句。

我没说话，和安院长、韩雪一起站在保安室的监控画面前，望着一个个小小的屏幕。尚午站在铁栏杆前，应该正望着病房里的木门。而显示尚午的那块屏幕上方，正是邱凌的那块。此刻的邱凌，依旧歪着头望着摄像头，只是这一次，他站在病房里的木板床上，而他的黑边镜框只是浅浅地架在鼻尖上。他那让我感觉发凉的眼神，清晰到了极致。

岑晓出现在画面中，摄像头应该是调过的，正对着铁栏的两边。岑晓似乎有点不自在，她回头了两次，而她身后的乐瑾瑜应该在给她鼓励抑或打气。

最终，岑晓怯生生地坐下了，就坐在尚午对面的那把靠背椅上。因为角度的问题，摄像头呈现的画面并不能展现尚午表情的正面，但我明白，无论他接下来想要做什么，他想要的，正在拉开帷幕。

尚午开始说话了，语速应该不快，这点我只是通过画面揣测的。

岑晓却没有去看对方，而是将双腿弯曲，脚缩回到凳子下面。接着，她的动作开始变得诡异，只见她在尝试微微侧身，又如同被电流击中般快速坐正。她开始抬起右手，将手掌当作蒲扇扇了几下，最终，她完成了这一个想要说明自己有点热的举动后，手往下，缓缓地伸向了蓝色衬衣的纽扣。

我能够猜到她即将开始的动作，我再次望向韩雪，用近乎哀求的语调尝试着说道："韩总，要不结束，要不就换我进去，可以吗？"

韩雪看了我一眼，就好像看一个用着拙劣演技卖力表演的小丑……

"快看，她怎么了？"邵波沉声说道。

我再次望向屏幕，只见画面中的岑晓静止了。她那抬起的右手悬在半空，细长手指最后展现的手势宛如正要去拈花的佛手。

木僵，因为高度紧张而带来的木僵……

尚午也没说话，他那刀削般的脸开始斜着，在尝试歪着头观察面前的岑晓的表情。我明白，他是在留意岑晓面部肌肉的细微变化，并从中剖析岑晓潜意识里翻滚着的真实世界。

可就在这时，李昊的手机发出"嗡嗡"声。他快速按掉声响，低头看了看，表情逐渐凝重起来。

"是监狱发过来的。沈非与邵波之前向我们市局的领导反映了一些情况后，汪局授意我适当地调查一下。所以，我让监狱的人看看能不能调出接见田五军的人的视频。监狱的回复居然说那些视频都被人抹掉了。"李昊望向韩雪继续说道，"监狱领导也高度重视这一情况，开始了进一步调查。最终发现那些被清除的视频被一个聘请的临时工拷贝回家了。而这些被他拷贝走的视频画面里，探访田五军的人，就是岑晓。"

"你再说一次？"韩雪扭头望向李昊，"不可能，绝对不可能的。再说人家为什么会把这种视频拷贝回家呢？"

李昊没回答，他直接将手机平举，然后按下屏幕中一个已经下载下来的视频的播放键。像素并不高的画面里，还是能够清楚地认出穿着一件浅色衬衣的岑晓，正怯生生地坐在座位上，双腿弯曲，脚放在凳子下方，而她的身子微微侧着，面前的铁栏杆对面，是满脸油光的秃头男人。那男人正是田五军。

岑晓抬起了手，当作蒲扇挥舞了几下，接着，她好像很随意地解开了衬衣最上面的两颗扣子。

对面的田五军似乎有一个吞咽口水的动作，由于视频像素的缘故，不能确定。紧接着，他抬起了手，将手放到了座椅前面平平的台子上。

他的手掌张开了，呈拿捏状缓缓动弹着。这时，坐在他对面的岑晓整个身体好像被电击般抽动了一下，双腿微微往前摆正……

韩雪近乎疯狂地将李昊的手机一把抢到手里，她一边删着视频，一边语速很快但又压得很低地说道："这不是晓晓的本意，晓晓是被人胁迫的，有人从中作祟，肯定是有人从中作祟。"

"韩雪，今晚来以前，我们汪局也给韩院长通了一个电话。韩院长是一位公检法系统的老人，他再怎么护短，但始终也是坐在国徽下面的。所以，他给汪局照直说了，在他的权限范围内，对当日田五军案件，他们使用了级别比较高的保密措施。但……"李昊扭头看了一下安院长和另外一两个保安。安院长似乎也意识到什么，连忙对另外那两个保安说道："跟我出去吧，让这位警官他们聊聊。"

保安连忙跟在他身后走出了门，李昊继续望向低头的韩雪："韩女士，我们理解你为你女儿做过的一切，同样，如果田五军案件里，受害者是我们的至亲，我们也会动用我们能用到的所有手段，让我们的至亲受到的伤害最小化，并早日走出阴霾。但是，田五军越狱后，你应该第一时间将一些你所知的东西告诉我们警方，让警方能够捕捉到田五军当时的逃跑路线，从而快速将他抓捕。韩女士，你没有这样做，相反，你在第一时间知道田五军越狱后，马上安排人带着岑晓躲进了你们位于滨海城里没人知晓的秘密住处。最终，田五军被击毙了，他最后去的地方，就是岑晓被绑架时使用的身份证上你们家最早的地址。"

"逃避，始终不是解决问题的方法。"李昊最后很认真地说道。

"李警官，可事实证明了我做的是对的。我领着我的女儿躲了两天后，最终，田五军死了。那你能说我们躲得没有意义吗？"韩雪抬起头，脸色变得异常苍白。

李昊摇头："但田五军在越狱后，又杀了一位无辜的老者，残害了一位和岑晓一样的少女。而这些，你们有机会让罪恶得到预警，让它不发生的。"

"我们有机会吗？李警官，我承认我自私，但我绝对不承认我有错，尤其是在对我女儿岑晓的事情上有一丝丝过错。"韩雪说到这里，左右看了看，最后，她坐到身后的一把椅子上。她最为关注的女儿，这时还是用着那种诡异的动作静止着，屏幕里的尚午继续歪着头，嘴角有着一丝好像浅笑的上扬。

韩雪突然笑了，这笑容来得很奇怪，也很不可理喻。接着，她将身上紧绷着的套装扣子解开，又将手伸向后背的衣服里，似乎在拨弄着什么……

最终，她深深地吸了一口气，之前傲人挺拔的上身，在她这口气吐出的时候，变得有了点下垂。是的，她应该解开了衣服里面塑型的内衣纽扣，让自己能够松弛下来。

她再次笑了，眼角的鱼尾，似乎就在这一瞬间显现，覆盖在毛孔上方的粉末开始暗淡："李警官，我真的没有做错什么。不是我们有多少钱，有多少高层的关系，只是单纯地说作为一位受害者的家人，我真的没错。"

韩雪说到这里，终于开始抽泣起来："邵波，沈非，其实我知道你们最近都查了些什么，我害怕你们查到结果，但也知道对你们隐瞒得越多，越会导致你们无法真正了解岑晓的问题出在哪里。这些日子，我真的很矛盾，也很累。我45岁了，岑晓她爸爸离开我的时候，我只有28岁，一个人管着一家子事和两个姑娘。这些年很难，满世界的男人都像野兽般，盯着我们娘仨。我不能低头，低头就会被人欺负。我也不能倒下，因为我身后只有两个还青葱的女孩。"

韩雪的眼泪终于流了下来，滑过脸庞，妆容被液体带走，使她显得有点狼狈："岑晓她爸爸走的时候我没有哭过，因为我要坚强。而岑曦领着晓晓进入虎丘山失踪的那晚，我哭得几近崩溃。晓晓还那么小，岑曦为什么要带着她去虎丘山呢？怪就怪岑曦当时在师范谈的那个男朋友，建了个虎丘山什么协会……"韩雪的风韵正缓缓消失，似一位普通妇女般责骂起来，"她自己去就可以了，为什么要带着晓晓呢？晓晓当时才20岁啊……"

"那一个多星期，我一直守在专案组的办公室里。我个人拿了30万用来悬赏，组里的每一个人，我都只差没跪下来求他们多出力了。最终，田五军那畜生被抓住，晓晓被解救了出来。"

"岑曦呢？"邵波终于没忍住开口问道。

李昊抢先回答了："岑曦到现在都没找到，据岑晓被解救十几天后终于开口说的情况，在那晚暴雨来临之前，她们两姐妹走失了。而岑晓就是一个人在找离开虎丘山的路时，遇到了从虎丘镇往家里赶的田五军。"

"是的。"韩雪点着头，"我把岑曦带大，也不是没有感情。但不管她是生是死，最起码她自己得了个痛快。可我的晓晓，却在田五军那畜生的家里，被折磨了整整七天。晓晓获救后，我是一定要让田五军这畜生挨枪子的。但想不到的是，被解救后十几天一直没说话的晓晓，张嘴后居然告诉警察，田五军当初是为了帮助她才把她领回去的。于是，田五军的罪一下就轻了很多。"

"这期间，你动用关系，将案件被转移到韩院长能够左右的坤州市公安局，没错吧？"李昊的声音还是那么沙哑，但这次似乎少了点力量。

"这只能算是打了个擦边球而已，况且我并没有违法违纪的企图，就只是希望在申请保密的环节，尽可能给予我的晓晓最大化的保护。毕竟她当时才20岁，还那么小。"韩雪摇着头，"最终，那天杀的畜生只被判了10年，并且还是在海阳市监狱服刑。我有着殷实的家底，但也无法只手遮天。之后，我给晓晓与岑曦的失踪，编织了一段发生在国外的故事，我将这个故事放大，让周围的人信以为真，甚至一度告诉晓晓，这段故事就是你人生中所经历的，用它来覆盖掉真实发生过的虎丘山中的种种。曾经有段时间，我觉得晓晓似乎真的听了我的话，开始了新的人生。但直到她重新走进校园后的某个周末，我在她的房间里无意看到了一张开往海阳市监狱的车票。"

"接着，我找到了邵波，让邵波介入调查。我没有告诉邵波太多，只是希望能更多地知晓晓晓在我这个母亲无法掌控的世界里的一切。之前给晓晓做心理辅导的心理医生是个女的，于是在邵波说起沈非的时候，我就想给她换一个心理辅导似乎很有必要。"韩雪说到这里看了我一眼，"沈非，不得不承认，你比我所想象的优秀。于是在第一次见到你以后，我也查了一些你的过去，其中包括你在婚姻里受过的伤害。我一直认为，能从生命的每一次伤痛中走出的男子，本就是涅槃后的凤凰。果然，你的过去让你成为一位成熟与稳重、懂得包容与爱护的男人。所以……"韩雪顿了顿，"所以我也不瞒你，第一次让岑晓去见你，我是这样介绍的——沈非不但是一位优秀的心理医生，也会是一个真正懂得珍惜与爱护你的、很适合你的男人。"

"谢谢！"我将头扭向一边，继续盯着监控屏幕——邱凌是静止的，而岑晓与尚午也是静止的……

不，岑晓不是静止的……

"岑晓动了。"我沉声说道。

邵波、李昊、韩雪三个人同时站起，望向了屏幕。但岑晓只是放下了手，并扭头对着身后说了句什么。

"她在和乐瑾瑜说话。"我断言道。

紧接着，我的电话响起了，一看屏幕，是乐瑾瑜……

32

行为神经学家，又称为生物心理学家。作为心理学领域五大主要取向中最为权威，也具备大量数据支持的一群学者，他们的主要工作就是研究身体的生理结构与功能，并探索这些结构与功能是如何影响人类行为的。

在他们的理论里，我们人类的行为可以理解为一台按部就班运行的机器：受到外界刺激——产生神经冲动——神经元树突接收——轴突末梢释放出一种化学物质——这一化学物质让脑细胞开始产生对应的情绪。最终，完成我们在刺激后做出的肢体应对。

而这些化学物质，又被称为化学信使，也就是神经递质。

神经递质有很多种，比如乙酰胆碱、多巴胺、内啡肽等。这些神经递质的化学成分被生物心理学家们捕捉到后，现代医药的技术，便能够制造出这些本应该是神经系统制造出来的化学成分，进而变成一颗颗五颜六色的药丸。

如我一般的心理咨询师，是不具备开处方药资格的。但精神病院的医生就不同了，他们对付病患的，使用得最普遍的便是这些药丸。也就是说，在他们的世界里，潜意识理论也好，人本主义也罢，就算是讲究大数据的行为主义，似乎都是个伪命题。

于是，诸如尚午、邱凌这些被定性为精神病人的家伙，每天都要被精神病院的医生强制要求服用几片有着神经递质的药丸，来控制他们躁动不安的心灵。长期服用后，是否会改变他们的人生观与世界观呢？又或者，他们的体内会不会产生某种对于药物的抗体，进而影响到他们身体里分泌出来的神经递质对他们行为的作用呢？

这个问题在我这么一位虔诚的动力学拥护者看来，似乎也是一个伪命题，或者说得不客气一点，压根就是一个不太现实的悖论。

乐瑾瑜的语气依旧冰冷："岑晓想要你进来守在她旁边。"

我应了一声，扭头看了看身后的其他人。监控室里空间不大，他们应该也听到了听筒里乐瑾瑜清晰的话语。

"好的，我马上进来。"我挂了电话，转身望向身后的其他几个人。韩雪的嘴唇抖动了几下，但没说话。

"韩女士……"我停顿了一下，"韩女士，我是一个和你一样的普通人，有情绪，也需要发泄与倾吐。但有一点希望你相信——我，始终是一位有执照的心理咨询师。"

说完这话，我往外走去。不远处的走廊位置，那两个当班的保安在窃窃私语着什么。他俩身后，我似乎看到了一个微胖的身影，好像那个被邱凌诱导着当作棋子的保安老刘。

我没有去深究，因为我现在即将面对的是一位能够让很多信徒为之疯狂的洗脑者。与他的对抗过程中，稍不留神，就将被引入泥沼。

我快步走到了第三个病房前，乐瑾瑜靠在门槛上，低着头望着自己的脚尖，并没有看我。我将她的这一反常举动看成她为避免某种尴尬的掩饰行为。况且，和之前看到保安老刘时一样，我需要专注——极其高度的专注，来面对尚午。

我迈进木门，越过乐瑾瑜时，闻到了一丝很普通的薰衣草芬芳。气味中，又似乎有着一丝丝还未散尽的依兰依兰花香……

"沈非先生，您好！很高兴再次见到你。如果可以的话，我想冒昧地要求你选择一个岑晓小姐看得到的位置静静站着。我受韩雪女士的委托来帮助岑晓小姐，不希望因为你的干预而让我们的这次谈话变得没有作用与意义。"尚午微笑着望向我说道。

"你的主意不错，但是你觉得我会听从你的安排吗？"我也和他一样微笑着，并大步走到岑晓身边。岑晓抬头看着我，眼中有着乞求保护的眼神。

我莫名地多了一次恻隐，一把握住了她的手，并站到了她身边，直面着尚午："尚午先生，如果你不介意的话，我们其实可以一起来帮助岑晓小姐的。"

"嗯！我很欣赏你的勇气，敢于这样直面挑战我。这些年没有第一时间被我的气场所征服，反倒想要尝试挑战我的人并不多。你是一个，隔壁的邱凌算是一个，至于第三个……"尚午收拢了笑，他那刀削般的脸给人感觉本就刻薄与冷漠，而此刻皱眉后，更是让人有种不寒而栗的感觉。

他顿了顿，又耸了耸肩："第三个是个女人……不，那时候她还不是女人，应该只是个女孩。她的名字是……"

他再次停顿了，细长眸子里面射出的光越发锐利："沈非，她的名字是文戈。"

我感觉得到自己的心脏在这一瞬间抽动了一下，但外表应该没有显露出任何反常痕迹让对手捕捉到。我开始深呼吸，尝试让自己情绪波动的频率变小。但不自觉地，我看见尚午的嘴角往上扬了扬，挂着一种叫作藐视的神情。邱凌那鼻孔扩张的画面在我脑海中被放大，我意识到，我想让自己冷静的深呼吸所造成的鼻孔扩张，肯定已经被尚午捕捉到了，就像我与邱凌面对时一样。

我回报了一个微笑，尽管我知道自己这个微笑表情使用得很拙劣，明显是自己给自己打气："尚午，文戈是你的学生，这点我之前已经了解到了。"

"没错！不过不可能是文戈自己告诉你的，她那么个小魔女的世界里，对于对错的区分向来是模糊的。但是对什么人应该否定，什么人应该留下，却是很清晰的。那么，我与她的关系就应该是邱凌和你说的吧？我前两天才发现你进入邱凌的病房，之前好像也没怎么看到你,或者看到了,我也没在意,因为我之前并不知道你是谁,也不知道你就是文戈的丈夫。"

尚午将双手放到了胸前,十指指肚对到了一起,并用力压了压。彼此都是心理学学者,自然明白他这个刻意的尖塔手势,实际上是对我的一种宣战,宣布自己目前对局面掌控的程度。

"沈非,其实在文戈死后,我就想过找机会和你聊聊。可惜的是,那段时间我琐事太多了,想要拯救的是这世界上的千千万万生灵,而不止你沈非一个。到现在,我是一位已经褪去光环的救世主,就如同被钉在十字架上的耶稣,对一切已经没有任何掌控的能耐了。而想不到的是,在这个时候,居然还会有机会与你结识,并有这么一次交流。"尚午的声音依然高亢,有点刺耳,但似乎又能直击听众的大脑深处,"这些年,我其实特别想和人说说文戈,说说这个改变了我一切的女人……嗯,我应该称呼她为女孩,一个在高中校园里穿着白色校服的看上去挺文弱的女孩。那时候她的胸脯刚发育不久,很挺拔,但是并不发硬。"

被我握着的岑晓的手紧了紧,她的情绪在变化,因为尚午的说辞。

我想阻止,但又渴望听到尚午继续说道关于文戈的过去。最终,我选择了聆听,尽管岑晓因为尚午的话而开始变得紧张。

"沈非,没有谁天生就是坏人。先天与后天两个因素对于人性最终养成的作用,这问题本就是心理学领域来回争论的终极命题。而我,是站在大部分人的对立面。我始终认为后天的一切才是造成人犯罪的最根本,一个婴儿来到世界上,如果他从小接触的全部是童话王国里的美好，那么，他又怎么可能去伤害别人呢？当然，后天的刺激必然考验一个人对刺激的承受能力了。嗯！沈非，我举个例子吧，毕竟你也是一位心理学学者，我在你面前摆这些理论本来就没什么意义。"

我依然保持着沉默，听他继续。

"我们首先来说说邱凌吧。这段时间我也知道了一点点，不过确实只是一点点，因为我只是这里被管制着的一个疯子，没机会接触外面的世界……邱凌杀了好几个人对吧？而他杀人的原因，我们是不是应该理解为他对文戈的死无法承受所导致的呢？在他当我学生的那两三年里，我就细心观察过他。他的内向与腼腆不过是假象，都盖不住他强大的内心世界。他是一个容易走极端的孩子，但他对自己极端的约束能力，又控制着他保持着安静与忍耐。这么说吧，他暗恋文戈，但当他知道文戈暗恋我的时候，他却什么都没做，只是静静地躲在暗处，继续守护着文戈。而他最终的爆发，应该就是文戈的辞世吧？沈非，我不知道我的估计是不是对的，你点个头吧！"

我没出声，点了点头。

尚午苦笑："所以说当年我能够那么坚决地拒绝文戈的示好，邱凌也是主要原因之一。那时候我也年轻，文戈的热情让我一度想要放弃一些东西，但每每激动时，脑子里便闪出邱凌那让人不寒而栗的眼神，继而马上清醒。"

"我怕他，我承认。"尚午最后叹了口气，"他是没有底线的，在他想要做些什么事情的时候。"

"接下来我们开始第二个例子吧，我们来说说岑晓。"尚午转换了话题，再次望向岑晓。这时，岑晓又一次举起了没有被我握住的右手，做出了扇风的动作。我连忙将自己的另一只手搭到她右边肩膀上。她愣了一下，放下了手。

尚午："岑晓，你所迷恋过的少楠会是谁呢？可以肯定他是真实存在的，因为你的受虐嗜好，绝对不可能只局限于幻想就够了。那么，当时的他，是蛰伏在你身边真实世界里面的谁呢？"

"看着我的眼睛，回答我，少楠是你的同学吗？"尚午的语速加快了，并且较之前更加高亢了，但他的语句又具备催眠术施展时的引导性。从我的工作与接收到的知识体系看来，这是不太符合常理的。催眠术需要柔和的灯光、缓慢的语速、低沉的声音，而尚午目前所施展的却完全相反。

突然间，我想起了集体催眠在现实生活中的典型案例——某保险公司清晨呼吼的口号。他们斗志昂扬，声音洪亮。接着，我又想起某种对外语疯狂的学习方式，也是用极快的语速与高调的呼喊，来完成自我催眠的。也就是说，面前的尚午，只是把集体催眠中的方法作用到这一刻对岑晓一个人的催眠上，甚至可以理解为，他是在强行地拉扯岑晓的思想跟着自己行进，用他独有的强大气场与人格魅力。

岑晓似乎想要抵触，但最终，也可能因为我在旁的缘故，她扬起了脸，并望向尚午的眼睛。她并没有回答，但尚午似乎已经从岑晓眼神中捕捉到了答案。他再次发问："是你的朋友吗？"

"是邻居？用人？保安？"尚午在继续，"或者，是你的亲人。"

岑晓的身体猛地颤抖了一下，这一动作被尚午快速收获并用更为快速与高亢的声音追问了一句："是你的爸爸？表兄弟？堂兄弟？叔伯……"

岑晓开始疯狂摇头，但却依然没吭声。可以肯定，这少楠是她亲人的身份被坐实了，但尚午一连说出好几个男性亲属后，却都没有得到收获。

尚午顿了一下，就一下，很短暂的一下："岑晓，少楠是你的妈妈，还是你的姐姐？"

岑晓被我握着的手猛地一紧……

"嗯！看来答案已经被找出来了，具备施虐倾向并在你的人生中充当着少楠身份的人，就是你同父异母的姐姐——岑曦。"尚午缓缓说道。

第十二章
姐妹

　　姐姐开始进入青春期，妹妹对她的病态依恋需求让她一度在其间感受到一种满足。接着，姐妹俩在没有人引导与教育的情况下，自己释放出了人性中对于受虐与施虐最为野性的需求。

33

在尚午用很平静的语调指出了少楠的身份就是姐姐岑曦后，岑晓的身体反倒有了一次很大也很明显的起伏动作。一个隐藏在心里很久，可能没有第三个人知晓的秘密，在这一刻终于被曝光出来，或许，对岑晓来说，也是一次重负被放下的释放过程。

尚午并没有停下："两个在家里得不到关爱的孩子，她们在物质上不用忧心的环境里洞悉着这个世界。她们知道，世界很大。但她们能够触摸到的却又很小。她们想要尝试更多的各种各样的人与人接触的方法方式，但因为没有男性的家庭环境，让她俩变得比其他孩子更加小心与谨慎。慢慢地，妹妹越发依赖，这一依赖转变成一种病态的需求被管理与责骂。姐姐开始进入青春期，渴望对性的触碰，妹妹的这种病态需求让姐姐一度在其间感受到一种满足。接着，在关了灯的大房间里，她们变成了她们自己所臆想出来的角色，接着，她们在没有人引导与教育的情况下，自己释放出人性中对于受虐与施虐最为野性的需求。"

"于是，我又可以将岑晓小姐你的人生，分割成两个不同的阶段。一个阶段就是你的姐姐岑曦在你身边的阶段。那个阶段，或者你俩都有某种羞耻感，但身体和心灵实际上都是满足着的。你们用着一种畸形的方式享受着姐妹情带给生活的大圆满，虽然明知不可为，却又如同毒瘾者般疯狂吸食着。这，实际上也是你为什么给你姐姐加个'少楠'的标签的原因。因为你们自己始终知道，这种关系是错误的。而第二个阶段，便是虎丘山之后，你被田五军伤害了。但在那些天里，你所迷信着的姐姐失踪了，并没有出现并保护你。于是，你心目中的少楠也在那个时间里消失了，对吗？岑晓小姐，请你尝试回答！嗯，尝试着说是与不是，毕竟想要走出阴霾，需要的是你自己坚强与决绝的面对。"

"是，但又不全是。"让我意想不到的声音响起，岑晓开口回答了。她的语速并没有比平日有太大变化，或者应该说这一刻的她又变成了那个普通也冷静的大学生。

被我握着的手在往回缩，我犹豫了一下，并没有应允，反倒将她握紧了。岑晓抬头看了我一眼，眼神中较之前多了些什么，不再只是惊恐，似乎还有某种豁达。我想，少楠的身份之谜被解开，可能是让她得以舒缓开来的关键所在。

"我曾经以为姐姐爱我，只是她爱我的方式与众不同罢了，就像我们家对面那姓仲的小胖子被他的大胡子爸爸毒打一样。但是事后，小胖子的大胡子爸爸又会用他毛茸茸的胡须与湿漉漉的嘴唇去亲他的脸，就像姐姐在打我的同时，又触摸我的身体并亲吻我一样。"岑晓变得安静下来，倾诉如同溪水般开始流淌，"不过有一点你说的是错的，我所迷恋着的姐姐并不是没有保护我，而是，她的施虐到了某种极致，不单是对我的身体，还包括对我的精神世界。最终，她用一种独特的方式完成了对我身心最大的折磨。"

"两年前，她认识了一个高个子男孩，也就是她们学校虎丘山驴友协会的发起者。从那天开始，她变了。她每天就记挂着那个男孩，而疏远我。晚上，我总是开着房门，想要看见披着长发裸露着身体的她的身影，但总是失望。我开始害怕了，我害怕失去姐姐，总感觉姐姐会用一种与众不同的方法离开我的世界。于是，我假装改变，假装和她一样对徒步有了兴趣。终于，我们决定开始一次徒步旅行，只有我俩。并拒绝了岑曦的男友因为不放心而要加入的要求。"

岑晓的语速越发平静："我们在那个早上出发了，朝着虎丘山森林公园深处行进。下午，我们遇到了暴雨。我们躲在一块断崖下面，面对着突然变化的可怕天气，想要打电话求救。但姐姐说，这就是徒步真正能够收获到的对大自然的征服感。最终，我们狼狈不堪地在那个已经昏黑的傍晚迈开步子，想要找一个相对来说干燥点的地方搭建帐篷。可就在这时，田五军骑着那辆破旧的三轮车出现在我们视线能够捕捉到的夜色深处，就像一头潜伏在黑暗中的猛兽，终于袭击而来。"

"在你被田五军带走时，岑曦是和你在一起的？也就是说，你被解救后，对警察说谎了？"我没忍住问了一句。

"是的。"岑晓没有看我，她依然看着尚午，"当我与岑曦被田五军极其粗鲁地捆绑并放到他的三轮车上时，我一反常态地冷静。因为我看到我一直以为坚强的姐姐，在因为害怕而哭泣，那么，之前她用同样的方法捆绑我的时候，作用到我的感受，在她的思维里就应该被理解为是痛苦的。她想要我痛苦，而不是让我舒服。"

岑晓叹了一口气："那一刻，我终于明白了这一点。紧接着……"

岑晓停顿了下来，似乎在思考。尚午却不失时机地说道："紧接着，你们被逮到了田五军的房子里，你们开始受到侵犯。但不同的是，你是享受着的，而岑曦是哭泣着的。"

岑晓依然沉默。

房间里开始安静下来，尚午没说话，岑晓也没说话。

而我，感觉自己像一个局外人一般，也不知道该如何言语了。接着，我开始想到我身后，还有着一位和我一样，在目前这个环境里，只能作为聆听者存在的乐瑾瑜。

我想扭头去看她一眼，但面前尚午那张刀削般的脸，又让我不敢有丝毫松懈。

只是，我完全不曾想到的是……我身后的乐瑾瑜，在这一刻却在……却在做着我们所有人都绝对想不到的事情……

不自知，也不自觉……人生是由若干不同的人为你搭建而成的，而他们要做的事情，也永远不可能是你能够准确估摸出来的，就像岑晓与她世界里的其他人——岑曦一样，也像我与我世界里的其他人——乐瑾瑜一样。

34 /

岑晓终于说话了，但话语声与抽泣声交织在一起："当田五军扑向我俩的时候，她如果和我一样顺从的话，那不就可以了吗？但她扭动着被捆绑的身体,想要拦在我前面。她哭泣着对田五军说我是个孩子,说我会害怕,会惶恐。她要求田五军松开自己,说自己是个成熟的姑娘,懂得如何取悦男人,能够让田五军满足的。田五军狞笑着,答应了岑曦的要求,并松开了她。接着,我被继续放在那辆破烂的三轮车上,我的头紧紧地贴着一块肮脏的绿色绒布,上面散发出难闻的腥臭味。我不想去看他俩正在发生的事情,但我没法回避,因为我被捆绑着,无法动弹。田五军的喘息声与岑曦的呻吟声,也注定了不可能被房子外面的风雨声盖住。"

岑晓终于将手从我手里抽了出去,并掩住了脸。她的声音在放大,说明她心里的结正在被解开,但这一解开的真相,又让人感觉害怕……

"我忘记不了姐姐当时的眼神,她满脸是泪地看着我……她为什么要看着我呢?她是想让我永远都不要忘记她的眼神吗?她是个心狠的女人,而且她是那么愚蠢。她竟然愚蠢到想要徒手杀死一个强壮的男人。怎么可能呢?怎么可能呢?"岑晓泣不成声起来。

"之后警察不是说没能找到岑曦的尸体吗?"尚午似乎也融入到岑晓描绘的两年前的故事中,"那岑曦最终去了哪里呢?"

"她……她……"岑晓又一次开始大口地吸气出气,"她被田五军杀了,她大大的眼珠因为硬物的撞击而离开了眼眶,美丽的头发被血液灌溉后如同搅拌后的蛋丝。田五军赤裸着身体拉扯着岑曦的头发往他房子后面走去,就像一个原始人拉扯着被他夺去了生命的猎物。因为害怕我逃跑,他也把我扛到了后院,放在他能看到的范围之内。接着……接着……"

"接着,他将岑曦分开,一点点地放入了石磨……"说出这段话的人是我,我延续着岑晓的话语缓缓说道,脑海中涌现的画面,是那个有着暴雨的夜晚,发生在深山里能让人彻底崩溃的画面。

"是……"岑晓还是在抽泣着,"姐姐没了,消失得那么彻底。之后田五军给我说过,他说那个石磨就是安葬他最为亲密的人的坟墓,包括他疯癫的妈妈,与他暴躁的爸爸,都被他终结在石磨与石磨后面那块肥沃的土壤里了。"

我努力压制着不让自己呕吐,脑海中古大力站在那块长着茂密草丛的黑土上举起一枚颗粒状骨屑的画面历历在目。目前看来,那骨屑的所有者是谁,甚至都已经没了定数。有田五军的父母的,也有岑曦的……

岑晓的声音淡淡的,与抽泣交织着:"田五军赤裸着身体,在那雨水中忙到了深夜。最终,他冲着我转过身来。雨水洗刷着他的身体,属于雄性的块状肌肉在夜色中朦胧却又粗犷。我,只是一个柔弱的小姑娘,一个在他面前只懂得流泪与呻吟的小姑娘而已……与他共度的那7天,也是我这辈子唯一与成年男性共同度过的7天。我亲睹了他对背叛者岑曦的惩罚,因此越发感激他将我生命的保留。那么,他对我身体的蹂躏,实际上不过是他迷恋我的一种表现方式而已。可能在你们大部分人眼里,他是残暴的、疯狂的。但我那几天感受到的他,却又有着细腻的一面。他没读过什么书,不懂得如何表白对我的感觉……渐渐地,我发现我对他改观了,甚至在最后被警察解救的刹那,我骨子里开始有了一种逆反,不希望被带出那个破烂的房子。因为那个房子里虽然弥漫着血腥与残酷,但是,那房子里又有着原始的忠诚与更为原始的爱的表达。"

"岑晓,我可以说,你这种状态叫作斯德哥尔摩综合征吗?"我打断了她越发蕴含情感色彩的讲述,"你不自觉地与绑架者成为一种相互依赖的关系。"

"沈非先生,我觉得现在最需要的是让岑晓小姐继续吐出积压在心底的东西。心理医生每天最日常的工作就是聆听,而不是自作聪明地打断。"尚午冷冷地说道。

我扭头去看他,想要反驳,可尚午紧接着又补充了一句:"你我不放任她把心底的罪恶全部诠释,就永远不可能知道她意识世界里的真相。"

他笑了,望着我笑着:"就像你永远不会知道文戈意识世界里的真相一样,因为你从来没有尝试去探知她所犯下的罪恶。"

我的嘴张开着,却没有字符被吐出。因为尚午说的话是对的——岑晓在剥开自己、展现自己的同时,她潜意识中倾向于罪恶的一面也得以大肆滋长。作为一位心理医生,我需要加以引导,这一做法并没有错。但,我知悉最终的真相吗?又知悉岑晓思想中真实的感受吗?那么,在我并不知道真相之前,我尝试着做出任何举动,有用吗?

岑晓似乎没有听到我们的对话,她自顾自地叹了口气:"不错,我是对警察说了假话,就像我乞求田五军不将我碾轧成汁液与肉沫时许诺的那样。我说岑曦失踪了,可能被掩埋在那晚的一场泥石流里。我说田五军最初是想帮助我,独处一室后他才无法控制自己。最终,他被判了十年关进了海阳市监狱。这一切似乎到此结束了……"

"是的,我以为结束了。但我开始了失眠,满脑子都是岑曦以另一种形态从石磨边缘溢出的画面。我努力让自己不去想那一切,接着我尝试去回忆幸福快乐的东西。但我再次失败了,因为让我痴迷的所有幸福快乐的场景里,都是少楠或者岑曦存在的世界。在那极度瞌睡但又无法睡着的深夜里,我的少楠被碾轧成碎片,碎片在暴雨的天空中飞舞着,最终汇合,汇合成一具赤裸着的有着肌肉的男人身体,并朝着被捆绑的我大步迈了过来……接着,这一系列的画面构成了一个世界,让我一度进入其间,无法自拔。是的,我看了很多心理学书籍,知道了自己可能患了重度抑郁症。我也长期受到木僵的折磨。很多抑郁症患者不断想做的是自杀,而我……而我……而我却在这折磨中,有了某种精神上的变态的满足。"

岑晓低下了头,双膝并拢,手肘抵在膝盖上,用手掌撑着脸:"我戒不掉……我真的戒不掉。我每次去海阳市监狱的时候,都反复问自己是来做什么的。当我端坐在田五军面前,尽可能让他得到某种满足时,我感觉极度羞耻,同时却又那么舒坦。最终,在回市区的路上,我总是坐在大巴车的最后一排,望着窗外的世界默默流泪。我想岑曦了,我真的好想她……但她已经变成了碎片,碎片聚集后,幻化的人为什么会是田五军呢?为什么呢?"

我摇了摇头,用手掌贴到她的脸上,温热的手掌能让人镇定与感受到安全:"岑晓,我们也查到过一些东西,结合你现在所说的,我也能推断出某些情节。田五军越狱的消息传来后,你母亲的第一反应是将你带到安全的地方,可当时的你,或许还心存某种期望。

最终，田五军被击毙的消息传来，你的失常让你母亲大惊失色，所以她连忙将我叫到了你家。而我走进你房间之前，你想要做的事情，是不是想要给田五军点上一支蜡烛，为他的亡灵祈福呢？只是，你在点亮蜡烛以前，再次陷入了木僵？"

"不！"岑晓的脸在我手掌上微微地蹭了几下，她是在尝试感受温暖，"沈非，我不是要给田五军祈福。我是想将这一抹烛光送给少楠，送给岑曦……我对自己说，都已经过去了，一切都已经过去了。我需要一个新的人生，一个正常的人生。妈妈在那天下午给我说了你的故事，故事里的你，死守着你对亡妻的承诺，情感世界里充当着一名苦行僧，但外表又不会散发出一丝丝悲伤情愫。于是，你的故事感染着我。我还只有23岁，我有机会走出阴霾，而不是永远沉浸在可怕的世界中。沈非，那天晚上我想和你发生什么，真的非常想要。可是，你知道你在拥抱我时说了三个什么字吗？"

"我说了什么？"我开始纳闷，记忆中那晚自己并没有胡乱说话。

"你喊了另一个女人的名字，那个名字不是你的亡妻文戈，而是一个三个字的人名。"岑晓抬起头来望向我，眼神中有着悲伤，但没有了之前的那种绝望。

"能告诉我那个名字吗？"我边说边扭头看了一眼，因为我不能确定岑晓所说的是什么，也不能确定她说的是真是假，但是我相信，她即将说出的名字，很可能会刺激到乐瑾瑜，甚至可能那名字就是……就是……

木门边空无一人，之前倚在门边的她并不在。她是什么时候离开的我并不知晓，我的全部注意力都在尚午与岑晓身上，身后就算有某些动静,似乎都无法刺激到我的世界。

"你说出的名字是乐瑾瑜……很清晰的三个字——乐瑾瑜。"岑晓将这个名字说了两次。

"哈哈!"尚午那高亢的尖啸声响起,"真可笑,昨天下午还让你感动着,甚至想要与之发生什么的男人,几个小时后,却喊着另一个女人的名字。看来,文戈选择去死,并不是愚蠢的。所以说,这个世界上真没有永恒,有始有终只是个笑话而已。岑晓,其实你要明白,人的一辈子要经历很多很多东西,所有的经历,都是改写你人生的关卡。内心的强大,会保障你在各个关卡面前都不会受到影响。岑晓,介意听一个故事吗?一个关于我的故事,也是一个关于最深爱的人支离破碎的故事。"

岑晓没回答,但抬起脸望向了他。尚午似乎害怕我打断,又补上了一句:"沈非,你也应该听听,因为这个故事里面也有你。"

"是吗?"我还是望着岑晓,思想却延伸向乐瑾瑜。很多很多的片段,从记忆最深处被解锁释放——那当日浅笑着的学妹,那一度纯真的年轻讲师,以及那怀着小小心思的白大褂精神科医生。渐渐地,我发现我似乎一直在辜负谁,但这个人又似乎不是她,也似乎不是文戈……

或者,我所辜负的人是我自己……

"我的人生本来是正常的,我也不应该走入今日这么个疯癫的世界。"尚午的声音开始了,"沈非,我人生的改变,是因为文戈,因为那个如同魔鬼一般的少女。"

我有点呆滞地扭头望向他。尚午却避开了我的眼神,甚至也避开了岑晓望向他的眼神:"我在师范时就认识了缪晓茵,她和我一样,是学音乐的。那时候整个城市里也没有几架钢琴,于是,我们会从学校里转三次公车到市剧院,晓茵的叔叔在那里上班,而那里,有一架让我俩为之痴迷的钢琴。"

"沈非,其实像我这种人成为疯子是很容易的,因为我太过痴迷于自己喜欢的东西。当然,我现在是否是个疯子,也是很多人在争议的。但我自己给自己的定位,却是疯子无疑。我的人生曾经一马平川,各种美好琳琅满目。我和晓茵一起毕业,一起开始了我们的音乐老师的人生。我们悄悄地约定存够五千块钱后就向双方父母开口结婚。尽管我们的人生道路简单平凡,但我们自己却觉得华丽也充满音符。但……但文戈出现了。"尚午深吸了一口气,"她走入我的折翼音乐社时,头发随意地扎着。她皮肤白皙,五官姣好,像她这样的高中生身边一般都会有男生跟着。是的,始终跟在她身后的,就是邱凌。"

"文戈的音色很好,对音乐有着很高的天赋。她弹风琴的样子很美,就像一个来自另一世界的仙子。不单单是我自己这么认为,晓茵也是这么认为。但是不知道从什么时候开始,文戈望向我的眼光变了,望向晓茵的眼光也变了。我承认在晓茵不在的角落里,文戈那散发着腥味的胴体芬芳一度让我把持不住,但最终,我还是决绝地拒绝了。也就在我拒绝了她的那一晚,听说他们班上发生了野猫的尸体被折成几段的恐怖事件。而也是从那天开始,晓茵时不时告诉我,晚上总觉得有人在她的宿舍外游荡。"

尚午的音调开始降低了，声音中散发的哀伤气质与他的模样似乎并不搭配："某个清晨，有人在学校旁边的铁轨上，发现了一具被列车碾轧成碎片的女人的尸体。而也是那天早上我发现，晓茵不见了。于是，我的世界崩塌在那个清晨，所有的计划与憧憬，所有的未来与构思，全部崩塌了。晓茵是不可能自杀的，绝对不可能。那么，她又是因为什么而成了铁轨上的碎片呢？"

"我那时很年轻，很多问题我不敢妄自猜测。就算我有过怀疑，最终也听从了公安刑警的抚慰，等待着他们许诺的最终真相。这个真相我等了很久，从我离开学校，到我逐步明白这个世界终将走向末日……几年过去了，很多人似乎都忘记了晓茵曾经来过这个世界，但我并没有忘记，也永远不可能。"

35

尚午说到这里深吸了一口气，那吸气的声音中，我可以听到鼻涕开始滋生。也就是说，他的情绪在消沉，他的大脑里开始分泌出那些负面的神经递质——去甲肾下腺素和皮质醇等。神经递质在他的身体里快速奔跑着，泪腺因此被打开。纵使精神世界再强，也无法真正幻变成只有对错黑白的机器……

尚午也只是一个普通人而已。

"于是，后天的这一次巨大刺激，将我的整个世界都颠覆了。我开始用绝望悲观的情绪看一切，所学的心理学、教育学以及音乐方面的浪漫情怀，又都成了我能够驱使身边的人和我一样感受这些绝望的利器。但，没有人真正明白，我的末日，在晓茵离去的那个早晨就已经拉开帷幕了，至于这个世界的末日，在我眼里，又有什么所谓呢？"

站在铁栏杆这边的我思维不觉跟随尚午开始飞远。是的，我的世界也一度崩塌在文戈离开后的那个早晨，她的支离破碎，也一度让我不敢去直面。从那天开始，我的人生是完整的吗？似乎不是……那么，我是不是也像尚午一样呢？我的末日，实际上在那一个早晨开始，就已经拉开了帷幕呢？

尚午的语调终于放缓了，声音也逐渐低沉下来，柔和，并且悠扬……

"这世界本就是苦的，从我们有意识开始。我们压抑在狭小的子宫里，我们被挤压在细长的产道中。我们会害怕孤独，会尝遍苦涩。没有人能够真正引导我们成为我们想要成为的人，也没有人会告诉我们生命是否就是对苦难的一次尝试。不曾想到的是……成长伴随着的是撕裂的阵痛。很多人以为自己成熟了，实际上他只是压抑了他承受不起的痛；很多人又以为自己豁达了，不曾想他只是被伤得彻底麻木。沈非，你人生的句号画在文戈离去的早晨。岑晓，你的人生终点，是那下着暴雨的夜晚。那么，你们其实都没必要压抑，痛苦本就是人生真正的滋味。放肆就是了，生命不过是一次体验，你俩的体验终结了而已。"

尚午的细长眼睛中放出柔和的光来，他往后退了两步，进而缓缓张开双臂……

我的思绪突然间清晰过来，被邱凌设置的用来抵御尚午催眠的梗施展了作用。但尚午的声音还在继续着:"走进吧!走进我的世界,也走进我的怀抱……"

同时,身边的岑晓却已经站起并往铁栏杆一边的铁门走去。我意识到可能要发生什么,一把伸出手想要将她抓住,但是对面的尚午突然大声吼叫了一声:"沈非!你过不去文戈这个坎的。"

我愣了一下,也就在这一瞬间,尚午往前冲出一步,并一脚踹向铁门。奇怪的是那扇铁门上的锁好像压根就没起作用,铁门被踢开了。

尚午冲出了牢笼,他一手将岑晓脖子钩住拉到自己面前,另外一只手比画到了岑晓脸上,一柄短小的金属制品被磨得非常锋利,抵在岑晓的左眼眼球下方:"往后!沈非,给我往后退。"

身后门外传来了凌乱的脚步声,第一个冲进来的是李昊:"尚午,放下武器,别冲动。"

"居然还有警察?"尚午笑了,声调也高亢起来,"嘿嘿!居然还有警察。那么警官先生,麻烦你告诉你身后的所有人,一个精神病人将一根利刃通过少女的眼球扎进去,最终搅乱她脑浆的行为,是否需要负法律责任?"

"尚午先生,求……求你不要这样。"韩雪和邵波挤在门口,他俩身前的李昊将手伸开,不允许他俩进入房间,怕刺激到尚午。

"不要怎么样?嗯!我是个精神病人,行为无法受到控制。"尚午大笑起来,声音尖锐高亢,感觉那么刺耳,"况且,韩女士,你有没有想过,对于岑晓来说,这或许也是她想要的解脱呢?她在两年前就应该和她姐姐一样,消失在虎丘山。但她没有,她苟活下来,还纵容了一个罪犯在这世界上和她一样苟且着。杀死了岑曦的凶徒没有被枪毙,反倒得到了救赎。那么,凶徒之后再次犯下的杀戮,是不是本就应该让放纵了凶徒的人来承担呢?"

尚午右手明显在用力,一滴圆圆的血液,从岑晓那深色的眼袋皮肤上渗出。尚午继续着:"罪恶,以各种各样的方式残留着。或许,法律确实是足够公正的,但是执法者与其间的每一个当事人,又都是组成这个法制社会的一员,那么,他们也都是法律的制定者。各种各样的缘由,让罪恶得以从这些制定者的缝隙间得到解放。晓茵被文戈杀死了,而她依然可以无邪地继续自己的人生。邱凌成了梯田人魔,他却依然在我隔壁悠闲地发着呆。田五军的手上沾满人血,他却有机会再次离开监狱,制造罪孽。"

"有公正吗?这位警官,你不要回避,有公正吗?有吗?"尚午嘶吼着。

李昊腮帮上的肌肉再次紧了紧,他望向尚午的眼光开始变得镇定下来。接着,他将帽檐端了端,声音依然沙哑,但是浑厚与庄严:"尚午,法律是我们人类社会之根本。你说的我承认,有个别人钻了法律的空子,但之所以能够钻法律的空子,也正是法律的条款足够公正与一丝不苟造成的。那么,我们每个人都可以质疑法律,但是也请你不要忘记了,法律是强制执行的,和法律一样,维护着这个社会得以稳定与秩序的另外一个准则,叫作道德常规。人类文明几千年里,犯下罪恶却又没有受到法律制裁的人们,他们最终能否逃过道德的审判?光鲜的背后,他们能真正安心睡着吗?他们的深夜,就是一个将他们囚禁着不断鞭策的牢笼。"

尚午的身体有着一个很明显的颤抖的动作："不要说了，我也不想听。"

他收住了笑，细长的眼睛里放出凶悍的光芒："现在，请你们都进入我居住了两年多的这个病房，全部人。"

他一边说着，一边挟持着岑晓往旁边墙壁移动。岑晓的双眼紧闭着，脸颊上的肌肉有微微颤动的痕迹。但我并不认为是因为她害怕或者感到恐惧，相反，应该只是因为眼部受到刺痛而产生的生理反应而已。

我们在尚午的低吼声中一个个往铁门里走，也包括之后赶来的安院长与当班的两个保安。李昊却纹丝不动，依然企图用他那强大的气场来镇住对方，让尚午投降。

最终，韩雪近乎癫狂的叫喊声在整个病房里回荡："警官，求你了，我只剩下一个女儿了，我不能再失去她了。"

"嗯！或许，你首先要看到她的眼球像一个气球一般爆开吧？"尚午淡淡地说道。

李昊终于叹了口气，走进了铁门里。尚午要求韩雪捡起地上的铁锁，将铁门扣上，最终，他笑了："真的很感谢你们，冥冥中很多东西，都是有着神的安排，那么那么地神奇，也那么那么地不可理喻。我父亲是一个锁匠，我只需要一条金属制的东西，就能打开这世界上的大部分锁具。而今天在韩雪提出想要我和她女儿聊聊后，我就在房间的角落里莫名其妙地收获到这个神送给我的礼物——铝制的掏耳勺。"

"我从来没有觉得我会和一号病房、二号病房的病人一样，被永远囚禁在这里。我也一直知道我迟早会成功地脱逃。只是，我没有料到的是，一切居然都来得这么具有戏剧性。我能够偷听到邱凌和沈非的对话，接着韩雪走入我的病房，我所预先知道的情况，瞬间成为我捕获韩雪信任的武器。接着，我有了开锁的工具，并有一个已经脆弱的灵魂——岑晓即将送入病房来成为我的人质。至于变数……"

尚午顿了顿，他似乎也享受望着铁栏杆里我们被困住的场景："变数，就是你——沈非。你的出现，让我也有了情绪上的波动，但所幸你在我的世界看来，不过也只是个废物而已。对了，这位警官刚才那段话说得很好，他提到了道德。是的，犯下罪恶的人，他们不可能真正得到救赎。沈非，晓茵是被文戈杀死的，至于具体的细枝末节，我没有揣测过，本就没有任何意义。因为最终一个很简单的实验，就能确定这一真相。记得'灵魂吧'的那段视频吗？那是我故意留下的，我那不听话的妹妹，滥用催眠术夺走人的生命。实际上她自己的悲观，本也是她得以催眠别人成功的缘由。于是，我阻止了她继续犯罪，送她解脱了。接着，我想起那段时间查到的关于文戈的近况，她有个心理咨询师丈夫，在犯罪心理学方面有着一定的造诣。并且，他还会帮助市局刑警队侦破一些案件。"

尚午再次看了我一眼："知道吗？文戈和我一起作过一个曲子，叫作《逝者的夜曲》。她这一辈子都不可能忘记那个曲子，也不可能忘记我的。同样，如果是她夺走了晓茵的性命，那么，她也不可能忘记晓茵。于是，'灵魂吧'的时钟被我弄了一下，看似因为没电而抖动着的秒钟，实际上是在重复《逝者的夜曲》的音符。而《逝者的夜曲》中最后一句就是——没有人能被救赎，惩罚她的是她自己的整个世界。"

我颤抖起来,身边的邵波一把将我肩膀搭住。尚午耸了耸肩:"果然,文戈死了。那也就是说她默认了自己应该受到惩罚,不可能被救赎。沈非,照这么一想,当年困扰她的抑郁症的缘由,便也很容易被拧出来——她躲不开记忆中晓茵那张微笑的脸,她每次闭上眼睛看到的,都是晓茵被车轮碾轧得支离破碎的残肢。最后,她只能用同样的方法接受她应该受到的惩罚!"

"逃不掉的!每个人犯下的罪恶,都逃不掉的。不管是谁放纵了他的逃脱,都会受到惩罚。"

尚午一边说着,一边挟持着岑晓继续往后退去。可就在这时,他的背后,也就是木门外的走廊上,一个厚实的身影不知道什么时候出现了,是那个有点肥胖的保安。他紧皱着眉头,表情异常严肃。接着,我们清晰地看到他在尚午身后举起一根不知道从哪里随手捡过来的木棍。

"这世界上,本就没有宽恕!从来没有!"这是我们听到的尚午在这个世界上最后的声音。

那并不粗的木棍狠狠地砸到了尚午右边的太阳穴位置,他握着用掏耳勺磨成的利刃的手在那一时刻也被保安老刘给一把抓着按了下去。

血,从他太阳穴位置往下流淌,他的身体开始往下滑落。老刘手里那根木棍被收回,昏暗的灯光下,我们发现那木棍上竟有一根细长的铁钉,钉子已经被染成了暗红色,一滴浑浊的血,正从钉子尖端往下滴落。

第十三章
重生入魔

我想起了乐瑾瑜随身携带的那把解剖刀,与她在第一次知悉邱凌就是梯田人魔时说出的那句话——她说……她说:"好想剖开邱凌的脑子,看看里面是什么样子。"

36

和尚午一起缓缓倒下的，是岑晓那高挑的身影。不同的是，尚午在抽搐，生命如同电池里最后那一丝丝电流，正在慢慢耗尽。而岑晓却只是端坐在地上，嘴微张着，起伏的胸部说明她在急促地呼吸。

老刘瞪大着眼睛，慌张地看着木棍上那细长的铁钉。到安院长喊他，他才回过神来，连忙跑过来用钥匙将铁门打开。韩雪最先冲了出去，蹲到地上与岑晓抱成一团。李昊掏出电话一边拨打着，一边用手触碰尚午的脖子，最终扭过头来对我与邵波摇了摇头。

我有点木木地落在最后。我并没有走出病房，左右看着，上下看着，感受着一位心理学专家被禁锢在这么个空间里的感受。接着，我在这狭小房间里尝试着走动，思考……最终，我的目光停在了挨着邱凌病房的那堵墙壁上。尚午说手里的金属制品是神赐予的，但我知道那应该来自哪里。只是，邱凌是用什么方法将掏耳勺递过来的呢？

墙壁上方大概两米高位置上的一个黑点将我的注意力吸引了过

去。我跳上床，踮起脚去触摸那个黑点，发现那压根就是一个凹进去的小洞。

邱凌之前是国土局的员工，他有足够的渠道与资源拿到这个城市里属于国家土地的任何建筑物的图纸。那么，在精神病院新院区投入使用前，他也很有可能作为相关单位的办事员进入建筑……

我缓步走下床，思想却开始放飞……曾经，我一度以为邱凌做出的所有所有，就是想要完成对我的惩罚，让我直面文戈的离世，感受和他一样刻骨铭心的伤痛。况且，我也一度以为这就是他全部的目的，用来悼念，也用来缅怀。

我承认，我曾经恨过。我在漆黑的深夜蜷缩在房子里面，咀嚼着没有了文戈后干涸的生命，并将她的离世原因归到身边某些人身上，潜移默化想要将这些原因转换成仇恨，再用仇恨来缓解心痛。但最终，我知道文戈的世界和我们每个人的世界一样，是浩瀚的。无论任何人如何游弋其间，所见的也始终只是某个角落，那么……

很多东西，只是一个人的事……那么属于年轮中的一切一切，只是文戈一个人的事，与世界无关，也与众生无关。

我环视着面前的人们。他们代表着众生百态，或心伤，或心痛，或焦急，或好奇……每个人每天都有无数种不同的情绪占据他的思想，每一个喜好与厌恶都藏在内心深处……而精神病人最大的特点就是，无法控制住自己的情绪，放纵自己一厢情愿的诸多冲动。

邱凌，你是个精神病人吗？如果不是，那你为什么要如此放纵自己对尚午的恨，甚至不惜制造出如此多的是是非非，最终来完成对尚午的处决呢？

我再次环视大伙,却猛地发现,乐瑾瑜并没有在现场。紧接着我意识到,实际上我与尚午、岑晓聊到中途的时候,她就已经不见了。当时我以为她只是出去了,但如果她出去的话,在之后出现异常时,她应该是第一时间跟随李昊、邵波他们几个冲进来才对。

"邵波,乐瑾瑜呢?她离开负一层了吗?"我走出铁门冲邵波问道。

邵波一愣,紧接着冲他身旁的李昊沉声道:"对了,乐瑾瑜呢?她不是一直在病区里面吗?"

她没出去过?我有了种不祥的预感,甚至并没有细细思量什么,便径直朝着门外冲去。

"我就觉得邱凌那里的监控屏幕有什么不对。"李昊也意识到了什么,大步跟在我身后。

但我们冲出木门后,面前一副惊慌失措表情的老刘却不知是有意还是无意地站在我们身前,拦住了我们的路。紧接着,我发现他脸上露出一丝让人不易察觉的微笑,并用一个和他的身份格格不入的优雅姿势往旁边一让,并弯腰伸出右手做出了一个"请"的手势。

是的,我们在冲出几步后看到的只是洞开着的木门与里面那洞开着的铁门……邱凌不见了。

那晚的精神病院外停了差不多十辆警车,包括汪局在内的海阳市公安局跟刑侦有关的人全部过来了。案子似乎并不惊世骇俗——一位精神病人从精神病院逃脱,他挟持抑或协助他的人,是一位年轻的精神科女医生。而另一位精神病人死了,他以为得到了神的眷顾，获得了一次完美的逃跑机会。但最终发现，他不过是掉进了一个完美的精心布置的圈套，死在一位保安"无意"的棒击下。

李昊虎着脸，亲自将老刘领到其中一辆车的后面，开始了突击审讯。大批刑警进入新院区的负一楼，企图捕捉邱凌逃跑的痕迹。但实际上，压根就不用捕捉，以邱凌一贯的严谨，是不可能留下太多痕迹的……

最终确定的案情结论是：在我一直感觉如同隐藏着猛兽的走廊尽头，那暗影深处其实还有一扇门的。但新院区尚未完全投入使用，于是只开了一边的门。同时，为了省电，没有病人的那片病区的灯泡甚至都被摘了下来。邱凌趁着我们所有人的注意力都被尚午吸引时，与乐瑾瑜一起通过那扇门离开了负一层。医院门口的监控探头里清晰地拍到乐瑾瑜开着一辆深色轿车离开医院，那画面里面，乐瑾瑜的脸部表情看得并不清晰，但是据保安说，当时乐医生只是冲他们笑了笑，说出去还车。

慕容小雪查了车牌，是租来的车，租车人就是乐瑾瑜，时间是下午7:24。这时间据邵波说，就是他们给乐瑾瑜打完电话之后。

老刘并没有隐瞒什么，相反，他很快就变得坦然与豁达。因为警队的纪律，我和邵波只是通过李昊的简单复述知道了大概：老刘确实当过兵，但复员后，他一度也是个小老板，在老家接了几个工地做得不错。但五年前，他在海阳市读大学的女儿不见了。

老刘找了四年，最终找到的只是一抹漆黑的焦炭。就算是这抹焦炭，也只是在警方档案袋里的照片里。被尚午洗脑后迷信末日论调的老刘的女儿，选择在一个午后自焚。那年轻的生命焚烧后的青烟,飘了好远。于是,老刘不想让女儿就这么白白死去,他要复仇。他固执地认为,犯下罪孽的人,不应该只被囚禁在精神病院里安逸地活着。

老刘应聘做了保安,满脸微笑面对精神病院里的每一个人。他小心翼翼地捕捉着,期望逮到一个机会,将尚午绳之以法。但他的这一小小心思,被国土局派过来检查新院区的邱凌敏锐地捕捉到了。

据李昊说,老刘始终是笑着的。在老刘看来,邱凌是坦诚的,邱凌和世界上大部分心里有着阴暗心思、表面上又要假装道貌岸然的人不同。老刘还说了,自己在邱凌的影响下,仇恨被抹杀了,觉得只要保证尚午不再出去害人就够了。至于自己将尚午误杀,不是本意,谁让楼梯口正好有这么一根断了的椅子脚呢?自己怎么可能想到上面居然还有一根钉子呢?

李昊最终愤愤地说:"尚午的死是误杀,这是事实来着。只是……只是……嗨!不说了。"

那晚,我再也没有说话。市局送我和邵波回去的路上,我一直望着窗外黑漆漆的世界。是的,那暗影中潜伏着一只只"猛兽",它们悄无声息,它们摩拳擦掌……

我脑海中来回放映着关于乐瑾瑜的一切,她那扬起笑着看我的脸,她那淡淡的芬芳与素色的长裙……接着,我想起了她随身携带的那枚解剖刀,与她在第一次知悉邱凌就是梯田人魔时说出的那句话——她说……

她说:"好想剖开邱凌的脑子,看看里面是什么样子。"

我不敢继续往下想。

瑾瑜,这一刻的你,又在哪里呢?

37

距离邱凌离开海阳市精神病院已经7天了,距离乐瑾瑜离开我的世界,也已经7天了。

最初,是没有这个世界的。

上帝说:要有光,于是就有了光。上帝觉得光是好的,于是便带来了黑暗。世界有了清晨,有了拂晓,也有了长夜。

第二天,上帝造了空气,那时应该是清新的,他大口呼吸,感受舒适。

第三天,他分割了水与陆地,并给予了青葱的植被。

接着的第四天,上帝挥了挥手,漫天日月星辰,我们有了节令、日子、月份和年岁。

第五天,生命来到了这个世界,有飞禽、游鱼以及繁衍的权利。

到第六天,陆地上的生物开始各从其类。接着,亚当睁开了眼睛。

亚当说:"我万能的上帝啊!你让我成为万物之灵,但是我依然孤独。我愿意用我身上的一根肋骨,换一位美丽的同伴。"

于是,有了夏娃。亚当与夏娃亲吻、缠绵。最终,有了我们整个人类。

到第七天,上帝累了,他去休息了。所以,我们才得到了一个礼拜日，可以放下工作。

乐瑾瑜还活着吗？她那散发着芬芳的美丽胴体，是否还温热呢？我不敢想象她与邱凌在一起后会发生什么，甚至我一度祈祷，希望她是邱凌的一个一直隐藏得很完美的同伙。那样，她就不会受到伤害。

我照常上班，照常下班，但是我推掉了所有的病人，一个人有点木讷地坐在诊室里。我来回走动着，捕捉着每个病人在这房间里有过的各种不同的坐姿，感受着他们各自的世界。陈蓦然老师好几次提出想和我聊聊，在我的诊室或者去他那边，都被我婉拒了。彼此都是心理咨询师，那些方法方式在彼此眼里，反而会激发骨子里的不屑，进而迸发出逆反。这一点，陈蓦然老师自然是知道的，于是，他也没有勉强，摇着头离开。

必须承认，其实我们心理咨询师这个行业里的大部分人，都不可避免地有着各种不同的心理障碍。我们每天端坐在一个并不宽敞的房间里，拉着深色的天鹅绒窗帘，开着柔和并不刺眼的灯。我们会举止优雅地点上香薰炉，就像个蓄谋已久的巫师。接着，我们会用假面面对我们的病人，仿佛真实世界里的我们不曾经历人生的欢笑苦楚带来的激动与心痛。或者，我们不过就是一块软软的无力的海绵，我们也没有真正的法器让人们的心理疾病快速痊愈，甚至我们连出具处方药的权力都没有。好吧，那就让我们这些海绵开始吸收吧……

阴暗的、忧郁的、仇恨的、恶心的……所有所有的负能量在我们狭小的房间里弥漫，我们依然要微笑与缓缓地引导。之后，病人一个个得到了释放。他们走出诊室的门，眯着眼睛重新打量阳光。而我们，还是在微笑着，微笑着目送他们离去。我们转身，我们沉默，我们开始用我们的专业知识，来磨掉刚刚吸收来的不应该被留下的负能量。

真正遍体鳞伤的，又究竟是谁呢？

上帝创造了世界，用了六天。乐瑾瑜离开我的世界的一刻，是六天前的午夜1点……我独坐在客厅，望着墙壁上文戈的相片，脑子里却想着另一个女人。

时钟过了12点，第七天到来，上帝创造完世界，开始休息了。

就在我还处于这极度低迷状态时，手机却突然响起，将我的思绪拉回现实。我依然迟缓地伸出手臂，纳闷着谁会在这午夜1点打电话过来。但紧接着，我从椅子上猛地站起……

是乐瑾瑜打过来的。

"瑾瑜！你在哪里？"我急迫地问道。

那边没人说话，但是隐约能够捕捉到鼻息声。

"是你吗？瑾瑜，是你吗？回答我。"我大声说道。

还是没人说话，但机器的轰鸣声响起。

"是邱凌吗？你是邱凌吗？回答我。"我再次说道。

机器声停止了……

"嘿嘿！听到这机器的声音吗？沈非，这是一柄崭新的电锯。我以为现在的电锯还会像电影里面一样发出悦耳的马达声。目前看来，我错了。"

说话的是邱凌。

我近乎疯狂:"你想做什么?邱凌,你够了,乐瑾瑜与这一切都无关,你不要伤害她。"

"哦!你在命令我吗?我建议你还是选择求我吧!"邱凌似乎在笑,"用你所掌握的最华丽的词藻,看看能不能打动我。"

客厅里握着手机的我莫名地、下意识地跪到了地上:"邱凌,我求求你,别伤害瑾瑜。有什么你需要的,冲着我来就可以了,她与这一切都无关。"

"不,她怎么可能会无关呢?之前我觉得,她可能真没有太多干系,乐瑾瑜不过是个迷恋你这么一个衣冠禽兽家伙的傻孩子而已。可这会儿给你打这个电话的过程中,我欣喜地发现,她与你我,与你我共同的文戈,都有着很大的干系。因为……因为她是你辜负文戈的铁证……"邱凌的声调开始提高了,有点透着尚午的那种味道,"嗯!这个铁证应该算人证,还是物证呢?"

"邱凌,我求你了,放过乐瑾瑜。我求你了。"我开始变得语无伦次,"我求求你了,求你了。"

"等一下,沈非,你别打乱我的思考。对了,她现在应该还算人证。不过,如果她失去了生命的话,那才算是物证。沈非,你不是在犯罪心理学方面有不少心得吗?那你对于刑法和刑事诉讼法应该也有了解才对,你说说,我这样理解对不对呢?"

我感觉到自己的心在发颤,就像每次陷入对文戈的万般思念时一样。我深吸气,深出气,眼泪却夺眶:"邱凌,你需要我怎么样做?怎样做才能让你放开乐瑾瑜。"

"沈非,看来我也不需要请求你别报警了。这一刻,我在郊外废弃的电梯修理厂,这里是……这里是第三修理车间。从你家开车过来,40分钟够了,其间有13个红绿灯,那么你有13次机会对着红绿灯扬起脸,让你的警察朋友之后在监控中捕捉到你失态的表情。对了,这一路上你还会经过六个银行和一个超市,这六个银行和超市门口都有摄像头,如果你将车开得靠路边一点的话,它们都能够将你记载下来。"邱凌顿了顿:"沈非,你看,我为了给文戈复仇,做了多少的功课。整个城市的监控探头,在我脑海里面,就如同布满星辰的天空,没有一个会被我遗漏。"

"行!我马上过来。"我边说边抓起沙发上的外套,就要往外走。

"等一下。"邱凌打断道,"沈非,你现在还要做一件事情。我需要你给你的那位警察朋友发个邮件,告诉他你接到了我的电话,要你来电梯修理厂找我。假如我没记错的话,你常用的邮箱是EM邮箱,这个邮箱有一个功能,是可以延迟发送。所以,我希望你将发送的时间设置为58分钟以后,因为从市局到电梯修理厂要用的时间只是22分钟,再加上你发邮件5分钟。那么,你我就有45分钟的时间聊天,正好是一次会诊的时间长度。我想,已经够了。"

说完这句,邱凌径直挂了电话。

我如同被他远程操控着的木偶,快速按照他的指令,将邮件写好。当我在收信人地址位置输入李昊的名字时,我有短暂的停顿。是的,我在犹豫,是不是应该现在就通知李昊,让他能够及早采取措施,看看有没有可能提前救出乐瑾瑜。

但我很快就否决了这一念头,因为邱凌的可怕……他,总是能够像一位生活在我世界里的幽灵，掌控着我的一举一动。况且，这七天时间里，一个如他一般严谨与心细缜密的家伙，可以做很多事情，也可以布置好很多陷阱与阴谋，来完成今晚他要上演的节目。

我走入电梯，快步走向我的车。我启动，加速……

我按开了车窗，已经中秋时分了，寒意较之前更甚。这一丝丝的寒意，又好像潜伏在暗影中的猛兽所释放出来的箭矢，一一击向我的颜面，并顺着我的衣领，刺入我的身体。我眼神发直地望着前方，脑海里满是乐瑾瑜那张浅笑的脸，空气中似乎也依然有依兰依兰花的芬芳……

最初，上帝创世以前，是没有这个世界的，混沌一片。那时候，没有生命，自然也没有知觉，也没有情愫。那么，也没有烦忧，没有苦恼、爱与仇恨。

38

废弃的电梯修理厂在夜色中沉睡着，门口的路灯到此戛然而止。

我放慢速度，将车朝着工厂深处缓缓开动，前方某个楼层有着微弱的光。我明白，在那个位置，邱凌应该正站在窗边，冷冷地望着我。而他这一刻的心思，又究竟是如何勾画的呢？

我不可能揣测得到，尽管我每天的工作都是揣测别人的心思，最终却发现，我连身边最熟悉的人都没看透。

我停好了车，抬头，朝着那有光的位置看了一眼。那么，我能否看得透你呢？邱凌。

我看不透他,正如这一刻的我压根连他的身影都无法捕捉到。尽管,我是站在暗处尝试寻找站在明处的他。

但我又知道,邱凌是能够看到我的,尽管这一刻的他站在明处,来打量黑暗中的这个我。

楼梯间的墙壁上有着很大的几个红字"第一修理车间一楼,以此类推"。于是我再次抬头,亮光的位置正是三楼,我与邱凌即将对决的战场,应该就在三楼的第三修理车间里。和整个黑暗厂区一样,楼梯间也是没有灯的,我将手机的电筒按开,朝上大步走着。可就在走出七八个台阶后,我发现地上似乎有隐隐约约的脚印。我停下,开始尝试捕捉。因为积尘的缘故,所以我很容易分辨出地上有过的痕迹。

是一个女人的脚印和一长串连着的一尺多宽的拖痕。我脑海中快速浮现出乐瑾瑜那一度出神的眼神与那柄随身携带的解剖刀,紧接着,四周空气中的各种分子似乎在还原什么——一个女人拖着一个沉甸甸的布包,在往上行走……

我有了一个大胆到几近疯狂的质疑,但这一质疑并未让我驻足琢磨。因为我知道,乐瑾瑜的思想深处,肯定蜷缩着某些并不阳光的念头,这一点,我能完全确定。那么,她会不会因为这些念头,而要尝试掳走一位让她很感兴趣的精神病人,并举起她那柄锋利的解剖刀呢?

我不得而知,选择继续往上迈动步子。每一次抬脚,就意味着我朝危险更近一步,恐惧感也越发在我的世界弥漫。接着,我发现驱使我抵御恐惧而奔赴这场约会的目的,可能除了对乐瑾瑜的深刻关切眷顾以外，或许还有着某些——是的，我想知道一个真相，一个关乎邱凌的真相，一个关乎乐瑾瑜的真相，一个有着他俩的、我却无从洞悉的真相。

终于到三楼了。面前是一扇有一条缝隙的铁门，那微弱的光，从里面照射出来。我深吸气，呼气，迈步，推门……铁门发出长久未被使用的"咔咔"声。

"沈非，你比我预设的早到了6分钟，看来，今天你开车的速度比平时快了不少。"邱凌的声音在车间深处响起。

我没回答他，径直走入其间……这是一个有两千多平方米的巨大空间，曾经摆满在这里的机器应该在工厂废弃前都被移走了，唯一留下的只有正中间一个很破旧的手扶电梯与电梯两边的各种支架。而站在支架上的邱凌，身上穿着一套不知从哪里找来的满是黑色机油的修理工工作服，并歪着头望向我。他头顶有几盏散发出暗黄色光线的灯泡，在竭尽全力地企图照亮什么，但它们卑微的瓦数，又注定了它们只能诠释出这么一片昏暗的战场。

"嘿！沈非，几天不见，你憔悴了不少哦！"邱凌的脸正在光线下方，清晰而又可怖。但我的视线却被他身旁那架手扶电梯下方的一堆白布覆盖着的东西吸引住了，里面蜷缩着的应该正好是一个成年女性弯曲着的身体，由于灯光的缘故，我无法洞悉更多的细枝末节。

"瑾瑜！"我一边喊着一边朝前冲去。但那架本该停顿的电梯却猛地颤抖了一下并启动了，白布覆盖着的人形物体顺着电梯往上移动了……

"给我站好，否则你永远看不到乐瑾瑜了。"邱凌的声音较之前我所熟悉的，音调高了不少。只见他挥舞着手里一个好似遥控汽车手柄一样的东西，对着我晃了晃："大机械的力量可比我手臂的力气要大，沈非，我希望你不要逼我证明给你看。"

"你到底想要什么？邱凌，能给你的我都可以给你！"我只能站定，抬起头对着他大声说道，"瑾瑜与你我的恩怨无关，这点你是清楚的。"

"我一直都很清楚啊！"邱凌将手里的遥控器按了一下，破旧的电梯停止了轰鸣，"我还清楚，乐瑾瑜一直想要将我的脑袋切开，并拨弄我的大脑、小脑、脑干等等，窥探个仔细。"邱凌说到这里，将没拿遥控器的手伸进裤兜，摸出了一柄闪着寒光的物件出来："况且，她不但想了，她还开始了行动。你现在看到的，就是她打算用来将我剖开的小刀。嗯！你瞅瞅，刀片还是新的，这牌子的刀片不便宜，我倒应该感谢她对我的重视才对。"

"你的意思是乐瑾瑜将你救出来就是想将你开颅？"我大声质问道，但内心并没有因此惊讶，因为之前我已经开始怀疑这一点了。

邱凌耸了耸肩："是的。其实，她将我带出精神病院，完全是我计划外的。那一刻的我正趴在我与尚午之间那堵墙壁上的小孔一边，聚精会神地捕捉着你们博弈的声音，等待着尚午受到惩罚。但到了节骨眼上，我的病房的木门却被打开，乐瑾瑜出现了。她看上去比我还要镇定，开门见山问我想不想离开牢笼。我点头。她苦笑了一下，伸出手递了几颗药丸给我，是些效果不错的安眠药物。她说她害怕制不住我，只能用药物让我体力敌不过她。而这时尚午已经开始发动对你们的袭击,并将你们关进了病房。一切,都已经和我的计划同步了。所以,我毫不犹豫接过了她递给我的安眠药,并吞下。这时,乐瑾瑜自言自语了一句什么,表情依然镇定地大步上前,将关着我的铁门打开,领着我沿着一条她似乎早就规划好的逃跑路线离开了新院区,上了辆停在停车场的汽车。而我,顺应着她的布置,安静地躺在后排,沉沉地睡着。"

"实际上你并没有睡着,对吗?"我仰着头看他,就像膜拜一位操控着世间一切的神祇。

"乐瑾瑜可能也像你一样意识到了这点——我对安眠药早就有了抵抗力。其实,在我还没接触过心理学的日子里,就已经从依赖药物过渡到具备足够的耐药性。不过,乐瑾瑜给我的药丸里面,可能还有某种麻醉剂。我的意识是清晰的,但身体很快就无法动弹了。倒在后排的我眯着眼睛,望着外面一路晃过的路灯,内心的那种豁然,是无数个夜晚我始终在等待的。我终于完成了我对文戈的许诺,还意外收获了我以为永远不会再有的自由。"

我接着他的话说道:"是乐瑾瑜将你带到了这里,你被她费劲地拖着到了三楼,没有准备的她被药力已经失效的你袭击,又一次从被动转化为主动。对吗?"

"沈非,我记得我不止一次地对你说过,我很反感你的自以为是。"邱凌将手里那枚发着寒光的解剖刀朝身后扔去,利器接触地面发出清脆的声音,"我虽然对很多药物具备了耐药性,但也并不代表我就是一台机器。乐瑾瑜是一位精神科医生,她要控制住我,让我无法动弹太容易了。当时,我被她拉到这个手扶电梯的最上方,因为这个位置还有几盏灯泡亮着，方便她将我开颅后洞悉其中的所有。我一度绝望，寻思着这么一个结果，可能对我来说也算是一种解脱。尽管痛苦，权当救赎。不过，我闭着眼睛等待着的利刃划向我前额的刺痛一直没有到来。相反，有些温热的液体，却滴到了我脸上。

"沈非，我真的不明白你有什么好。为什么总有这么多人愿意将你当成心仪的伴侣，当成要好的朋友。你不过是个被亡妻遗弃的男人而已，为什么乐瑾瑜依然像飞蛾一般，企图扑入你的世界呢？我真的不明白，可能这也是我始终与这世界格格不入的原因吧！"邱凌摇了摇头，"因为这温热的液体，我努力将眼睛睁开，透过疲惫的眼帘，看到的却是手里举着发亮解剖刀哭泣着的乐瑾瑜。我突然间发现，她与我在校园时期见过的模样完全不一样了。她那微卷的发丝，似乎有了一丝枯黄。眼角赫然蔓延着的，是不经意的蛛网。而她的眼泪在一滴滴落下，落得那么放纵，那么潇洒。终于我恍然大悟，可能尚午说的没错，像瑾瑜这么一个女人，她需要的也只是一个解脱吧？"

我的眼眶开始湿润，泪珠滑出。邱凌的声音在空旷的车间里回荡着："我羡慕过你，嫉妒过你。沈非，但是一直以来，我真的没有恨过你。很多时候，我都会幻想，幻想着自己成为一位优秀的心理医生，有自己的诊所，面带微笑望着眼前弗洛伊德椅上坐着的病患。我的新家布置得和你家一模一样，我穿着和你一模一样的睡衣，端着你喜欢喝的牌子的红酒，看着你最喜欢看的电视节目。可惜，我无法收获到一个像文戈一样的妻子，这也是我为什么对黛西那么残忍的缘由。因为一旦发现她只是文戈的替代品后，我会变得厌恶，甚至憎恨她。就算她有了我的孩子，我都会怨恨那孩子不是寄居在文戈的母体中，而文戈……"邱凌停住了，大口地吸气，"而文戈呢？沈非，文戈呢？"

"那同样不是我想要的结局。"我哽咽着，"如果可以的话，我愿意死去的人是我。"

邱凌苦笑道："我和你一样，我也希望死去的人是我，而不是文戈。但罪孽，早在多年前就已经埋下了。文戈太好强了，也太任性了……"邱凌说到这里，转过了身，他弯下腰来，手臂往下，似乎在拨弄这架电梯上的铁板。

而站在下方的我，在邱凌的话语中隐隐感觉到了什么，是关于文戈的过去的线索。我伸出手抹了一下眼角的眼泪："邱凌，可以回答我一个问题吗？我想要知道真相，只有你知道的真相。"

"我知道你想问什么。"邱凌没有抬头，继续在鼓捣着铁板，"沈非，你想知道尚午女朋友死的真相，对吗？"

没等到我回答，他便继续了："你想要什么样的答案呢？如果我说是，那个凌晨确实是文戈将晓茵老师谋杀了，并放在铁轨上，任由列车将她蹍成碎片。那么，这一真相会不会让你觉得好过一点呢？你会不会因此而否定文戈，走出文戈带给你的阴霾呢？又或者，你因为知道这一真相，变得不再深爱文戈，那我，是不是就能收获到某种骄傲，从此自以为对于文戈，我就是独一的付出者了呢？"

"没什么意义的。"邱凌叹了口气，地上的铁板似乎让他很头疼，他蹲了下去，双手一起伸出，好像用某个工具在转动着地上的螺丝，"沈非，都没什么意义的。文戈已经走了，永远不会回来了。尚午说的话无论真假，都没必要再去纠结，与其让文戈在你的世界里被否定,不如让她继续不朽。并且,在我觉得有意义的是……"

邱凌说到这里停顿了一下,双手掰起铁板用力往上。一块一尺多宽的铁板被他卸了下来,并朝一旁扔出去。

他再次拿出了那个遥控器,左右看了看:"沈非,其实我也应该感谢你,就是因为乐瑾瑜为了你而哭泣,让我有了足够的时间恢复体力,最终成功站起。对了,沈非,你现在往后退几步。"

他一边说着,一边按动了遥控器,电梯往上移动了一两米又被他按停了:"往后退几步,你距离我太近,会让我没有安全感的。"

我不知道他想要做什么,犹豫着往后退了几步。

"再后一点。"邱凌歪着头。

我依言往后。

"好了!我想,现在到了你与你世界里最重要的三个人一起说再见的时刻了。这三个人分别是文戈的过去,我邱凌的现在,以及……"邱凌边说边按动手里的遥控器,并将遥控器对着被他卸下铁板后的那一位置扔了进去。

"以及乐瑾瑜的未来。"他大声吼叫着,声音尖锐,与电梯的轰鸣声交织在一起。

我猛地意识到了什么,朝着前方正在电梯上缓缓升起的乐瑾瑜冲去。这时,那覆盖在她身上的白布也被移动的电梯扯开了,那白色的大褂与素色的裙摆显现,接着是面朝下的女人身躯,那么柔弱,也那么无力地躺在电梯移动着的台阶上。

遥控器在被卸下了铁板的机器里面碾轧成碎片的"咔咔"声传来。我呼吼着,但不知道自己呼吼出的是什么样的声音。已经完全疯狂的邱凌，这是要将乐瑾瑜送入电梯上方卷动着的齿轮里……

我朝前奔跑，但我追不过时间，体力的极限也注定了我不可能一跃而抵达瑾瑜身边，将她抱下。于是，我就是那么死命地朝前迈步，却又眼睁睁地看着……看着电梯将瑾瑜的身体送到了顶端。而那位置，邱凌的身影，不知道什么时候已经消失不见。

"不要啊！"我的步子接触到了电梯，但瑾瑜的身体已经被卷入了齿轮。

"不要啊！"我再次咆哮，声音却显得那么无力，盖不过肢体与齿轮的搅拌声、机械的轰鸣声。接着，我清晰地看到，血肉在往外飞溅，而我无能为力……

时间似乎变得慢了，我在往上跨步，世界却似乎往后倒退着。依稀间，我又来到了海边的沙滩，眼前是那钢筋的铁架。文戈穿着长裙，站在铁轨上，面对着呼啸而来的列车。她回头了，海风吹开了她的长发，露出的却是乐瑾瑜那张微笑着的脸。

列车的轰鸣声冲击着我的世界，我闻到了淡淡的依兰依兰花精油的芬芳。那铁轨上的女人……

支离破碎。

我一度以为自己记不清与瑾瑜是如何认识的了，我也一度以为自己不会为文戈以外的其他女人心动，更别说心痛。世界上很多事情，我们经历着，也自以为是地选择着。然后，我们放弃，我们占有，我们以为这都是我们的本意，以为我们会需要某些，又以为我们会不需要某些。

但我们真实的意愿，又都是在不知不觉中完成的。从一个泥沼中挣扎着站起，又步入一次新的伤痛。或许，这就是人生吧。

电梯在我即将抵达顶端时停下了，因为惯性的缘故，我朝着前方摔倒。但瑾瑜的身躯已经消失不见了，那白色的大褂与素色的裙子，被染成了红色，卷入被掀开了铁板的机械里……我嘶吼起来，将手伸入其中，试图抓起骨屑和肉沫，拼凑出完整的瑾瑜。

半个小时后，我静静地坐在这个车间的角落里，手里端着小雪倒给我的一杯水。李昊和市局的刑警们在来回奔跑着，赵珂戴着口罩急匆匆地走上电梯……

我扭头，望向窗外，市郊的漆黑似乎更加深邃，潜伏在其中的罪恶暗潮涌动。我脑子里突然浮出了尚午的话来……

逃不掉的！每个人犯下的罪恶，都逃不掉的。不管是谁放纵了他的逃脱，都会受到惩罚。

或许，放纵了邱凌逃脱制裁的人中，我也是其中一员。所以，我才会直面梯田人魔的再次作恶，并对我的世界如同讽刺般的残酷惩罚……就如同……就如同放任了田五军的岑晓一样。

罪恶，是绝不能被救赎的。

我想，尚午可能是对的。

39

邱凌转过身，将身后的铁门合拢，并转动铁锁，让它发出"咔咔"的声响。

地下确实是潮湿不少，邱凌瘪了瘪嘴，将手里的手电筒朝两边的墙壁上照了照。这个建于 20 世纪 50 年代的防空洞，是那时候的机密项目。但当时挖了几个月后，又发现这片区域的土壤可能不适合大张旗鼓搞建设，离海太近，安全会是大问题。但已经挖好的这一段也不可能废弃，于是就做成了一个有点鸡肋的地下指挥部。

也不知道是什么原因，这个地下指挥部之后变成了人防办公室并不在意的废弃洞穴。邱凌在国土局工作的时候，一次偶然的机会，知悉了这个地下世界的存在。

邱凌深深地吸了一口气，快步走到尽头，这两百多平方米的洞穴深处，有一个用砖头垒成的床铺。邱凌伸手在旁边的木架上摸索了一会，最终拿出一个用塑料布包着的打火机。接着，他又打开旁边的一个木箱，里面都是白色的蜡烛。

邱凌点燃了一支，小心翼翼地将蜡烛卡在木架上方。这个位置相对来说干燥不少，但也只能是相对来说。

邱凌将手电筒的电池倒出来，用一个小塑料袋很细心地密封好。这时，身后传来了清脆的水滴声。

"嗯，要开始接水了。"邱凌自言自语着，"现在开始要多说话，哪怕只有自己一个人。"他边说边抓起旁边的红色塑料桶，朝着洞穴的另一头快步走去。这个位置，有一截水管路过。因为老化的缘故，它有点漏水。一年前邱凌在这里守过整整一天，他仔细测算过，水滴每天能够接 1200 毫升，不但可以维持一个正常男人的生命，还可以多出一些用来进行个人清洁。

邱凌再次深吸了一口气。他知道自己需要开始适应这地下的一切。其实，以自己对于这座城市所有监控探头的掌握，完全可以在某个深夜出去采购一些生活用品与食物进来的。但外面的世界因为自己的逃亡，肯定已经鸡飞狗跳了，在之后的几个月里，对自己的抓捕，应该是市局那些刑警的首要任务。所以，与其出去冒险，不如选择彻底地消失。毕竟，在他们眼里，自己是罪不可赦的凶徒，不诛之不心甘的那种。而在邱凌自己心里呢？

似乎，自己并不是那么穷凶极恶。

邱凌笑了笑，抓起摆放在角落里的一对哑铃，并微微下蹲，开始摆弄哑铃。持续的锻炼可以塑造美观的形体，同样地，也可以改变一个人的形体。如果每天坚持半蹲着张开双臂挥舞重物的话，自己的大腿会变得越来越粗，上身躯干也会变得壮实不少。最终，再次走入世界的邱凌，可能是一个看上去有点莽撞的民工，或者憨笑着的保安……嗯，都不得而知，谁知道之后会发生什么呢？

嗯！沈非，我并不是你们想象的那么穷凶极恶，我也并不是没有理由地杀戮。那些被我折磨而死的女人，在这个世界上本来就是受罪的，所以她们才会在深夜买醉哭泣。况且，我是不是一个疯子，就算我自己，也没有答案，那么，我的杀戮又算什么呢？

想到这里，邱凌有点莫名地伤感了。之前，他憧憬着今天的到来，可这天终于来了，又特别地茫然。

他放下了哑铃，从旁边的木架上拿下一个小铁壶，拧开盖子，将里面的液体倒了一点到手上，接着抹到膝盖手肘这些关节上。邱凌又一次深吸气，将手里的铁壶举起，浅浅地抿了一口。药酒有点烧喉咙，但它能够驱走湿寒。尽管如此，自己再次走入世界后，风湿病是不可能避免的了……

对了，怎么忘记了最重要的事情呢？

邱凌笑了，从砖头垒成的床上抓起一个帆布包，从里面掏出了一个黑色的四方小匣子。这是一个读秒器。

读秒器屏幕上微蓝的光让邱凌觉得很安全，他拨弄着读秒器上的按钮，调了 39571200 这么个数字。

积压在胸腔的怨气似乎化解开了，读秒器上的数字开始了倒数。

39571199……

39571198……

39571197……

众生经历着年月，浮华又是由一个个日子组成的，每一天，分 24 个小时，每个小时又有 60 分钟，每一分钟又有 60 秒。于是，39571200 不过是将 458 天换算成了读秒而已。而 458 天后，正是文戈离去四年的忌日。

那么沈非，你我在这 3000 多万次的读秒后，会不会第一时间再见呢？那天你会怀抱一束鲜花，站在苏门大学后山那棵树下吗？

是的，你肯定会的，你的头顶会沐浴着阳光，衬衣的衣领依然干净洁白……想到这里，邱凌苦笑了，并自言自语起来："那就让我与文戈在这泥土深处被深埋吧。"

他坐到了床上，将之后要用来当枕头的一个木盒抱到了怀里，并用脸贴上："到最后，还是只有我俩孤孤单单地待在一起，还是只有我俩这么缺乏沟通地眷恋在一起。不过没事的，文戈，只要和你在一起就好，哪怕你现在只是这么一捧灰白色的粉末。"

怀抱着骨灰盒的邱凌再次感觉到了心痛,他望向旁边的木架,上面有个小小的镜框,镜框里面有一张从某本小杂志上剪下来的纸片。那是自己毕业后唯一发表的一首诗。

　　错把芳华的你送入坟墓

　　是命运的不对

　　砌上不可摧垮的墙

　　是索命人的不对

　　忘了给你一碗遗忘

　　是孟婆的不对

　　你流浪过的地方从此冷清

　　是阴阳相隔的约定不对

　　然后

　　你看着

　　爱过的人腐烂

　　是他的自私不对

　　你看着

　　自己的躯壳成灰

　　是痴情不对

(《心理大师》第二部完)

心理大师
模仿

---------- **剧情预告** ----------

  目睹了乐瑾瑜在自己面前消失后,终于坚强起来的沈非是否会再次崩溃?而开往日本的野丸号邮轮上,又发生了什么样的恐怖事件,令沈非必须重新站起?两年前文戈死去的那晚,深夜走进殡仪馆的人影又会是谁?这个人想要得到什么,还是想要带走什么?

  渐渐地,沈非开始思考一个问题:对世界的宽容,是否就是对自己的狭隘?而想要真正打败强大的对手邱凌,需要的,可能只能是偏执……来对付偏执。

番外篇

  我们是一群聆听者,聆听着这个世界上许多许多不为人知的故事。有时候,我们的病人需要的其实并不是我们的开导,也没有哪位心理咨询师能够真正凭一己之力治愈病人。况且,包括我们自己,也不能保证自己不会有心理上的疾病。

金属

故事提供者：赵珂，法医；昆虫学家
性别：女
年龄：28 岁
任职单位：海阳市公安局刑事技术侦查科

海韵是我高中同学，三年里关系很好。高考后她去了其他城市，那个年月人与人的联系方式很简单，断也断得那么写意。当日两个小姑娘微笑着挥了挥手说声再见后，从此再不相见，似乎也是对这残酷命运的一种诠释方式吧！

想不到的是我俩竟然会在李昊的好朋友沈非开的心理诊所遇见。她从我身边走过，带着我并不喜欢的香水味。我正皱眉，她扭头喊了我的名字。

我愣了一下，并没有认出面前这位被硕大墨镜掩盖了容貌的

女人是谁。海韵摘下墨镜,两个小生灵激动与兴奋起来。在问到她为什么会出现在沈非的诊所时,海韵欲言又止。我扭头,看到沈非那意味深长的眼神,明白了每个人都有不想为人所知的故事,不再追问。

和海韵一起吃饭,在一家西餐厅。海韵握着刀叉的手总是微微抖动,这点让我觉得奇怪。她自己解释道,是低血糖的缘故。接着,我们开始闲聊,说彼此的故事,就好像当年我们坐在操场上那样。

和我一样,海韵大学毕业后就进了个事业单位工作,一路上虽然有各种故事发生,但始终算顺利。和我不一样的是,她经历了一次痛彻心扉的婚姻,丈夫死于一场意外。我没敢追问意外的细节,因为我知道那男人的离去,可能就是她的世界崩溃的原因,同样,也是她走进沈非诊所的原因。

第二天清早,我接到了沈非打来的电话。他看似随意地简单问了问海韵的情况,最后对我说了这么一句话:"赵珂,你的这位老同学有一个会让她致命的心理障碍,如果可能的话,你尽量多叫她一起吃饭。"

沈非说到这里顿了顿,又补充了一句:"嗯!记住,是叫她一起吃饭。"

放下电话,我有点迷糊。我也知道沈非不会将他的病人的病情细节透露给我。于是,我开始细细捕捉那晚海韵身上的某些与众不同,可最后发现,除了她拿起刀叉后因为低血糖而颤抖的手有点异常外,其他都很正常。

之后也和海韵又约过几次，当然还是要一起吃饭的。大多数时候都是她约定地方我过去，她握着筷子的手没再出现颤抖的情况。当然，这局限于中餐餐厅，有一次我提出去西餐厅，她也答应了，但那晚她握着金属刀叉的手，又一次颤抖起来。

我询问，得到的答案依然是因为血糖的缘故。

介入梯田人魔案以后，工作忙了很多。那个将夜晚买醉女人虐杀的凶徒始终没被抓到，整个刑警队都只能持续地绷紧着神经。也因为这个原因，我与海韵的联系变少了。她打过几次电话给我，最终知悉我没时间，听筒那边的她有点失望，但也没说什么，叮嘱我注意身体，挂了线。

最后一次和她联系是哪一天我已经不记得了，所以说人一辈子，总会不经意间错过那些应该深深铭记的道别。世事无常，无常到你并不知道下一秒会发生什么，也不知道下一秒又会失去什么。

所以说，很多人，也就是这么在不经意间，与你的人生路错过了，再无关系，无论你曾经多么珍惜与爱恋。

正如，我与海韵在高考后那么一次彼此都没准备好的十年不见，也正如我与海韵在那么一次电话里的道别后，再见亦是阴阳两隔。

一位自杀的女人的尸体由淮江路派出所的同事们送了过来，我拿着报告书往尸检房走，脑子里满满的都是梯田人魔案子中的细节。接着，我翻了翻手里那薄薄的纸张，赫然看到海韵紧闭着双眼的相片出现在其中。

我站住了，快速望向死者的姓名栏——是海韵……

她化了妆，头发盘得很好看，身上穿着一套紫色的晚礼服，与尸检房里的灰白很不搭。吸入了大量煤气的她，面部表情显得那么安详，好像死亡并没有让她担忧与害怕。

我是一个法医，我每天面对最多的就是生与死，我并不会把内心世界中的种种浮现到脸上。我很冷静地伸出手，在海韵冰冷的尸体上摸索着，捕捉是否有肉眼看不到的伤痕。最终，在摸到她的双乳下方时，我感觉到里面有微微发硬的东西。通过进一步的检查后，我让同事通知了在外面等待着的海韵的亲属，提出想要解剖海韵的要求。

实际上，也不应该叫作通知，只是知会而已。每一起自杀的案子最终都要被确定是不是谋杀，这本来就是我们的职责所在。

握着冰冷的解剖刀，我很反常地有了极短时间的抖动。这在我从医科大求学开始到现在工作几年的时间里，从来没有发生过。那一瞬间，我脑海中出现了海韵握着刀叉抖动着的手。

解剖结果让身边的助手小叶张大了嘴，包括我自己，都不由得抽了一口冷气……

在海韵的胃里，有着三十多块……或者应该说三十多片金属，被胃酸腐蚀过后的这些小玩意儿，颜色灰黑得那么冷漠。我拿起其中最大的指甲盖大小的一块到水龙头下冲了冲，接着发现上面竟然有牙齿的咬痕。

沈非的话在我耳边响起，我连忙将尸体的嘴打开，助手将灯扭了过来。

我看到，她的牙齿被磨得很短，甚至残缺。

我走出尸检房，打给了沈非。我没有要求他告诉我海韵找他是因为什么心理问题，只是将海韵的死与她胃里面的东西说给了他听。

沈非很久没出声，但也没挂电话。最终，话筒那边的他叹了口气："赵珂，你找出海韵丈夫死因的档案看看吧。"

我听说，世界上有一种鸟，从配对开始，就会始终一起。如果其中一只先死了，那另外一只也不会苟活。它会哀嚎整晚，将心伤到极致，然后选择撞向坚硬的石头。

可能，海韵就是那么一只会将心伤到极致的鸟吧？

她的男人死于一场离奇的车祸，前面货车上载着的几根钢筋滑向男人的驾驶室，止步于男人的胸腔。男人的胃里塞满了金属，但并没有断气。他努力拿起手机，打给了他新婚不久的妻子，用最后的力气告诉妻子："好好活着，就像没有遇见我一样。"

海韵的世界如同一块被挖走了机芯的钟表，生机不再。接着，她出现了奇怪的饥饿感，只有通过吞噬小块的金属才能够缓解。她苦笑着对沈非说道："只有胃里装满了金属，才能得到男人依旧在身边的安全感。两个人约定着牵手就必须走到永远，甘苦与共的誓言不可能只是说说。"海韵又说，"男人尝过的最后痛楚，我也应该与他一起尝过，才是对婚姻意义真正的兑现。"

末了，海韵那哭泣着的弟弟告诉我，姐姐嫁人的时候正盘着这个头发，也穿过这套紫色的晚礼服。她的生命中最幸福的一天是这么个模样，而她的终点，也还是这么个模样。

所以说，不管这世界变化得如何冷漠与残酷，真正深爱着的人，他们依旧在……在他们自己的伊甸园里，微笑着演绎永恒。

或者，这就是歌曲里时常演绎的红尘与浮生吧……

肉食

故事提供者：吴艺，精神科医生；国家高级心理咨询师
性别：男
年龄：47 岁
任职单位：海阳大学附属医院精神科

很多病人都喜欢给我们这些心理咨询师讲故事，无论是真实的抑或虚构的。在说这些故事以前，他们都会一本正经地说这么一句："不管你信不信，事情就是这样……"

冯老师却不会这样，他将右手的食指与拇指搓几下，仿佛上面残留的粉笔末始终没有干净过。然后他会告诉我，这是一个梦，一个关乎前世今生这么个"扯淡"话题的梦。

梦里，有个目光呆滞的少年叫作狗剩，狗剩很饿……

饥荒来得铺天盖地，全世界的食物好像一下子就消失了！

狗剩不知道爹这几天到底在想些什么，时不时望着自己发呆，又时不时小声地和娘在角落里说话。狗剩的哥哥已经11岁了，个子很矮，长期的缺乏营养，让他的头显得与躯干完全不成比例。

狗剩的弟弟3岁，还不会说话，只知道哼哼和哭。

说到这里的时候，冯老师再次搓了几下那两根手指的指肚，苦笑道："而我在梦里，就是狗剩……"

上个月的某一天，狗剩的爹抱着弟弟出去了，那天，娘坐在屋后面望着村后的山发了一整天呆，一句话也没有说。

狗剩的哥哥告诉狗剩，弟弟被爹卖给了有钱人。这样，弟弟就能够吃到很黏稠的小米粥。

梦里的狗剩问哥哥："那为什么爹不把我们也卖掉，让我们也吃黏稠的小米粥？"

哥哥想了想说："我们都大了，吃得比较多，有钱人养不起。"

那天晚上，爹很晚才回来，背着一个袋子，好像做贼一般，趁着夜色偷偷回到家，和娘在厨房里反锁着门。

狗剩和哥哥闻到了香味，是食物的香味。

那天晚上，狗剩和哥哥喝到了骨头汤，有油性，碗底还有骨头渣子。狗剩也不知那是什么牲口的肉，他没吃过什么肉，很想要爹娘给自己一根骨头啃，但他不敢开口，因为他看到爹眼睛红彤彤的，不是那种哭过之后的红，而是爹上次拿着砍柴刀追着偷自家粮食的贼时的那种红。

他们吃了半个月的肉，之后全家再次陷入饥饿。

这天早上，爹把狗剩喊到院子里，狗剩看到娘朝屋子后面走去，应该又是去发呆吧？哥哥猫在门后面羡慕地望着自己——狗剩明白了，爹要把自己也卖给有钱人！狗剩暗暗跟自己说，有钱人端上黏稠的小米粥的时候，自己一定不能吃太多了！

狗剩被爹扛到肩膀上，狗剩想：今晚，哥哥又可以吃到肉汤了。

狗剩爹扛着狗剩走了十几里地，到了一个小树林里，几个汉子蹲在地上，他们的旁边都坐着一个孩子，有男有女。孩子们个个皮包骨，茫然而萎缩。

一个脸上有疤的汉子朝狗剩和爹迎上来："大兄弟，是冯家庄的吧？"说着朝地上蹲着的人望了望，又说："我们都是亲戚，下不了手。"

狗剩不知道这疤脸男人的话是什么意思，他害怕了！爹把狗剩放到了地上，狗剩紧紧拉着爹的衣襟，但爹推开了他，搭着疤脸汉子的肩膀走进树林深处。

半晌，他俩走了出来，疤脸汉子将狗剩拎起来拧了几下，指着一个孩子说："差不多大小，大兄弟，你带走吧！"

爹没说话，也没看狗剩，径直走过去，把疤脸汉子指着的那孩子搂了起来，朝来路走去。

狗剩追了上去颤声喊："爹！"

爹身子颤了一下，但还是头也不回地走了……

疤脸汉子冲狗剩爹的背影叫了声："大兄弟，孩子小，别让他太疼！"

狗剩越来越害怕，但他不敢表露出来，一个与爹抱走的孩子蹲在一起的汉子站了起来，将把狗剩抱起，沿着黄河往下游走去。

狗剩被那汉子抱进了一片小树林，远远地，狗剩看到一棵大树下有一摊血，还有几件褴褛的小衣裳。

狗剩害怕得浑身抖了起来。

汉子面无表情放下狗剩，开始剥狗剩衣裤。自始至终，汉子都不敢正视狗剩的眼睛。

狗剩被剥得精光吊在大树上，狗剩看见地下那堆衣服里有一件是弟弟的，那件衣服以前是哥哥穿，后来是自己穿，最后才轮到弟弟穿的。

狗剩哭了！泪水一滴滴落到弟弟的衣服上。

汉子拿出一把锋利的砍柴刀。

狗剩想起村里的瞎子说过，闹饥荒的时候，很多地方人吃人，很多人不忍吃自家娃，便领去和别人家的交换了吃。

想到这里，狗剩不哭了，他茫然地盯着弟弟的衣衫。今晚爹和娘又会反锁厨房门，然后给哥端出一碗骨头汤。

那汉子嘴唇抖动了几下，似要说什么，终是没开口。

狗剩的目光转向树林外面，黄河每天在奔腾着。

巨大的轰鸣声震得汉子一屁股坐到了地上，狗剩看到……黄河浑浊的水汹涌着朝林子扑了过来……

冯老师的梦到此告一段落了。也就是这同一个梦，在夜晚来回放映了无数次，如同一个魅影折磨了冯老师很多年。

于是，梦里的每一个场景，在冯老师的世界里都是那么清晰，清晰到狗剩娘的某一根白发，狗剩爹肩膀上的一道刀疤。

这位姓冯的历史老师开始对这一切认真起来。他搜寻着梦中的碎片，拼凑到了河南某个角落，那里有着黄河奔流，也有一个叫作冯家村的地方。接着，他又翻阅当地的县志，知道了那一年当地发生了可怕的饥荒，甚至出现了人吃人的可怕事件。

冯老师开始越发深入地钻进自己给自己编织的越来越圆满的故事里，就算有某些碎片并不完整，他会自圆其说，并引经据典。最后，他一本正经地告诉我："那一天是1938年6月9日。"

"那一年有很多事情发生：日本人打到了黄河边；河南闹饥荒；蒋介石下令炸开黄河花园口大坝。"

"然后，那天，淹死了很多很多……很多很多的人。"

"和很多很多……很多很多的故事。"

我笑了，冲冯老师点头。太多太多关于梦的诠释，流传在这个世界。某个似曾相识的片断，人们往往会先入为主地以为是梦中所见所闻，而忽略了这些所表现出来的，只是潜意识所蕴含的巨大信息量的偶尔浮现而已。或许，这故事之所以圆满到一丝不苟，就因为冯老师是一位善于捕捉时间长河中各种碎片的历史老师吧？

流氓兔

故事提供者：蓝飞，国家一级心理咨询师
性别：女
年龄：33 岁
任职单位：东海市沉睡者心理咨询事务所

比较客观地说，康女士在我的病人中，应该是属于亲和力比较强的那种。按理说，情商比较高的人，心理世界一般都干净健全，但康女士是个例外。

于是，康女士最初微笑着走入我的诊所时，我误以为她想要委托我治疗的是她的亲人，或者朋友。

她在诊所门口微微颔首，说自己是朋友介绍过来的。深灰色的套装与黑色的手提包，让她显得一丝不苟。不过，我观察到她包上的金属配件，闪亮的程度似乎有点夺目。于是，我开始揣测她的

职业——公务员，故而无法鲜艳；职务前面有个副字，所以不敢太张扬。

是的，康女士是个公务员，一个副职的公务员。她每次到来都带着疲态，口音也让我洞悉她并不是本市人，具体来自哪里，她没有提起过。因为她会将车停在这巨大城市的某个角落，然后坐公交车到我的诊所。并且，她每次都会给诊所里的小姑娘带小礼物，礼物并不贵，但是很精致，说明是她专程寻来的。接着，她会对我微笑着说："辛苦你了，蓝医生，又要来麻烦你了。"

我会接过她自己带着的茶杯，给她灌上一杯温开水。她随我进入诊疗室，并帮我关上窗户，拉好窗帘，并嘀咕上一句："没有病人的时候还是要多通风，保持空气的流通。"

"可以开始了吗？"我坐到了她的对面，开口问道。

"嗯！可以了！"康女士收住了微笑，回答道。

于是，我伸手将灯按灭了，黑暗，将我与她轻轻拥抱。

接下来的时间里，康女士的话就会变得多起来，最终变成与她正常的时候截然不同的模样——长舌与八卦起来。她会把她的世界里每一个人都拿出来说道说道，并进行批评与数落。她还会给她的世界里的每个人贴上一个新的标签，取一个卡通片里人物的名字。

有时候，她也会说说我。在她埋怨的絮叨中，我被叫作流氓兔。康女士会说："其实，别看流氓兔这家伙老是露出一个挺好看的微笑，说话的声音也那么不紧不慢。实际上，她就是为了骗我在她的诊疗室里多待一会儿。因为她是按照小时收费的。"

两个小时后，属于康女士发泄的时间结束了。我这才会拉开窗帘,让窗外的阳光照射进来。被阳光照得眯着眼睛的康女士,全身的尖细长刺,也会再次竖起来,恢复她的谨慎与具备足够亲和力的微笑。她给自己定义的世界里,只有身处黑暗,才能让她觉得安全,才能让她褪下外壳,卸下面具,回归到一个中年市井妇女应该有的心境。

我并不想治愈她。因为我知道,康女士其实并没有什么严重的心理疾病,她就是太累了,活得太辛苦了。她每天挤出的那些微笑,让她承受得很辛苦。扬起脸迎合整个世界,其实并不是她想要做的。于是,她需要释放自己,需要解压。如果她每半个月不到我的诊疗室宣泄一次的话,她迟早会变得癫狂。

另外一个我不想治愈她的原因是:康女士没说错,因为我……嗯,因为我确实是按小时收费的。

苦行

故事提供者：叶纯，电台主持人；国家二级心理咨询师
性别：女
年龄：30 岁
任职单位：海阳市电台情感栏目

因为工作的缘故，我接触到的世界微观很多。许多人拘泥着又苦闷着的故事，会通过电波，穿越这个不眠的夜城市，来到我面前。他们小声地，在电话那头娓娓道来。但遗憾的是，在我，似乎这些故事，已经很难触碰到我情感世界里柔弱的软肋。必须承认的一点是，尽管，我是一名有职证的心理咨询师，但我并不会真正因为患者的喜怒哀乐而发自内心地抚慰对方。

年岁的缘故吧，也包括自己依旧在经历着……我告诉自己：我只是个主播而已。聆听与开解，是我的工作。可让我时不时郁闷的

一点是，身边的好友，也误以为聆听与开解，是我的全部。

莫休言是我的一位好友。

她在最灿烂的年岁来到这座庞大如机器般吞吐一切的城市读书。

我记得那时的她坐在酒吧的吉他手身旁哼唱歌曲的样子好美，如同一朵刚刚绽放的花，蜂蝶萦绕。但弱水三千，没有谁能泛滥，最终，她只取了一瓢饮。对方在当日看来并不是最好的但莫休言以为会是最好的。

婆婆是一位年岁正在扰乱情绪的老师，知识分子的那股子骄傲，毫不遮掩地刺向莫休言。丈夫不敢对家人说莫休言是音乐学院的，害怕母亲用有色眼镜看待。但婚礼现场，主持人无意中说了他以为的能够诠释优秀的学校名称时，婆婆将手里的筷子扔到桌子上，拂袖而去。尽管，那张桌子上还有莫休言的父母。

很多时候，打败婚姻的，并不是两个小生灵的情绪与冲动。缘分只负责让双方认识，接触后才有了对对方的认知，最终达到了认可认同，才会决定牵手人生。

但，最初的傻孩子并没有将这份认可认同，也将对方家人的那一部分计算在内。

莫休言与婆婆的矛盾，在一点点地积累着。具体对错，实际上无从说起。但丈夫的沉默，让莫休言全身的尖刺缓缓竖立起来。她觉得，自己以为的在这座巨大城市中收获到的安宁，可能并不是最初想要的模样。

莫休言做了母亲，嗷嗷哭泣着的孩子来到世界的那一夜，婆婆淡淡地说了句："我想要个孙女。"

莫休言知道，如果自己真生了个女孩，婆婆又会说出相反的话。

面对如此强势的对手，莫休言没有选择对抗，但积郁的情绪又始终需要释放。于是，她的丈夫成了她宣泄的闸口，这位在银行工作的男人开始在家里越发沉默。

整整七年，两个人躺在同一个床上，盖着同一床被子……

自从孩子出生后，两个人从来没有过一次夫妻生活，连身体某一次无意的触碰后，都会变成生理反应般的缩回。

终于，婆婆患癌症急匆匆地走了。

这段注定完结的婚姻，也在几个月后顺理成章地走到了结束。

莫休言依然倔强，没有去争取更多能够得到的东西，但她要了孩子。

她以为，在走出这段失败的婚姻后，自己会变得快乐起来，并找回最初的自我。她站在大理的高处放声尖叫；她开车在夜晚的城市中放肆冲过；她参加各种各样的社交，结识各种各样的人……但最终，在每个下午，她所认为的每一次自我的绽放，还是要回归——学校外面傻傻举着雨伞探头的人群中，有她高挑的身影。

压抑，比当日更为可怕的压抑。

夜深了，孩子睡了。蜷缩在沙发深处的她慵懒着……电视整晚开着，手机没电了，不想动弹，就让它们放任自由吧。她开始觉得自己是这个空荡荡房子里的某件家具，一件没了生命的家具。

抑郁症……并不会凭空袭来。我们所经历的种种，注定了我们收藏着诸多无法解开的结。慢慢地，没有被化解的结，聚集在一起，便堵塞了悲观情绪释放的通道。它们在那狭小的空间里腐烂、发酵……散发出如同蛛网般的神奇力量，将人往深处慢慢拉扯。

我不知道如何让她释怀。实际上，同样作为女人，我明白自己也会被她的某些情绪引导着，带入灰色的世界。

但我又知道，她在对我倾诉，便注定了她会走出去。因为她在尝试着解放，而并不是尝试着完结。

只是，我时不时在想：其实这段让人痛彻的婚姻中的受害者，苦涩过的，似乎不止莫休言，还有那位当日在母亲与妻子之间纠结着的男人。

七年，在同一个床上，盖同一床被子，而对方，是当日自己不惜对父母撒谎谎报学校的女孩。

于是，我开始琢磨，那男人背对着身边躺着的妻子时的内心世界，以及他面对妻子时的所思所想。

他看着，爱过的人痛了；他看着，爱过的人哭了；他又看着，爱过的人心伤了，心碎了……最终，他转身了，在他的意识里，身后被他落下的不再是那个曾经美丽与爱笑的女孩了。

他自欺欺人地告诉自己，对方变了。

他忽略的一点是，经年累月后，都变了。

是的，都变了。

都不再是那双傻傻地想在一起的小小生灵了。

出 品 人：许　　永
出版统筹：海　　云
责任编辑：许宗华
特邀编辑：王佩佩
封面设计：海　　云
印制总监：蒋　　波
发行总监：田峰峥

投稿信箱：cmsdbj@163.com
发　　行：北京创美汇品图书有限公司
发行热线：010-59799930

创美工厂
官方微博

创美工厂
微信公众号